애닮구나, 잊혀진다는 것은

은애숙 소설집

애닮구나, 잊혀진다는 것은

초판 1쇄 발행 2020년 2월 23일

지은이 은애숙
펴낸이 안재휘
펴낸곳 상상마당
출판등록 제2018-000068호

디자인 최지희
편집 윤혜성, 최지희
교정 김혜련
마케팅 고은빛

전화 010-9260-1880
이메일 ahahwi@naver.com

ISBN 979-11-965489-1-9(03810)
값 13,000원

ⓒ 은애숙 2020 Printed in Korea

잘못된 책은 구입하신 곳에서 바꾸어 드립니다.
이 책의 전부 또는 일부 내용을 재사용하려면 사전에 저작권자와 펴낸곳의 동의를 받아야 합니다.

이 도서의 국립중앙도서관 출판예정도서목록(CIP)은 서지정보유통지원시스템
홈페이지(http://seoji.nl.go.kr)와 국가자료공동목록시스템(http://www.nl.go.kr/kolisnet)에서
이용하실 수 있습니다. (CIP제어번호 : CIP2020006093)

애닯구나,
잊혀진다는 것은

은애숙 소설집

상상마당

작가의 말

'모든 작가는 불멸을 꿈꾸는 사람'이라는 밀란 쿤데라의 말은 옳다. 작품을 쓸수록, 내가 소설을 쓰는 이유 역시 불멸을 꿈꾸기 때문이라는 것을 더욱 깨닫는다. 주인공의 시선으로 삶의 흔적을 풀어놓다 보면 어느 순간 나 자신의 땅이 꺼질 듯한 고통도 별것이 아님을 알게 된다. 작가의 피땀이 녹아든 작품이 후세 사람의 기억 속에 살아 있다면 작가의 삶은 그 의미를 소멸하지 않게 될 것이다.

이 소설집에는 나의 체험과 환상이 녹아 있다. '내 속엔 내가 이길 수 없는 슬픔 무성한 가시나무 숲 같네.' 자주 읊조리는 노래 가사처럼 벗어날 수 없는 내 속의 슬픔을 응시하며 살아가련다. 세상에는 달랠 수 있는 슬픔과 결코 위로가 되지 않는 슬픔이 있다. 후자의 슬픔은 사라지지 않으므로, 영원히 안고 가야 한다. 남을 원망하고 미움이 솟구치는 순간의 부정적 감정들을 깊숙이 가라앉히련다. 억울함과 원망의 층이 두꺼워져 결국 내면의 자양분이 될 것이다. 그 모든 것들이 여과되고 정돈돼 작품으로 형상화되길 바란다.

오래전 「약혼자들」을 쓴 작가 알레산드로 만초니처럼 생생한 이야기를 쓰고 싶다. 우리가 망각한 지나간 역사와 오래전 대지와 성벽 속으로 사라진 사람들의 목소리와 갈망을 작품으로 살려내고 싶다.

거대한 권력에 대항했다가 가스실에서 죽은 여인, 라이히터가 떠오른다. 몇 장의 전단에 나치를 비난하는 글을 써 배포한 여인. 그녀의 행동은 무모하기 그지없었으나 철옹성 같은 나치를 무너뜨리는 데 기여했다고 확신한다. 라이히터 상을 받은 미국의 여성학자 거다 러너의 말—역사는 우리의 집단 기억을 선택하도록 함으로써 개인적 기억들을 망각시킬 수 있다—이 생각난다. 집단적인 망각은 개인과 사회에 해롭다. 상처를 치유할 수도, 더 나은 결정을 내릴 수도 없게 만들기 때문이다.

여성 작가로서 역사가 지나친 기록들, 곧 역사의 흐름에서 소외된 채 자녀 양육과 가사 노동을 전담해 온 여성들의 이야기를 쓰고 싶다. 남성들이 '주변적 존재'로 여긴 여성들을 중심으로 생생한 이야기를 쓰고 싶다.

그동안 소설 합평회를 통해 작품에 대해 조언을 아끼지 않은 소설동인회 '스토리소동'의 안휘 회장님과 동인님들께 깊은 감사를 드린다.

2020년 정초
수원에서 은애숙

은애숙 소설집

작가의 말   4

중편
01. 애닲구나, 잊혀진다는 것은   7
02. 기다림   61

단편
03. 낙원의 새마음운동   105
04. 내 안의 호수   133
05. 떼소로 미오   165
06. 아득한 꿈   199
07. 진혼의 노래   223

작품해설
안 휘(소설가/평론가)   251

중편

01

애닯구나, 잊혀진다는 것은

아쉬움 속에서 그를 보내다(I 부)

쓰인 말들은 크나큰 세계를 표현하기에 부족하다는 사실을 절감하며 새 아침을 맞는다. 홍 작가는 꿈처럼 환상적이고 아이스크림처럼 부드럽고 달콤한 언어를 묘사하고 싶다는 갈망으로 충만해 있다. 정제된 순수한 언어로 작품을 쓰고 싶은 한없는 열망으로 온 마음이 달아올랐건만 정작 소설 작업이 끝나면 자신의 작품을 패대기치거나 폐기하고 싶은 마음이 들었다. 우울한 심경으로 가만히 앉아 있던 그녀의 기억을 헤집고 오래전에 읽은 시 한 구절이 떠올랐다.

간 데 없는 청춘
그립기만 하던 봄날 // (…)

만개한 동백꽃 송이
톡! 떨어져 시든다 해도

자기는 정말로
괜찮다 괜찮다 하네[1]

고통의 심연 속에서 아름다움을 느끼면서 싱싱하고 살아 있는 언어를 구사한 시인을 향해 그녀는 부러움을 품게 된다.

홍 작가는 갈등이 제거돼 평화를 유지하는 사회를 구상하는 중이다. 열등하면서도 폭력적인 유전자를 가진 개체가 세상에 태어나지 않도록 인공적인 방식을 동원해 평화를 모색하는 미래의 사회에 대해 소설을 쓰려고 생각하고 소설의 얼개를 대충 짜 맞춰 두었다. 수많은 유대인들을 몰살시킨 과거의 사건을 떠올리며 폭압적 방식이 아닌 좀 더 발달한 과학의 힘을 빌려 훨씬 교묘하게 통제되는 미래 사회를 상상해 보았다. 역사의 한순간 광기에 사로잡혔던 독일인들과 그들을 비이성적인 방향으로 내몬 정치 지도자들과 지도자들의 생각을 굳히고 호소력을 발휘한 사상들을 생각하기에 이르렀다. 순수언어를 구사했던 독일인들의 언어 역시 이성과 동떨어진 상태에서 집단적인 광증을 드러내는 상태로 치닫도록 역할을 한 것이란 생각이 들었다. B.러셀의 글에 표현되어 있듯 '존재 이유를 갖지 못한 이들이

---

[1] 홍정희의 시, '동백꽃' 부분 인용

좌절에서 벗어나 환상적 믿음을 갖게 만든 것'일 수 있기에.

홍 작가는 프랑스의 철학자 데리다의 설명을 떠올리며 고개를 끄덕였다. 어느 기자가 한나 아렌트[2]에게 물었다.
"나치주의에도 불구하고 독일어에 충실한 이유가 무엇인가?"
"어쨌든 미쳐버린 것이 독일어는 아니잖아요."
한나를 이용해 데리다는 이런 설명을 펼쳤다.
'마치 한나 아렌트는 광기가 언어를 사로잡을 수 있다는 것을 상상조차 하지 못한 듯이 대답했다. 흔적을 지우려는 강한 부정이 오히려 그 흔적을 부각시키듯 그녀 스스로 회의를 드러내고 있다고 했기 때문이다.'

홍 작가는 며칠 전에 읽은 한 여인의 연설문이 생각나자 그 글을 찾아 읽었다. 독일에서 평화상을 받게 돼 독일을 방문했던 수전 손택의 글이다. 손택은 뉴욕 지성계의 여왕이라고 불리는 문화 비평가이다. 그녀는 유럽과 미국 간에 보이지 않는 적대감이 있다고 말문을 연다. 뒤이어 미국이 유럽 문명을 저속한 상업적 가치로 오염시킨다고 반발하는 유럽 극우파를 언급한 후 작가와 문학의 역할에 대해 말한다. 작가는 스스로를 의심하는 존재라고 한다. 문학은 우리가 아닌 사람들을 위해 공감할 능력을 길러 주며 문학은 우리가 자유의 영역에 들어가게 해 주는 여권이라는 말로 연설을 끝낸다.

---

[2] 독일 태생 유대인 작가이며 철학사상가. 사회적 악과 폭력의 본질을 연구하여 「폭력의 세기」를 집필.

손택의 연설문을 읽은 후 홍 작가는 책상 앞에 앉아 새벽까지 읽었던 책을 펼쳤다. 공들여 오래 읽은 「구운몽」은 겉장의 모서리가 도르르 말려 있었다.

'주인공 양원수는 신령한 말을 타고 용궁을 향해 나아갔다. 반란을 일으킨 토번의 군대를 일망타진한 후 양소유가 대원수의 벼슬을 받은 후의 일이다. 용궁에 도착한 양원수는 용왕의 딸, 백릉파로부터 도움을 요청받았다. 양원수는 결혼을 약조한 남자로부터 도망친 백릉파를 보호하기로 마음먹었다. 양원수 앞에 남해 용궁의 아들이 군사를 이끌고 나타났다. 잉어와 별주부로 이루어진 태자의 군사들은 힘 한번 쓰지 못하고 양원수의 군병들 발밑에 쓰러졌다.'

홍 작가는 백릉파의 아버지인 동정 용왕을 만난 양원수가 치하를 받는 장면을 읽으며 눈꺼풀이 무거워졌다. 내려가는 눈꺼풀을 이길 수 있으랴. 그녀는 어느덧 머리를 팔에 박은 자세로 움직이지 않았다. 잠시 후 코를 고는 소리가 방 안 가득 퍼져 나갔다. 그녀는 꿈속에서도 좀 전과 똑같은 자세로 책상 앞에 앉아 컴퓨터의 자판을 응시하고 있다. 새 소설을 시작할 때면 미지의 세계에 첫발을 들여놓는 사람처럼 늘 당황스러움이 몰려온다. 도무지 무슨 글을 써야 할지 몰라 무기력함에 젖어 든다. 글쓰기는 괴로운 일임을 새삼 절감하며 막막한 기분에 잠긴다. 벽 쪽에 놓인 책장으로 얼굴을 돌린 순간, 처음 보는 형상이 눈앞에 나타난다. 그녀가 앗! 하고 낮게 신음을 낸다. 갓을 쓰고 두루마기를 걸친 남자는 그녀를 응시한 채 그대로 서 있다.

"다… 당신은 누구시죠?"

홍 작가는 온 힘을 다해 되묻는다. 의관을 정제한 남자는 잠시 뜸을 들이다 조용히 미소 짓는다.

"소저가 나를 만나고 싶다고 말하지 않았소?"

그녀는 영문을 알 수 없어 기억을 더듬다가 겨우 생각이 난 듯 의심스런 표정을 지으며 말했다.

"내가 만나고 싶은 사람은 이 책을 쓴 서포 김만중인데, 설마 당신이 그분인가요?「구운몽」을 읽는 동안 궁금한 게 무척 많아서……."

한복을 입은 남자가 얼굴 가득 미소를 지으며 낮게 읊조렸다.

"맞소. 내가 그 소설을 쓴 김만중이오."

홍 작가는 자기 앞에 서 있는 사람이 자신의 관념 속 인물이 환각으로 나타난 것일 수 있다는 생각이 들었다. 무슨 말을 할 것인지 궁리를 거듭하다가 말문을 열었다. 그녀의 시선은 만중에게 향하기보다 먼 곳을 초점 없이 바라보고 있었다.

"선생님을 생각했어요. 얼마 전 텔레비전에서 선생님에 대한 방송을 했어요.「서러워라, 잊혀진다는 것은」이란 제목으로. 선생님이 귀양살이를 한 남해의 섬을 보며 당신이 얼마나 외로웠을까, 그런 생각을 하며 보았지요. 방송 제목처럼 선생님의 인생도, 선생님의 작품도 모두 잊혀진다면 참으로 서러울 것 같아요."

김만중은 홍 작가가 자신을 알고 있다는 사실이 기쁘다는 듯 흡족한 표정을 지었다.

"소저의 마음 씀씀이가 귀하오. 허나 사람은 망각의 존재라오. 잊혀진다는 건 사람이 감내해야 할 것이라오. 내가 임금의 노여움을 사서 귀양길에 올랐을 때의 그 마음을 어찌 필설로 다 할 수 있겠소. 잊혀진 존재가 되어 내가 할 수 있는 일을 해야 했소. 기억에 의지해 할 수 있는 일 중에서 나를 가장 기쁘게 한 것이 글쓰기였다오."

"선생님이 귀양 갔을 때, 사관들의 언행을 보며 느꼈어요. 당시 선비들의 기개와 강직함이 얼마나 대단했는지……. 어떤 신하는 임금의 요구에 '종이는 있으되 붓이 없다'고 아뢰었더군요. 귀양 갔을 때 선생님을 위로한 이가 있었나요?"

만중은 옛일을 더듬다가 회한이 가득한 표정으로 대답했다.

"선천으로 귀양길에 올랐다오. 두 번째의 귀양살이 중 스승의 서찰을 받았소. 소저도 송시열 님의 존함을 알고 있을 거요. 스승은 내게 촌음을 아껴 학문에 힘쓰라고 하셨소. 언젠가 빛이 다시 찾아올 것이라고 격려를 아끼지 않았다오."

홍 작가는 이제 어색함과 부끄러움이 사라졌는지 만중에게 시선을 똑바로 한 채 먼저 말문을 열었다.

"「구운몽」의 주인공 양소유를 보며 당시 소설을 읽은 남자들이 양소유를 무척이나 부러워했을 거란 생각이 들더군요. 당시엔 부인을 여럿 두는 일이 전혀 부끄럽지 않았나요?"

만중은 지체 않고 설명을 시작했다.

"벼슬아치들과 재산이 많은 남자들에게는 그리 어려운 일이 아니었소. 옛 선비들과 한량들이 풍류를 즐기는 현장에는 기예와 미색을 갖춘 여인들이 늘 동참했소. 역사에 나오는 절세가인들을 등장시켜 사람들의 흥미를 불러일으키려 한 거요."

"선생님의 소설은 후세들이 읽기에도 별 거리낌이 없더군요. 주인공들이 서로 주고받는 아름다운 시와 연극적인 장면들이 많아서 재미있었어요. 주인공을 감쪽같이 속이는 대목에서는 마음이 조마조마했지요. 여장을 한 주인공이 거문고를 타며 사또의 딸을 희롱했다가 그 후에 귀신 소동에 휘말려 들잖아요. '네게서 나간 자 네게로 돌아온다'는 말이 의미심장하게 다가왔어요."

만중이 어떤 대목이었느냐고 묻자 홍 작가가 거침없이 말했다.

"귀신이 여인(장녀랑)의 형상으로 나타나 양소유와 대화하는 부분이지요. 또 관상가가 양한림이 귀신에 홀렸다고 하는 대목이 신선하게 느껴졌어요. 선생님의 작품이 다루는 선녀들의 세계와 차원이 다른 또 다른 환상계가 펼쳐졌으니까요. 혼백은 인간의 오감으로 결코 느낄 수 없는 신령한 세계에 속하는 존재잖아요. 귀신은 전생과 현생을 넘나드는 초월적 존재이지요. 귀신과 대화하고 여러 가지 감정을 교환하는 양소유의 모습에서 우리 민족의 고유 정서를 느낄 수 있었지요. 우리 민족은 예부터 무속신앙을 믿어 왔잖아요. 선생님은 유학자이신데도 불구하고 선생님의 의식 속에 있는 어떤 갈망이 귀신의 모습으로 형상화된 것이라는 생각을 했어요. 재미있는 건 일반적인 귀신이 괴기스럽고 공포스럽게 표현되는데「구운몽」속 혼백은 전혀 무섭지 않고 신비스럽게 느껴지더군요."

잠시 침묵하던 만중이 조용한 어조로 말하기 시작했다.

"당시에는 시를 짓고 곡조를 붙여 노래하는 것이 생활의 일부분이었소. 임금이나 곁의 사람들, 특히 외척의 방종이나 잘못을 간하다 많은 이들이 귀양길에 올랐소. 언로의 자유가 막힌 상황에서 학문을 배운 사람들이 세상에서 뜻을 펼치기보다 자신과 가족의 안위를 위해 몸을 사리는 쪽을 택했다오. 서책을 연구하고 명승지를 유람하는 일로 시간을 보내기도 했소."

무언가 골똘한 생각에 잠겨 있던 만중이 불쑥 홍 작가에게 물었다.

"경신대출척(庚申大黜陟)을 아시오? 영의정의 아들인 허견이 역적모의를 했다가 남인들이 처벌받고 세상이 바뀌게 된 사건 말이오. 허견은 교수형에 처해지고 많은 남인이 사약을 받거나 삭탈관직을 당했다오."

홍 작가가 만중에게 질문을 던졌다. 그 일로 선생님이 다시 복권되었나요? 만중이 대답했다.

"물론이오. 다시 주상 곁으로 돌아왔소. 소저도 잘 아는 여인이 당시 성총을 차지하고 있었소. 장옥정은 숙의가 되어 임금을 사로잡아 자기 뜻대로 주상을 움직였다오. 임금은 비밀리에 숙의를 위한 별당을 지었는데, 이 일이 궁중의 풍기를 어지럽힌다고 상소를 올린 신하가 있었소. 분노한 주상은 그를 하옥시켰다오. 세간에 흉악한 풍문들이 떠돌았소. 당시 장옥정의 모친과 친밀한 관계였던 조사석이 좌의정에 오르자 신하들이 그 문제를 지적했다오."

홍 작가는 숨 쉴 틈도 주지 않고 만중의 말꼬리를 잘랐다. 그 일로 직간을 하셨죠? 그래서 다시 귀양길에 오르게 되셨겠네요. 만중은 홍 작가에게 살짝 기분이 나쁘다는 듯 책망의 말을 던졌다. 소저는 손님에게 앉으라는 말도 없구려. 홍 작가는 만중의 쓴소리에 얼굴을 붉히며 자리에서 일어났다. 선생님을 만난 일이 너무나도 갑작스러워 제가 큰 실수를 했네요. 죄송해요. 여기 소파에 앉으세요. 그녀가 작은 탁자 옆에 있던 일인용 소파를 만중에게 내밀자 비로소 만중의 안색이 본래의 모습으로 돌아왔다.

"선천으로 귀양 갈 당시 나를 변호했던 판서 한 분이 조정에서 파직을 당했다오."

홍 작가가 만중에게 귀양 가게 된 일을 자세히 들려달라고 부탁하자 만중이 흔쾌히 그 일의 내막을 들려주었다.

"소저도 역사를 배웠을 것이오. '일은 남구만이 저지르고 날벼락은 만중이 맞았다'는 말이 퍼졌다오. 당시 한성 좌윤이던 남구만이 상소를 올렸소. 남인들의 세상인지라 삼정승이 모두 남인들 차지가 되던 때였소. 영의정 허적은 본부인 사이에 자손을 두지 못해 첩에게서 서자 하나를 보았소. 그 아들 허견이 유부녀를 늑탈해 정절을 유린하는 행동을 했고 대사헌 벼슬을 하던 윤휴가 수많은 소나무를 베어 왕궁을 능가하는 집을 지었음을 지적하는 상소문이 주상께 전해졌소. 숙종 임금은 허견을 처벌하라고 명했다오. 그 후 영의정의 상소가 다시 올라왔소. 두 사람을 조사해 보니 사실이 아니거나 잘린 나무의 수도 몇십 그루에 지나지 않았다는 내용이었소. 허나 허견은 이미 삭탈관직을 당했고 정절을 짓밟힌 유부녀는 귀양을 보냈다오. 누가 봐도 정의롭지 않은 행태였소. 더욱 기가 막힌 건 남인들의 죄를 지적한 남구만이 무고죄를 받게 된 것이었소. 그 일이 있은 후 허견이 역모를 꾀했고 이 사건으로 주모자 허견은 교수형에 처해졌소. 이제 세상의 판세가 바뀌게 되었소. 남인들이 숨을 죽이는 사이 서인들의 영향력이 커졌을 거 아니오. 이때 형님의 딸이 세자빈 간택을 받아 형님이 임금의 장인으로 막중한 역할을 했다오."

 만중의 안색이 어두워지더니 잠시 말문을 닫았다. 잠시 후 만중의 음성이 침통하게 바뀌었다. 내 조카딸인 인경왕후가 서거했다오. 형님은 그 일로 인해 병을 얻게 되셨고, 우리 가문은 슬픔에 잠겼소. 홍 작가가 만중을 바라보다가 낮은 어조로 말했다. 숙종 임금은 다시 중전을 맞았나요? 만중이 그렇다며 고개를 끄덕이더니 침울한 음성으로 말을 이었다.
 "주상의 마음을 장옥정이 독차지했다오. 임금의 성총을 입은 장옥정은 숙원으로, 다시 숙의 직첩을 받으며 빠르게 지위가 올라갔소. 당시 내가 병조 판서 일을 보고 있었다오. 어느 날 어전으로 불려가 주상 앞에 서게 됐다오. 백성들 사이에 떠도는 나쁜 풍문을 알리고 후궁을 향한 성총이 지나치다고 간했소. 한 번 터진 말문을 막기 힘들었다오. 조사석의 일[3]을 지적하자 주상의 분노가 하늘을 찌를 듯했소. 임금은 과인에게 여색을 즐긴다고 한 자가 누구인지 소문의 출처를 밝히라고 했다오. 나는 그가 누구라고 말할 수 없었소. 나는 불충을 저질렀으니 죄를 달게 받겠노라고 했소. 그렇게 된 일이라오."

 홍 작가는 눈앞의 이익을 얻기 위해 친구를 배신하고 표리부동하게 처신하는 이들을 수없이 보며 살아왔다. 그런 모습에 이골이 난 상태에서 의리

---

3) 영의정 조사석趙師錫이 장희빈 어머니와 염문을 일으킨 일.

를 지키려고 끝까지 소문의 출처를 밝히지 않은 만중의 인격에 마음이 흔들리기 시작했다. 만중의 꼿꼿한 기개에 이루 말할 수 없는 감동을 받아 떨리는 마음을 감출 수 없었다. 그런 그녀의 모습을 가만히 살피던 만중이 조용히 말했다.

"소저가 궁금했던 것이 무엇이든 모든 걸 말해 주겠소. 또 내게 궁금한 것이 있소?"

홍 작가는 마음을 가다듬고 숙종 임금이 다스리던 시대에 붕당정치가 어느 정도로 심했느냐고 물었다. 만중은 연민을 느끼는 낯빛으로 조용히 입을 열었다.

"어느 누구도 부모를 선택해 태어날 수 없소. 내 부친은 성균관 생원이었소. 열렬한 척화파이기도 했소. 당시 명나라는 국운이 쇠퇴의 길로 들어서고 있었소. 새로 일어나는 청은 온 천하를 호령하는 떠오르는 태양이었다오. 청이 조선을 침략했을 당시 나의 모친은 나를 잉태하고 있었소. 나의 부친은 병난이 발발하자 할머님을 모시고 강화로 피난을 떠났소. 그러나 청나라 군대와 전투하던 중 사태가 급박해지자 부친은 순절했다오. 끓어오르는 의분과 나라를 염려하는 충심으로 목숨을 내던진 부친은 나의 삶을 비추는 태양 같은 분이셨소. 소저가 붕당정치에 대해 물었소? 나의 증조부는 송시열 선생의 스승이었소. 함자가 김장생이오. 그분은 옳음을 유언으로 남길 만큼 의를 귀하게 여겼다오. 조부는 성균관 유생으로 사시다가 '계축옥사'가 일어난 후 고향으로 돌아왔소. 조부는 이괄이 난을 일으켰을 때 인조 임금을 모시고 공주로 피난시킨 분이오. 내가 나의 가문을 떠나 가문과 무관한 사람으로 사는 건 불가능한 일이오. 나는 조상 대대로

서인이었다오. 허나 분명히 말할 수 있소. 나는 조상으로부터 대쪽 같은 성품을 물려받았다는 사실이오."

 깊은 상념에 잠겨 있던 홍 작가가 혼잣말을 중얼거렸다. 실제의 현상을 받아들이는 것이 자연스럽고 정상이라면 기묘한 현상이나 비밀스러운 어떤 모습이 존재한다고 말하거나 믿는 것은 비정상인가. 그녀는 만중을 쳐다보며 자신의 생각을 털어놓았다.
 "작가는 공상을 즐기지요. 생각이 자유롭고 남에게 얽매이길 싫어하는 공통점이 있고요. 선생님은 작가의 특권이 무엇이라고 생각하나요? 세상의 관습과 도덕으로부터 자유를 누리는 것인가요? 부조리한 세상을 향해 이상적이고 가치 있는 어떤 삶의 모습을 제시하는 선각자적인 권리인가요?"
 만중은 담담한 표정으로 홍 작가의 물음에 자신의 진솔한 생각을 가감 없이 드러냈다.
 "그리 간단한 문제가 아니라오. 책 속에 우주의 이치가 들어 있어서 우리의 허한 마음을 붙잡아 준다오. 소저는 내가 쓴「서포만필」이라는 책을 들어보았소?"
 만중의 질문에 홍 작가가 반색을 표하며 말꼬리를 이었다.
 "읽은 적이 있어요. '우리나라의 시와 산문은 제 나라의 말을 버리고 남의 나라의 말을 배워 쓰고 있다'고 하셨지요."
 만중이 그 말에 고개를 끄덕여 준 뒤 말을 계속했다.
 "남의 말을 하는 건 앵무새가 사람의 말을 흉내 내는 것과 매한가지라오. 소저는 혹시 이런 생각을 한 적이 없소? 글을 쓰는 작가는 버림받은 존재라는 생각 말이오. 나는 임금과 주류 정치권으로부터 버림받았다오. 그 누구라도 나를 변호할 경우 왕의 분노를 피할 수 없었다오. 주상께 '수신제가'를 권유할 때 앞날이 험난할 것을 예측할 수 있었소. 주상은 그 말을 듣는 순간 분기탱천하셨다오. 분노의 감정을 다스리지 못해 몸을 부들부들 떨기까지 하셨다오. 주상은 나의 충고에 마음의 상처를 크게 입은 듯 보였소. 주상은 나의 충성심을 알고 계셨건만 나를 아끼는 마음이 컸던 만큼 나를 미워하는 마음 역시 대단히 컸나 보오."

만중은 잠시 숨을 고르느라 말을 멈췄다가 다시 이어 나갔다.

"사람의 마음과 생각에 미치는 소설의 영향력은 엄청난 것이오. 소설은 세상의 모든 것을 다룬다오. 소저는 양진의 일화를 들어보았을 것이오. 중국 후한의 양진은 청렴한 관리였다오. 어느 날 많은 금품을 갖고 온 벼슬아치가 양진에게 아는 사람이 없으니 재물을 받으라고 권했다오. 그때 양진이 한 말이오. '하늘이 알고 땅이 알고 그대가 알고 내가 알고 있는데, 어찌 아는 사람이 없다고 말하느뇨?'

왕권을 비판하거나 치부를 폭로하는 책들은 금서로 여겨져 폐기됐소. 권력자들은 그런 책들이 읽히길 꺼린다오. 작가가 권력자를 비판하는 내용이나 쓴소리를 책에 담는 이유는 자명한 것이오. 작가에게는 자유의 권리보다 더 중요한 의무가 있다고 생각되오. 그건 백성들의 고충과 슬픔을 모른 체하지 않는 것이오."

홍 작가는 만중의 설명을 들으며 선배 작가의 일생을 그려 보았다. 귀양지에서 수없이 죽음을 음미했을, 작품 속에서 사라졌던 인물을 되살리고 소원을 말하게 하고 애환을 토해내게 했던 그를…….

「구운몽」에 나타난 언어들, 곧 꿈결의 언어는 주인공이 꿈속에서 겪는 사건들과 시가들, 오래전부터 전해 오는 고사들로 이루어진다. 주인공이 겪는 일들은 서포 자신이 읽거나 듣거나 경험한 일들이 형상화된 것이다. 서포는 자신의 기억을 되살려 성진의 꿈과 팔선녀의 꿈을 무궁무진하게 펼치며 독자들을 환상세계로 인도한다. 홍 작가가 다시 만중에게 질문을 던졌다.

"선생님은 작품을 통해 이 세상의 권력과 부귀영화가 한낱 꿈에 지나지 않음을 드러내셨어요. 당대의 권력자에게 반역을 꾀하거나 기존의 질서를 전복시키지도 않았지요. 선생님은 도전적이고 혁명적 방식이 아닌 문학이라는 간접적인 방식으로 이 세상 권력에 도전한 것이라는 생각이 드네요."

만중은 만면에 부드러운 미소를 지으며 입을 열었다.

"소저의 말을 부정하기 어렵소. 한글은 언문으로 불렸소. 언문으로 글을 쓰는 일은 부끄러운 일로 여겨졌소. 나 역시 평범한 사람들과 똑같이 느끼며 산다오. 자신들이 추구하고 전력하던 일이 어느 순간 허무하게 느껴지기도 하니까. 죽음을 만나거나 죽음을 목전에 둔 상황에서 우리는 동일한 깨달음에 이르게 된다오."

홍 작가는 만중과 시선을 교환하며 이야기를 나누는 동안 서포의 존재가 가깝게 느껴졌다. 머나먼 과거의 인물이 아닌 서로 교감할 수 있는 친구 같은 느낌을 받게 되었다.

"선생님의 생각을 이렇게 표현하면 어떨까요? 필연적으로 죽게 될 운명에 놓였기에 인간은 죽음으로부터 자유롭지 못해요. 그렇다면 우리는 죽음이란 감옥 속에 갇힌 죄인이라고 할 수 있겠죠. 조선 시대의 평범한 사람들과 선생님의 차이점은 육체의 소멸과 함께 사라졌느냐, 작품(텍스트)을 남겨 후세들에게 영향을 미치느냐 하는 것이지요. 「구운몽」은 의미를 가진 작품으로 현대를 사는 제게도 영향을 주고 있지요. 서포 선생님은 양반이자 기득권 계급에 속해 있었는데 마르지 않는 문학적 감수성은 어디에서 나왔을까요?"

만중은 생각에 잠겼다가 자신의 생각을 토해냈다.

"글쓰기의 동인이라고 할까, 소설을 쓰게 된 원인이 분명히 있다오. 그건 외로움을 겪으며 다른 사람들과 생각을 나누고 소통하고 싶은 욕구가 생겼기 때문이오. 또 다른 동인은 나의 어머니라오. 칠흑 같은 어둠 속에서 바다 위를 휘몰아치는 바람 소리와 파도 소리를 들으며 밤늦도록 잠을 이루지 못했소. 무덤에 묻힌 이들과 아직 생명이 남아 움직이는 사람들을 생각했소. 다른 사람에게 다가가려면 나의 절실함이 상대에게 전해져야 한다오. 어머니는 강직한 분이셨소. '국록을 먹는 자가 등이 따습고 배가 부르면 안 된다'고 하시며 명절 때 문을 지키시던 분이라오. 벼슬아치들에게 선물을 전해 주려고 찾아오는 사람들을 막기 위해 그런 수고를 하셨소. 허나 멀리 귀양 온 처지라서 노모를 돌보지 못했소. 그 회한과 그리움이 글을 쓰게 만든 힘이었다오."

만중은 그의 모친이 이야기를 좋아했다며 언젠가 자신이 새로운 이야기를 만들어 들려준 적도 있다며 너털웃음을 지었다.

홍 작가는 만중을 보며 소리 내어 웃었다. 선생님은 아직 제 이름도 모르시는데 참 길게 이야기를 나눴네요. 만중이 따라 웃으며 소저의 이름이 무엇이냐고 물었다. 제 이름은 '루다'에요. 부모님이 무언가를 이루라고 '루다'란 이름을 지어 주셨어요. 홍 작가는 진지한 표정으로 만중에게 질문을 던졌다.

"「구운몽」 속에 여성 존중 사상이 얼핏 보이더군요. 주인공 양생이 과거 길에 만난 여인, 진 어사의 딸이 보낸 글을 보며 임을 향한 여자의 마음을 맛깔스럽게 표현한 듯 보였어요.

  '다락 머리에 양류(버드나무)를 심어 비껴
  낭군의 말을 매여 머무르게 함이어늘
  어찌하여 꺾어 채찍을 만들어
  장대(옛 성문)길을 재촉하여 향하는고'

전생에 여인으로 살지 않았으면 진 낭자의 진한 연정을 표현하기 어려울 것 같아요."

만중은 진 낭자가 양소유가 만난 첫 여인이라고 상기하며 자신이 작품 속에 많은 고사를 인용했노라고 덧붙였다. 루다는 '술잔 속의 활 그림자' 이야기를 지적했다.

"헛것을 뜻하는 고사가 기억에 남아요. 오래전 익광이란 사람의 친구가 익광의 집에 발길을 끊었죠. 그 이유인즉 술을 마실 때 술잔 속에 뱀이 들어 있었다고, 뱀의 독을 마셔 병이 들었다고 말하지요. 익광이 진실을 알려줘요. 그건 실제 뱀이 아닌 그림자일 뿐이라고. 하남 땅 청사벽 위에 놓여있던 뱀 그림을 그린 활의 그림자가 술잔에 비친 것이라고. 그 말을 듣자마자 친구의 병이 나았다는 이야기이죠. 병으로 인해 생기는 괴로움과 염려를 없앤다면 병이 쉽게 낫는 법이죠."

만중은 세상의 이치를 읽어내는 루다의 재치가 대단하다고 칭찬을 한 후 자신의 소설에 고사를 넣은 의도가 무엇인지 말해 주었다.

"옛이야기는 재미를 더하는 효과가 있소. 그에 못지않게 큰 교훈을 담고 있기에 고사를 여럿 인용했소. 황금으로 미인을 유혹하는 '추호 이야기'는 어땠소?"

루다가 그 이야기를 자세히 듣고 싶다고 말하자 만중이 고개를 끄덕이며 진나라의 대부 자리에 오른 추호에 대해 말하기 시작했다.

"추호는 혼인한 지 닷새 만에 아내를 떠나 방랑하다가 결국 세자를 가르치는 독선생이 되었소. 십여 년이 흘러 귀향길에 오른다오. 고향 집 가까이에서 절세가인을 만난 추호는 금덩어리를 꺼내 보이며 여인을 유혹해 보지만 실패했소. 집으로 온 추호는 방금 전에 만났던 여인이 자기 집에 있는 걸 보자 너무나 놀랐다오. 자신이 수작을 건 여인이 자기 아내인 걸 알게 돼 더욱 당황했을 거요. 추호의 아내는 모욕감과 비통함을 견딜 수 없어 강물로 뛰어들어 죽음을 택했다오."

루다는 추호의 이야기가 남자의 본성을 적나라하게 보여 주는 것이라고 생각했다.

만중은 이어 추호의 고사와 대조되는 '농옥과 소사' 이야기를 했다.

"춘추 시대의 군주 진목공에게 농옥이란 딸이 있었소. 농옥은 퉁소의 명인인 소사에게 마음을 온통 빼앗겨 넋이 나갔던가 보오. 둘은 혼인을 했다오. 농옥은 남편에게 퉁소를 배운 후 연주 솜씨가 신묘의 경지에 올랐다오. 두 사람이 퉁소를 불면 소리에 매혹된 봉황이 날아들었다고 하는구려."

루다가 그 내용을 알고 있다는 듯 말꼬리를 자르며 끼어들었다.

"그 두 사람은 봉황을 타고 하늘로 오르지요. 부부가 신선이 되었다는 이야기군요. 선생님도 「구운몽」에서 양한림이 옥퉁소를 연주할 때 한 쌍의 청학이 대궐로 날아와 춤을 춘다고 묘사했죠. 당시 사람들이 신선이나 선녀의 이야기에 몰두했나 봐요. 소설 속에 인륜을 거역하라고 양 상서를 압박하는 권력자가 나오지요. 최고 권력자에게 부당함을 아뢰는 주인공이 참 멋져 보였어요. 이미 정혼녀가 있는 주인공을 자기의 사위로 삼으려고 억지를 부리는 태후를 보며 어찌나 울분이 끓어오르던지…. 난양 공주의 부탁으로 정 소저가 공주의 위호를 받고 난 후 두 사람이 동시에 혼례를 치르는 장면도 나오더군요. 어찌 보면 잘된 일인 듯싶기도 했어요."

만중은 루다에게 '이중 성례'가 당시 권력층 남자들이 열망한 혼인이었다고 혼잣말을 했다.

이제 떠나야 할 때가 된 듯하오. 만중은 조용히 읊조리며 루다를 쳐다보았다. 하던 이야기를 마무리 지어야 할 것 같소. 만중이 진지한 표정을 지으며 입을 열었다.

"남자와 여인 간에 욕망을 품는 일은 자연스러운 순리라오. 욕망의 욕(欲)은 비어 있다는 곡(谷)과 아쉬워한다는 흠(欠)이 합친 글자요. 비어 있기에 아쉬워하고 애달파하는 것이 아니겠소. 양소유는 부인 여덟을 진정으로 사랑했소. 여검객 심요연, 하북과 낙양 지방의 절세가인인 적경홍과 계섬월은 실제 인물이오."

의미심장한 미소를 짓는 만중에게 홍 작가가 탄식하듯 말했다.

"선생님은 불가능한 상황을 설정하셨더군요. 부인 여덟을 둔 남자가 과연 행복할까요? 사건 사고가 끊임없이 벌어질 텐데. 부인 사이에 태어난 자녀들의 갈등 역시 필연적으로 나타날 테지요. 세상에나!"

만중이 그 마음을 알고 있다는 듯 고개를 끄덕이며 화답했다. 소저가 사는 시대와 내가 살던 옛날은 사회 규범이나 도덕률이 다르오. 조선 시대 사람들은 조상 대대로 내려온 풍습을 미풍양속으로 여기고 살았다오. 부부 간에 분별 있는 행동을 요구받았소. 본처와 첩 사이에 분명한 구별이 있었소. 그런 이유로 인해 서자와 적자의 구별 역시 뚜렷했다오. 혼인과 상례의 때를 지키지 못하는 사람들은 풍습을 어지럽히는 자로 징벌을 피할 수 없었소. 또한 유부녀와 수절 과부를 유혹하거나 간통을 하는 자에게도 엄한 벌이 내려졌소.

마음이 급해졌다. 아직도 할 이야기가 많기 때문이었다. 루다가 빠른 어투로 말했다.

"「구운몽」은 '독서 불가능성'으로 인해 더욱 매혹적이라는 생각이 들어요. 이 소설은 환영과 허구의 세계를 다루고 있잖아요. 바로 그런 점으로 인해 이 작품은 읽히지 않으려고 저항하는 느낌이 드네요. 수많은 비밀스러움과 신비한 요소를 품고 있는 작품으로 이미 사라진 역사적 인물을 회상하거나 현재로 불러내어 꿈결의 언어로 직조해 낸 글을 읽으며 이런 생각을 했어요. 주인공이 이렇게 말하지요. '꿈이 잠 아니며 잠이 꿈 아님을 분변(分辨)치 못하오니 스승은 법을 베푸사 깨닫도록 하소서.' 실제로 환각을 경험하는 우리가 이 소설 속에서 비밀에 싸인 또 다른 세계를 경험하게 돼요. 전에 읽은 환상적인 시가 떠오르네요. '햇빛 없는 바다로 흐르는 강'과 '얼음의 동굴이 있는 양지바른 궁'의 그림자를 보며 '쿠블라'가 예언의 소리를 듣는 시. 그 시처럼 이 소설은 그 고유함 때문에 대체 불가능해지니까. 이 소설은 매번 다른 모습을 드러내고 있기에 무한히 다른 의미를 갖게 돼요. 생명이 있는 것들은 유동적이고 늘 변하지요. 이 소설은 매번 다른 의미로 다가오더군요. 그렇기에 이 소설이 생명력을 갖게 되는 거죠."

루다의 말이 이어지는 동안 만중의 얼굴이 밝아졌다. 만중은 기쁨에 겨워 입을 열었다.

"작가는 수많은 세월을 거슬러 올라가서 태고의 일을 체험할 수 있다오. 그와 마찬가지로 다가올 미래를 상상하며 후세 사람들과 교감을 나눌 수도 있다오."

루다는 작품에 등장하는 절세가인들을 생각하며 아름다움의 속성을 대화의 주제로 이끌어 냈다.

"선생님의 말에 동감해요. 대단한 미색으로 주인공의 마음을 흔든 여덟 명의 부인들을 떠올려 봤어요. 그 아름다움이 얼마나 오래 지속되었을까, 잠시 그 생각을 했어요. '가장 크게 마음을 흔들어 놓는 아름다움은 가장 빨리 사라지는 것' 아닌가요? 동서양을 막론하고 아름다움은 여인의 최고 미덕으로 일컬어지니까."

만중이 흐뭇한 미소를 얼굴 가득 지으며 화답했다.

"아름다움은 힘이요, 미덕이라오. 그래서 아름다운 여성은 관심과 숭배의 대상이 되나 보오. 뭇사람들이 아름다움에 매료되는 이유는 그 아름다움이 쉽게 사라지는 속성이 있기 때문이오. 또 외적인 미는 한발 더 나아가 내적으로도 아름답고 선하다는 생각을 불러일으킨다오. 아름답다는 판단은 도덕적 가치와 자연스럽게 연결된다오. 작품 속 여덟 가인은 선녀였소. 최상의 아름다움은 인간 세상을 뛰어넘은 천상에 속한 것이오. 곧 성스러움과 통하는 것이라오."

잠시 침묵하던 만중이 루다에게 소설 내용 중 어느 곳이 재미있었느냐고 물었다. 루다가 대답했다.

"소설에 대해 말하기 전 선생님을 향한 존경을 표시하고 싶어요. 우리에게 모국어는 어머니의 얼굴처럼 고유한 것이지요. 무언가 다른 걸로 대체할 수 없는 유일한 것이잖아요. 선생님이 그런 생각을 오래전에 갖고 있었다는 것이 너무 존경스러워요. 재미있었던 부분은 양소유에게 속은 걸 안 정 낭자가 철두철미하게 계획을 세워 되갚아 주는 대목이에요. 또 다른 장면은 정 낭자가 죽었다는 소식을 듣고 양생이 슬퍼하자 너무 슬퍼하는 일은 죽은 이에게 누를 끼칠 뿐이라고 위로해 주는 가춘운이 나오는 장면이지요. 사랑을 얻기 위해 온갖 술수와 계략과 위장을 펼치는 인물들이 흥미롭고 감동적이기도 했어요."

루다가 만중에게 질문을 던졌다. 선생님이 읽은 소설 중에 뛰어난 작품이 있느냐고. 만중은 한동안 입을 닫은 채 생각에 잠겨 있다가 말문을 열었다.

"「홍길동전」은 소저가 잘 알 테고. 선조 임금 당시 불우한 삶을 산 인물이 있었다오. 혹시 권필이라는 이름을 들어보셨는가?"

만중은 넉넉한 웃음을 보이며 잠시 루다를 바라보았다.

루다가 표정으로 계속 설명해 주기를 채근하자 서포가 이야기를 시작했다.

"무언자(호) 권필의 한문소설, 「주생전」이 무척이나 아름답게 느껴졌소. 주인공 주생의 사랑 이야기라오. 권필은 외척을 풍자한 시를 쓴 일로 유배형을 받았다오. 귀양길에 결국 아까운 인재가 저승길로 갔다오. 채생과 기녀 월단단의 이야기를 그린 「월단단」도 좋은 작품이었소. 오랫동안 대제학을 지내신 서거정 선생의 작품이오."

루다가 만중의 말이 끝나자 다시 질문을 던졌다. 환상소설을 읽은 이들 중에 작품을 비난하거나 꿈 타령이나 하는 것이 무슨 유익이 있느냐고 쓴소리를 한 이들이 있었나요? 만중은 당연하다는 듯 루다의 말에 동의하며 고개를 끄덕였다.

"세상은 삶과 죽음이 교차하는 전장이오. 열심히 몸을 움직여 농사를 짓고 삶의 현장을 개선하고 발전시켜 나가야 한다오. 그 일이 중요한 것이라면 하늘 높이 올라가서 저 먼 앞날을 예측하는 일도 필요한 것일 게요. 자칫 작가는 경제적 행위와 무관해 보이는 일에 전심전력하는 무익한 사람처럼 여겨질 수 있소. 작가는 글쓰기를 통해 결코 탕진되지 않는 의미를 찾아내야 할 의무를 가졌다오. 세상살이가 흥미로운 것이라면 문학은 실제

삶보다 더욱 흥미롭다오. 작가들 중에 앞일을 예견하는 작품을 쓴 이도 있소. 삶의 비의를 깨달은 작가에게 덤으로 주어지는 능력이 예언적이고 초월적인 종류의 것이라오."

루다는 만중의 말을 들으며 오래전 「신곡」을 쓴 단테의 일화가 생각났다. 단테는 자신의 고조부를 만나 앞날에 대해 듣게 되었고 그 일을 이렇게 표현했다. '수치 때문에 양심이 흐려진 자들이 네 시를 노골적으로 학대할 것이다.' 단테는 그 글에서 예언한 대로 정치적 박해를 피해 망명길에 오르지 않았던가. 루다가 만중에게 자신의 생각을 드러냈다.

"선생님의 말씀을 들으니 저의 오랜 의문이 풀리는 것 같아요. 예전에 서양에서 쓰인 SF소설들은 허무맹랑하고 뜬구름 잡는 이야기이며, 상상 속에서나 있을 법한 일이라고 비웃음을 당했어요. 그런데 세월이 지난 현 시점에서 소설 속의 일들이 현실이 되더군요. 과학의 발달이 큰 역할을 하긴 했지요. 서구의 어느 공학 전문가는 이런 말을 했죠. '현재의 인간은 진보된 과학기술에 의해 빠르게 진화할 것'이라고. '신기술을 이용해 진화의 종착점에 이르면 신인류가 출현할 것'이라고. 미래에는 생명 연장 장치나 장기 이식을 통해 늙지 않고 죽지 않는 불사의 존재가 될 수도 있다고 예견하는 이들도 있어요. 공상소설 속 초능력자들처럼 빠르게 달리고 공간을 이동하는 일이 실현될지도 모르니까요. 제가 이제껏 한 말은 미친 사람이 내뱉은 헛소리가 아니에요. 공학박사가 한 말이기에 더욱 놀라울 뿐이지요."

루다의 이야기를 듣는 만중의 얼굴에는 놀란 기색이 역력했다. 만중은 어리둥절해 있다가 정신을 가다듬은 뒤 루다에게 감사를 표했다.

"소저는 사회에 대한 관심과 안목이 대단히 넓은 듯하오. 그뿐 아니라 내 소설에 많은 관심을 가져 주니 고맙기 한량없소."

이제 헤어질 시간이 된 것 같다고 만중이 말하자 루다가 한 가지 꼭 물어볼 것이 있다며 빠르게 말을 이었다.

"「구운몽」의 양소유는 생원으로 시작해 한림으로, 다시 예부 상서로, 다시 대원수를 거쳐 대승상의 지위로 신분이 상승해요. 군주와 권력자의 관점에서 본 역사는 승리와 영광의 광휘 속에 덕과 관대함을 갖춘 훌륭한 모습으로 그려지겠지요. 민중들과 백성들에게 초점을 맞추면 빛나던 부분보다 어둠에 감추어져 있던 부분들—소름 끼치는 악행들과 핏빛으로 물든 안타깝고 잔인한 흔적들—이 드러날 테니까요. 선생님은 소설 속에 하층민이나 천한 계급의 사람을 주인공으로 등장시킬 생각은 하시지 않았나요?"

만중이 루다의 지적이 매우 날카롭다며 놀라움을 표했다.

"소저가 문제의 핵심을 제대로 짚었구려. 앞에서 말했듯이 조선은 청의 침략을 받아 인조 임금이 적장 앞에 무릎을 꿇고 절함으로써 말할 수 없는 수치를 당했소. 벼슬아치들과 선비들의 원통함이 하늘을 찔렀을 것이오. 또한 셀 수 없이 많은 백성이 청으로 끌려갔소. 나라가 평화로울 때도 배부르고 등 따습게 살기가 힘들었던 백성들이 호란을 당해 겪은 참상은 이루 말할 수 없을 만큼 절망적이었소. 내게는 간절한 소망이 있었다오. 문학의 힘을 빌려 슬픔 가득한 이 세상을 행복한 곳으로, 지복이 넘치는 아름다운 곳으로 바꿔 놓고 싶은 소원을 품고 있었다오. 사랑을 느끼면 가난도 결점도 모두 견딜 수 있게 되오. 겹겹이 쌓인 불행과 고통을 참을 수 있는 힘은 앞날에 대한 희망뿐이라오. 내 소설을 읽거나 전해 들은 사람들이 주인공들과 함께 울고 웃는 동안 설움을 잊게 되길 바랐소. 나는 귀양살이를 하는 신세로 실패한 인생을 살지만 내가 이승을 떠난 뒤에도 내 소설은 사람들의 기억에 남을 것이오. 당대의 사람들이 나를 기억할 테고, 수백 년이 흐른 먼 미래에 소저 같은 이들이 나와 내 작품을 기억할 거 아니오. 그 사실만으로 흡족하다오."

만중은 얼굴에 웃음을 띤 채 홍 작가에게 작별을 고했다. '서로 만날 제 꽃이 하늘에 가득하더니 서로 이별하매 꽃이 땅에 있더라.' 홍 작가는 아쉬움을 억제할 수 없어 두 손을 앞으로 내밀며 소리쳤다. 가지 말아요! 제발……. 홍 작가는 꿈에서 깨어나 서포와 무슨 이야기를 했는지 기억을 더듬어 보았다. 그와 나눈 말들이 실타래처럼 엉켜 전혀 갈피를 잡을 수 없었다. 홍 작가는 먼 하늘을 바라보며 가만히 중얼거렸다. 서포 선생님을 다시 만날 수 있으면 좋으련만…….

세월을 가로질러 그와 만나다(II부)

만중은 서해의 포구가 지척에 있는 평안부 선천 고을을 향해 유배를 떠났다. 물설고 낯선 곳으로 가는 동안 만중의 심정은 울적하기 그지없었다. 세상을 잘못 만나 신하 된 도리로 직간을 했다가 주상의 노를 사게 돼 귀양길에 오른 자신의 처지가 애처롭게 느껴졌다. 스무날이 지나서 선천 고을에 도착한 만중은 스승의 서찰을 전해 받은 후에야 용기를 낼 수 있었다. 대쪽 같은 성품을 지닌 우암은 만중에게 '학문에 힘쓰면 빛이 다시 찾아올 것'이라며 격려를 아끼지 않았다. 우암이 어떤 분이던가. 스물넷에 만중의 증조부이신 김장생의 문하생이 돼 두각을 보인 인물이 아니던가. 스승은 삼전도의 치욕을 씻기 위해 임금을 도와 북벌계획을 세웠던 인물이기도 했다. 만중은 세상 사람들이 존경의 염으로 우러러보았던 그분의 충고를 마음 깊이 새겼다.

만중은 연로한 어머니의 병이 중해졌음에도 지근거리에서 모친을 돌볼 수 없는 안타까움으로 잠을 이루지 못했다. 멀리 있는 자식 생각으로 슬퍼하실 어머니를 생각하며 비탄 어린 마음으로 시를 읊조렸다.
"반은 죽어서 한 이별 탓이오, 반은 생이별 탓이로구나."
밝은 해가 떠올랐건만 만중은 수심이 가득한 얼굴로 먼 하늘을 멍하니 쳐다보았다. 찾아온 제자들을 물리고 쉬고 있을 때 만중의 심부름을 하는 사동이 다가와 서찰을 건넸다. 선천부윤 마님으로부터 온 것이었다. 서찰을 읽는 만중의 입에서 탄식이 흘러나왔다. '서포 대감과 마지막 자리를 한 지 어언 서른다섯 해가 지났사옵니다. (…) 그대가 이곳 선천까지 찾아왔으니 아마도 전생의 인연이 없지는 아니한 듯합니다. (…) 그대 지금 비록 죄인의 몸이나 그대의 충절은 헛되지 아니할 것이니 마음을 가다듬어 후일을 기약하소서! (…)'
만중은 서찰을 덮으며 양순과 함께했던 지난날을 되새기며 아쉬움에 젖어 들었다. 목멱산 위로 휘영청 밝은 달을 바라보며 양순과 두런두런 나누던 이야기가 귓전에 들리는 듯했다. 양순에게 말 한마디 못하고 혼인한 자신을 힐책하다 보니 어느덧 눈시울이 젖어 들었다. 강산이 여러 번 변하는 동안 자신은 죄인의 몸으로, 첫사랑 양순은 선천부 부윤의 부인으로 이곳 선천 땅에 머무르게 된 일이 안타까울 뿐이었다.

여러 사람이 만중을 방면하기 위해 상소를 올렸다. 간관 김영식이 만중에게 성덕을 베풀어 주시길 청했고, 이조판서 박세채가 차자를 올려 만중의 늙은 어미가 고생하고 있음을 아뢰었다. 박세채는 이 일로 조정에게 쫓겨나게 되었다. 영의정 김수홍이 만중의 가련함을 전하자 주상으로부터 방면하라는 명이 떨어졌다. 만중은 유배지에서 살아서 본가로 돌아왔다. 유배지에서 쓴 「구운몽」을 흥미 있게 읽었다며 칭찬을 쏟아내던 모친의 얼굴이 눈물로 젖은 걸 보며 만중은 불효막심한 자신을 채찍질했다. 모친에게서 오래전 태중의 만중과 당신의 목숨을 구했던 강화섬 노인의 소식을 전해 들었다. 그 노인의 극진한 도움이 없었다면 만중은 살아남지 못했을 것이다. 만중은 그가 생명의 은인임을 강조하고 그의 가족들에게 꼭 보은하라고 당부했다.

장희빈으로부터 왕자를 얻은 임금은 왕자가 태어난 지 얼마 되지 않아 원자의 칭호를 주려고 결심하기에 이른다. 우암 송시열은 '이 일을 걱정하는 중신들의 태도가 지당하다'는 내용의 상소를 올린다. 진노한 임금은 유학의 거두 우암을 제주로 유배시킨다. 이 사건으로 조정은 남인들의 세상으로 바뀐다. 임금은 왕자 균을 원자로 칭한 후 남인들과 희빈의 계략대로 정국을 운영해 나간다. 남인들은 눈엣가시 같은 만중을 제거하기 위해 아래와 같이 만중을 탄핵한다. '김 아무개는 선천 유배 시절「구운몽」이라는 해괴한 불교소설을 써서 (…) 상감을 훈도하려 하였다.' 임금은 예전의 조사석 문제를 거론하며 만중을 잡아들이라고 명한다.

 만중은 다시 국문을 당하는 죄인의 신분으로 임금 앞에 선다. 남인들은 조사석에 대한 말의 출처가 거짓이라며 만중에게 죄를 물어야 한다고 임금에게 간한다. 소문의 출처는 홍치상인데 치상은 효종의 딸, 숙안 공주와 결혼한 홍득기의 아들이다. 조사석이 정승 벼슬을 받은 일을 홍치상이 퍼뜨리고 이사명이 이 말을 듣고 난 후 만중에게 전했던 것이다. 허나 만중은 이사명의 이름을 토설치 않고 자신이 죄를 받음으로써 다른 이를 보호하는 길을 택했다. 만중이 하옥돼 있을 때 박태보와 이세화가 그를 찾아온다. 태보가 탄식하며 부르짖는다. 대감! 주상이 바른말 하는 신하들을 멀리 내치고 있으니 이 일을 어찌하면 좋겠나이까? 임금은 소문의 근원을 밝히지 않은 죄를 물어 만중을 남해의 섬으로 위리안치 하라고 명한다. 귀양에서 돌아온 지 석 달 만에 벌어진 일이었다.

 만중은 남해로 떠나기 전 잠시 한양 남성 밖에서 모친께 하직 인사를 드릴 수 있었다. 만중을 유배지로 호송하는 임무를 맡은 의금부 도사가 그를 위해 배려를 해 준 덕분이었다. 만중은 아내에게 모친을 부탁한 후 가마가 멀어지길 기다렸다가 보이지 않게 되자 통곡을 쏟아냈다. 만중은 유배지로 가는 동안에도 민비에 대한 근심을 떨치지 못했다. 장희빈을 향한 주상의 성총이 바뀌기를 소망하며 귀양길에 오른 만중의 마음은 칠흑처럼 어둡기만 했다.

달포가 지나서야 남해의 원산 기슭에 자리 잡은 용소마을에 도착했다. 만중이 머물러 있을 처소는 삼간초옥인데 울타리가 온통 가시로 덮여 있었다. 뾰족한 가시를 보며 만중은 주상의 노기가 날카로운 가시처럼 자신을 향하고 있음을 직감했다. 언문소설을 써 백성들과 소통하기를 열망한 그가 아니던가. 위리안치는 작가이기에 앞서 사대부로 산 만중에게 크나큰 절망감을 자아내기에 충분한 처사였다. 유배지에서의 밤을 뜬눈으로 지새우며 통한에 잠겨 있던 만중은 얼마 전 의미심장한 꿈을 꾸었다.

홍포를 입은 장희재의 기세가 등등하다. "네놈이 어찌 홍포를 입었느냐? 어서 벗으라" 하고 만중이 화를 쏟아낸다. 그때 희재가 칼을 받으라며 휘두른다. 만중이 다시 희재를 꾸짖는다. "한미한 집안에서 태어나 정일품 희빈까지 올랐으면 영화가 대단하거늘 어찌 민비를 내쫓으려고 하느냐? 희재 이놈! 하늘이 두렵지 않으냐?" 희재가 칼을 내리친 순간 만중이 붓으로 막는다. 칼이 두 동강이 나고 만중의 붓끝이 희재의 목을 내리찍는다.

만중이 이상한 꿈을 생각하고 있을 때 심부름을 하는 아이가 서찰을 들고 왔다. 보고 싶던 태보의 글임을 알게 되자 봉투를 여는 만중의 손이 부들부들 떨렸다. 태보는 팔십육 인의 집단 상소문을 쓴 일로 하옥돼 힘든 시간을 보내고 있었다. 만중이 전해 들은 내용인즉 처참하기가 이루 말할 수 없었다. 집중 심문을 받던 태보가 주상에게 울부짖었다고 한다. '어찌 이런 망극한 일을 하시느냐?'라고 했단다. 태보가 쓴 상소문의 내용은 다음과 같다.

'모후께서 주인 되신 지 9년이 되었나이다. 돌아가신 인군의 어머니께서 간택하여 뽑으시어 전하께 부탁하셨고 함께 선후의 상을 치르신 분 (…) 원자의 탄신은 산골짝의 농부도 기뻐하여 마지않는데 내전의 마음인들 기쁘지 않으리오. 옛날 희빈의 재입궁을 권유한 것도 (…) 내전의 권도에서 나온 것인데 투기하고 원망을 드러냈다 함은 헤아려 보아도 그럴 리가 없음을 알 수 있나이다. (…) 내전의 처사가 성심에 합하지 않더라도 선후께서 사랑하시던 일을 생각한다면 어찌 인연을 끊으실 수 있나이까? (…) 전에 이르기를 사람이 누군들 허물이 없겠는가, 고치는 것이 귀하다 하였나이다. 바라옵건대 전하께서는 위노를 거두어 주시옵소서.'

심금을 울리는 명문 앞에서도 주상의 마음은 흔들리지 않았고 오히려 상소문을 내리치며 연명한 이들에게 책임을 묻겠다고 호통쳤다고 한다.

만중은 태보의 편지를 받은 지 얼마 되지 않아 슬픈 소식을 전해 듣는다. 과천 근방에서 태보의 숨이 끊어졌다는 소식이었다. 비보를 듣자 만중의 안색이 창백해진다. 의금부에서 모진 매를 맞아 이미 몸이 망가져 있던 터, 험한 귀양길을 버틸 힘이 없었으리라. 만중은 태보를 생각하며 그의 명복을 빈다. 아픔이 없는 곳에서 그가 편히 쉬기를 기원했다. 눈물 젖은 채 슬픔에 잠겨 있던 만중은 자신을 부르는 소리에 방문을 열었다. 심부름하는 아이가 놀란 표정으로 밖의 일을 아뢰기 시작했다.

"갑자기 하늘에 환한 빛무리가 나타났습죠. 이상한 빛을 보려고 사람들이 몰려들었습죠. 귀신처럼 머리를 풀어헤친 낭자가 서포 영감님을 찾는뎁쇼. 세상에 뭔 변고가 생긴 게 틀림없어 이렇게 뜀박질을 했습죠. 나가 보셔야 할 듯싶습니다요."

만중은 서둘러 얼굴을 씻고 상투를 틀어 올린 후 사랑채 마루로 나왔다. 사람들이 두런거리는 소리가 점점 커지더니 괴이한 차림의 낭자가 만중의 처소 앞에 나타났다. 허리까지 오는 긴 머리에 무릎까지 오는 짧은 치마를 입은 한 여자를 본 순간 만중은 잠시 어지럼증을 느껴 휘청거렸다. 진홍빛 입술의 여인은 얼굴이 유난히 새하얗게 보였고, 선이 뚜렷하고 뇌쇄적인 입술의 자태에 만중은 숨이 멎을 듯한 충격을 받았다. 오십 평생을 살아오며 한 번도 본 적 없는 여인의 강렬한 모습에 만중은 머리가 혼란스러웠다.
"말씀 여쭐게요. 앞에 계신 분이 서포 김만중 선생인가요?"
말없이 그렇다고 고개를 끄덕이던 만중에게 여인이 희미하게 미소를 지었다. 그 순간 양 볼에 살짝 나타났다가 사라지는 볼우물이 만중의 눈길을 사로잡았다. 새벽이슬을 머금은 풀꽃처럼 청초한 아름다움을 내뿜는 그 모습에 마음을 빼앗겨 말을 잊은 만중이 입을 열었다.
"내가 김만중이오. 소저는 누구신가? 한 번도 본 적 없는 낭자가 어찌 나를 찾으시오."
여인이 당돌한 어조로 자신을 밝혔다.
"서포 선생님을 이렇게 가까이에서 뵙다니 꿈만 같아요. 저는 선생님의 소설을 열심히 읽은 독자랍니다. 이름이 조금 낯설 거예요. 홍루다라고 합니다."

만중은 참으로 이름이 해괴하고 낯설게 느껴져 다시 물었다.

"소저는 어느 문중 사람인고?"

여인은 잠시 생각을 더듬다가 진지한 표정으로 대답했다.

"고려 개국 공신 홍은렬 님이 가문의 중시조이시지요. 경기도 남양이 본관이고요."

만중이 다시 질문했다. 남양 홍씨 무슨 파냐고.

"상연파 40세손이라고 들었어요. 조선을 세운 이성계 님을 도와 건국에 공을 세운 선조가 14세손이 되는 분이지요. 함경도 주북 지역으로 보금자리를 옮겼다고 알고 있어요."

만중은 한동안 뭔가를 헤아리느라고 생각에 잠겨 있다가 확신이 선 듯 고개를 끄덕거렸다.

"소저의 말이 맞다면 지금부터 수백 년이 지난 시대의 사람일 터 어찌 내 앞에 있는 건가? 소저는 혼령인 듯싶구려. 만약 혼령이 아니라면 소저가 후대의 사람임을 증명해 보구려."

루다는 어깨에 멘 백팩을 바닥에 내리고 그 안에서 길고 네모난 물건을 꺼내 만중의 앞에 내밀었다. 그러고는 낯선 물건에 대해 설명하기 시작했다.

"이 물건은 배터리에 전기를 저장한 후 멀리 있는 사람과 대화할 수 있게 해 주는 기계이죠. 아직 배터리 용량이 꽤 남아 있어서 작동이 돼요. 이 기계 안에 제가 좋아하는 영상들을 저장했으니 보여 드릴게요."

루다는 낯선 물건을 만지작거리다가 만중의 눈앞에 내밀었다. 만중은 망설이다가 알 수 없는 물건에 호기심이 생겨 그 기계 가까이 눈을 들이댔다. 곱게 화장을 한 여인이 밝은색의 치마저고리를 입고 창을 하는 장면이 화면 속에 나타났다. 루다가 음량을 키운 순간 만중이 화들짝 놀라 뒷걸음질 쳤다. 루다가 가까이 오셔서 들어보세요, 라고 말하며 만중에게 손짓을 했다. 멀쑥한 표정을 짓던 만중은 마음을 가다듬은 후 다시 기계 가까이 다가갔다. 가만히 귀를 기울이니 거문고와 대금 소리가 흘러나왔다. 창을 다 부른 여인이 처음 듣는 노래를 부르기 시작했다. 큰 놀라움을 드러내던 만중은 소리에 이끌려 자연스레 눈을 감았다.

'약속해요 이 순간이 다 지나고 다시 보게 되는 그날 (…) 인연이라고 하죠.
거부할 수가 없죠 (…) 고달픈 삶의 길에 당신은 선물인 걸
이 사랑이 녹슬지 않도록 늘 닦아 비출게요. (…)'

노래에 몰입된 때문인지 만중은 노래가 끝났는데도 눈을 뜰 수 없었다. 〈인연〉의 가사가 만중의 마음을 뒤흔들었다. 애절한 여인의 한을 읊는 가사의 내용이 만중의 고막을 파고들었기 때문이다.

만중은 머리가 아프다며 잠시 누워야겠다고 말했다. 새로운 문물을 접하는 동안 만중은 경악을 금치 못했다. 가슴이 두근거리고 식은땀이 배는 걸 느끼며 차오르는 감동을 억제하기 힘들었다. 낯선 손님에게 결례를 범하면서까지 잠시 혼자 있고 싶어서 그렇게 행동한 것이다. 자신이 방금 전에 본 것이 헛것일지 모른다는 생각이 든다. 어머니를 생각하느라 깊은 잠을 자기 힘들었음을 떠올리며 가만히 읊조린다. 세상에 이런 일이 다 있나! 문 밖에서 들어가도 되나요? 라는 말소리가 들려 만중은 문을 열었다. 젊은

낭자가 물그릇을 소반에 받쳐 들고 문 앞에 있다가 방 안으로 들어왔다. 루다가 만중의 안색을 살피며 낮게 말했다.

"머리가 아프다고 하셔서 약을 가져왔어요. 저도 밤새워 글을 쓰고 나면 머리가 지끈거리더군요. 그럴 때 이 약을 먹었지요. 머리 아픈 게 감쪽같이 사라질 거예요."

만중의 눈에 영특해 보이는 루다의 눈동자가 들어왔다. 루다가 건넨 길쭉한 알약을 먹으니 잠시 후 두통이 사라졌다. 머리가 맑아지자 만중이 루다에게 고마움을 드러냈다.

진지한 표정으로 만중이 입을 열었다.
"홍 소저가 몇백 년 후의 사람이라니 내가 이해하기 힘드오. 내 꼭 묻고 싶은 것이 있소. 우리 조선이 어찌 변했는지 알고 싶소."

루다가 방긋 미소를 지으며 되물었다.
"선생님이 「구운몽」을 쓰실 때 어떤 소망을 품으셨는지 궁금했어요. 먼저 제 물음에 대답해 주세요. 그러면 제가 사는 세상이 어떤 모습으로 바뀌었는지 말씀 올릴게요."

만중이 확신 어린 어조로 말했다.
"한글은 아녀자들과 백성들이 쓰는 글이라며 천시하는 사족들이 많았소. 옛일을 말해 보겠소. 인도의 한 승려는 산스크리트어로 쓰인 불경을 한문으로 번역했다오. 그가 이런 말을 했소. '불경을 제아무리 멋지게 번역할지라도 경의 내용만을 알 뿐, 원래의 아름다운 문체와 말투를 알 수 없을 것'이라고. 결국 문학의 소임은 사람의 마음을 위로하고 감동을 주는 것이라오."

서포의 말이 끝나자 루다가 빙그레 웃었다.

"제가 사는 21세기의 세상은 선생님이 이해하기 힘들 만큼 크게 변했어요. 동양의 작은 나라에 불과했던 한국이 '한류'라는 새 흐름을 이끄는 문화강국으로 바뀌었지요. 세계인들이 우리의 문화를 배우기 위해 한글 공부를 하고 있어요. 다른 나라의 교육기관에 파견돼 한글을 가르치는 사람들도 많아요. 한글을 처음 접한 외국인들이 멋진 도안이라며 한글의 아름다움에 매료되기도 한답니다. 한글을 배우려는 열기가 더욱 강해지면서 한국의 문화와 역사에 호기심이 생긴 이들이 열심히 우리의 것들을 공부하기도 하지요."

루다가 잠시 숨을 고르는 사이 호기심을 억누르지 못한 서포가 말꼬리를 끊고 말했다.

"홍 소저, 한류가 무언지 말해 주시오. 확실히 알고 싶소."

루다의 얼굴이 환해졌다.

"가까이 있는 중국인들이 한국의 물건과 한국 문화에 열광하지요. 그런 움직임은 점점 넓게 펴져 세상의 문화를 이끈다고 자부했던 유럽인들까지 우리 문화를 긍정적으로 보게 됐지요. 한복과 한식을 좋아하던 수준을 넘어 이제는 우리 문화에서 가치를 발견하는 시기로 넘어갔다고 할 수 있겠죠. 세계의 대학 가운데 한국말과 한글을 가르치는 곳들이 더욱 많아지는 추세이죠. 세계의 많은 사람이 우리만의 독특한 문화와 정신세계에 사로잡혀 아우성을 치고 있다는 말이 가장 정확한 표현일 거예요."

감격한 듯 잠시 허공을 바라보던 서포가 루다를 쳐다보자 그녀가 다시 말문을 이어 나갔다.

"선생님이 가장 궁금히 여길 나라가 중국 같아서 그 이야기를 짧게 해 드릴게요. 청나라는 멸망해 역사 속으로 사라졌어요. 복잡한 여러 사건이 일어나 많은 사람이 죽임을 당했지요. 지금의 중국은 산업화가 이루어져 강대국의 자리를 되찾았지만 수많은 문제를 안고 있는 현실이지요. 가까운 섬나라 일본은 우리나라를 오랫동안 식민지로 삼아 억압과 수탈을 일삼았죠. 그러다가 원자폭탄이 떨어져 수많은 백성이 죽고 도시 두 곳이 폐허가 되자 항복을 하게 되지요. 우리는 일본으로부터 해방을 맞이해 독립 국가가 되었답니다."

말을 하던 루다가 배를 부여잡더니 인상을 쓰며 중얼거렸다. 배가 고픈지 갑자기 배가 아프네요. 사실 배가 쓰렸지만 참고 있었거든요. 만중은 방문을 열고 누군가를 불렀다. 중년 여인이 문 앞에 나타났다. 시장하니 오늘은 일찍 저녁을 준비하게. 만중은 루다에게 미안하다고 말하며 요즘 소화가 안 돼 세끼 밥을 먹기 힘들다고 했다. 행랑어멈이 들고 온 상 위에 놓인 음식을 본 순간 루다의 마음이 울적해졌다. 소금에 절인 무김치, 새우젓, 꽁보리밥을 보니 서포의 힘든 일상이 느껴져 루다는 말문을 닫았다. 밥을 먹는 동안 한마디 말조차 꺼내지 못했다. 상을 물린 뒤, 밤이 됐으니 건넛방에 들어가 자라고 만중이 말하자 루다가 간절한 어투로 그럴 수 없겠다고 했다.

"오늘 밤을 이렇게 보내긴 아까워요. 내일이 되면, 아니 오늘 밤에 배터리가 다 소진될 거예요. 이 물건에 저장한 영상들을 선생님께 보여 드리고 싶어요."

만중이 자애로운 얼굴로 대답했다.

"죽은 사람 소원도 들어준다는데 그게 무에 힘들까. 사실 미래의 문물을 보고 싶은 마음이 간절했다오. 홍 소저의 청을 들어주겠소."

루다는 만중에게 고맙다고 말하며 작게 읊조렸다. 얼마나 외로웠을까.

낮에 본 영상이 우리나라에서 오랜 시간 비행기를 타고 가야 하는 먼 나라, 터키에서 찍은 것이라고 하자 만중이 놀라 눈이 휘둥그레졌다. 비행기가 무엇인고? 말을 타거나 마소가 끄는 수레 말고 또 다른 탈것이 있다니……. 루다가 손으로 하늘을 가리켰다. 저 높은 하늘을 새처럼 날 수 있는 기계가 바로 비행기지요. 만중은 루다의 말을 들으며 해괴한 일이라 도저히 상상할 수조차 없었다. 만중은 해외 공연 모습을 찍은 영상에 대한 이야기로 말머리를 돌렸다.

"소저가 보여준 영상의 속 구슬프고 애처로운 곡조가 마음을 마구 흔들었소. 아름다운 가사도 마음에 들었다오."

루다가 곡에 대해 설명했다.

"명가수가 부른 노래죠. 〈인연〉이라는 곡은 우리나라뿐 아니라 외국인들에게도 알려졌어요. 한류는 더욱 범위가 넓어져서 세계인들이 한국문학에 대해 관심을 갖는 수준으로 한 단계 높아졌지요. 멕시코란 나라에서는 한국 작가의 소설 「위저드 베이커리」를 출간했대요. 책을 1만 부나 찍었다네요. 여류 작가의 추리소설은 외국에서 인기리에 팔리고 있고요. 외국의 유명 악단에 입단하는 음악가와 무용가들도 많아지는 추세이고요. 외국에서 많은 돈을 받고 음악 앨범을 낸 국악 연주자들의 연주를 들려드릴게요. 거문고와 기타, 그 밖의 국악기가 어우러진 연주 영상이에요."

 조용히 연주를 듣던 만중이 감정이 북받친 듯 중얼거렸다. 기묘하고 신비하구려. 내가 신선이 된 듯싶소. 멋스러운 거문고 소리가 어쩜 이리도 짜릿한고……. 만중은 연주가 다 끝난 후에도 감동이 가라앉지 않은 듯 흐음, 소리를 내며 겸연쩍은 듯한 표정으로 중얼거렸다. 내가 주상이 된 것 같구려. 이 감격을 어찌 필설로 다하리오!

 루다는 영상을 간직한 기계를 만지더니 또 다른 것을 만중에게 보여 주며 입맛을 다셨다. 서포 선생님은 이렇게 화려한 음식을 본 적이 있나요? 루다의 말에 흥미가 동한 듯 휴대전화기의 화면을 집중해 쳐다보았다. 가지런히 놓인 식기 위에 차려진 산해진미를 보며 만중의 눈이 커졌다.

 "홍 소저! 후손들이 매일 이런 음식을 먹고 산다니! 조선 백성들은 춘궁기가 가까워지면 풀과 나무껍질을 벗겨 배고픔을 견뎌야 했소. 참으로 경천동지할 노릇이구려!"

 루다가 말을 이었다.

 "선조들은 먹고살기 위해 사력을 다해야 했나 봐요. 그렇게 힘들고 고통스러운 환경에서 살아야 했을 백성들의 한이 느껴져 제 맘이 편하지 않네요."

 잠시 망설이며 만중의 안색을 살피던 루다가 조심스레 말을 건넸다.

 "선생님, 밤새 잠을 이루지 못했나 봐요. 뒤척이며 신음소리를 낸다고 들었어요. 무슨 고민이 있나 봐요."

만중은 굳이 숨길 이유가 없다는 듯 마음속 고민을 드러냈다.

"마음을 나눌 가족이나 지인들이 멀리 있어 슬프고 답답하긴 하오. 허나 그건 견딜 만하오. 다만 민비를 내치신 주상 전하를 생각하면 통탄을 금할 수 없다오."

루다가 얼굴에 화색을 띠며 말했다.

"선생님의 근심이 언젠가 사라질 날이 올 거예요. 기쁜 소식을 알려 드릴게요. 선생님의 충성된 마음이 어느 날 임금께 전해지니까요. 장비는 폐비 민씨가 고기반찬을 먹으며 희희낙락한다고 거짓을 고하지요. 임금의 마음이 쉽사리 움직이지 않자 장비는 신당을 차려놓고 민비를 저주하도록 했죠. 어느 날 임금은 내관을 불러 민비의 거처를 염탐하도록 명하지요. 민비의 처소는 뜰의 잡초가 사람 키를 넘게 자라 있었고, 더운 여름인데도 문을 닫고 생활했지요. 그런 비참한 모습을 알게 된 임금은 마음이 울적했겠지요. 그러던 중 후원을 거닐다 최 무수리를 알게 되고, 그 여인이 왕자를 낳게 되지요. 무수리가 숙원으로 봉해지자 독이 오를 대로 오른 장비는 최 숙원에게 매질을 가했고 그 일로 임금은 취선당에 발길을 끊었지요."

루다는 잠시 말을 멈추었다가 다시 이야기를 계속했다.

"장희재의 패악을 고하는 글이 임금에게 올라오지요. 폐서인 민씨를 죽이려고 자객을 보낸 일과 근래에 최 숙원을 죽이려고 별감을 매수한 일을 고하지요. 자객이 쓴 회한의 유서를 증거물로 제시했다더군요. 임금은 장비를 희빈으로 강등시키고 연이어 사약을 내리지요. 장희재는 제주로 귀양 보내고."

만중이 지체하지 않고 그 일이 언제 일어나느냐고 질문했다. 루다는 정확히 말하지 않고 의미심장한 말을 남겼다. 앞날을 아는 것이 꼭 필요하지 않을 때가 있어요. 답답해도 견디셔야 해요.

루다는 가방 속에서 무언가를 꺼내어 밖으로 나갔다가 들어왔다. 루다가 소반에 거무스름한 찻물을 담아 내밀자 만중이 마시길 거부했다. 식욕이 동하지 않소. 겉모습이 사약처럼 보이오. 만중의 말을 듣던 루다가 파안대소하며 아쉬운 듯 중얼거렸다. 이 맛있는 걸 거절하시다니……. 그 음료를 맛있게 먹는 루다를 보며 만중의 의심이 사라졌다. 이 음료는 무어라 형용할 수 없는 맛이에요. 루다가 엄지를 위로 내밀며 감탄의 몸짓을 내보이자 만중이 한번 맛보고 싶다고 말했다. 잠시 후 김이 모락모락 나는 차를 만들어 만중에게 내놓았다. 천천히 마시며 맛을 음미하고 난 후 만중이 차의 이름이 무엇이냐고 물었다.

"제가 사는 시대의 사람들이 가장 즐겨 마시는 음료이지요. 커피라고 불리는 차예요. 향기가 진하고 맛은 달콤쌉쌀해요. 이 차의 정확한 이름은 '믹스커피'이지요."

아무것도 도모할 수 없는 처지라서 안타깝소. 만중은 아쉬움이 가득한 표정을 지으며 안타까워했다. 루다가 전혀 문제되지 않는다고 말하며 휴대전화기를 가리켰다.

"아직 배터리가 조금 남았네요. 선생님과 같이 사진을 찍고 싶어요."

루다는 해쓱한 얼굴에 미소를 보이는 만중을 쳐다보다가 앞서 안뜰로 걸음을 옮겼다. 그곳엔 이미 꽃이 진 매화나무가 두 그루 남아 있었다.

"선생님이 나무 앞에 서세요. 지금 화나신 것 같은데, 너무 무서운 표정 짓지 마시고 이가 보이게 활짝 웃어야지요. 이렇게 '김치이–' 하고 말해 보세요."

만중의 입꼬리가 살짝 위로 올라간 순간 루다가 카메라를 눌렀다. 서포의 웃는 모습이 담긴 사진을 보며 루다가 싱글벙글 웃었다. 이 사진은 우리 집 가보로 남을 거야. 만중이 어색한 가운데 감회 어린 표정을 지으며 감사한 심정을 드러냈다.

"홍 소저가 어제 들려준 가사의 구절을 빌려 고마움을 표하겠소. 낭자는 고달픈 삶의 길에서 만난 귀한 선물이라오."

루다는 그 말을 들으며 마음이 먹먹해졌다. 자신이 존경했던 국문학의 거목, 서포를 만나 이런 인사말을 듣다니! 루다는 초췌한 만중을 위해 마음속으로 빌었다. 그가 세상에서 얻을 수 없던 평화를 얻기를, 또한 안식을 누리기를.

다음 날 아침 루다는 눈을 뜨자마자 휴대폰을 꺼냈다. 배터리가 소진돼 화면이 먹물처럼 꺼멓게 보였다. 어쩌면 좋으니! 루다의 중얼거림이 고요한 초가집의 공기를 진동시켰다. 루다는 자신이 쓴 시를 만중에게 보여 줄 생각이었다. 아침밥을 먹은 후 루다와 뜰을 거닐던 만중이 먼저 말문을 열었다.

"지금 새 소설을 구성하고 있소. 선천 귀양살이는 사람들도 만나고 산책도 할 수 있었는데……. 이젠 몸이 예전과 다르다오. 이번엔 직접적인 방법으로 성상의 마음을 움직이려 하오. 축첩의 모순과 갈등에 대해 쓸 것이오."

루다는 더 이상 소설에 관해 묻지 않았다. 얼마 전에 읽은 데리다의 글을 떠올리며 조심스럽게 말했다.

"어떤 사람이 이런 말을 했어요. 글을 한 번도 써보지 못한 사람처럼 글을 쓴다고. 새 글을 시작할 때마다 마치 범접할 수 없는 어떤 것을 대면할 때처럼 당황스러움을 느낀다고요. '글쓰기의 당황스러움과 서툴다는 느낌'은 글쓰기에 유익한 자세인가요?"

만중은 곰곰이 생각에 잠겼다가 설명해 주었다.

"글쓰기는 살아 있는 생물을 창조하는 것과 같소. 작가가 인물을 만들고 그 인물의 성격이나 행동을 마음대로 좌우하는 듯 보이나 꼭 그런 것도 아니라오. 문학 작품은 생명력을 가졌기에 가만있지 않고 예측할 수 없는 방향으로 나아가기도 하오."

루다는 만중의 말을 들으며 데리다가 말한 '예측 불가능한 것의 출몰에 개방되어 있는' 글쓰기를 생각하곤 가만히 고개를 끄덕였다.

만중이 루다에게 질문을 했다.

"여러 번 유배 생활을 하느라 장희빈이 어떤 일을 꾸몄는지 대충 짐작할 뿐이오. 소저는 조선의 역사를 배웠다고 하니 알고 있는 것을 자세히 말해 주구려."

오래전 책을 통해 알게 된 장희빈과 민비의 악연을 더듬어 보다가 자신 없는 어조로 말문을 열었다.

"역사는 보는 관점에 따라 얼마든지 다르게 해석되는 것이라서 조심스럽긴 해요. 장희빈은 만족을 모르는 사람이었지요. 희빈은 궁녀와 짜고 민비가 자신에게 독이 든 음식을 하사했다고 주상께 고하도록 일을 꾸미지요.

이 일로 임금은 김수항에게 사약을 내리게 되지요. 숙종은 마음의 평정을 잃은 상태에서 민비를 폐서인하지요. 임금은 폐비에 대해 말하는 신하들을 하옥하거나 죽이지요. 그때 대감과 뜻을 같이하던 박태보가 죽게 돼요. 장비는 우암 송시열을 참소해 늙고 병들어 귀양살이하던 노신하가 사사되도록 주상을 압박했어요. 장비는 오라비 희재와 민비를 죽일 계획을 꾸미지만 양심에 가책을 느낀 자객이 마음을 바꾸는 바람에 실패하게 돼요."

숨을 고르느라 잠시 말문을 닫은 루다가 만중에게 되물었다.
"선생님이 돌아가신 후 보위에 오른 분이 누구인지 궁금하지 않으세요? 제가 서포 선생님이라면 그 일이 최고 관심사일 것 같아서."
만중이 루다에게 놀라움을 표시하며 말했다. 홍 소저가 내 마음속에 들어앉은 거 같구려. 어찌 그리 내 속을 잘 아는고!
"장비의 아들 경종이 숙종의 뒤를 이어 왕위에 오르지요. 경종은 원래 병약했다네요. 숙종과 장희빈의 사이가 멀어지면서 자연스레 주상의 관심 밖으로 내쳐졌겠지요. 어미 장씨가 폐출된 후 사약을 받고 죽게 되자 그 일로 충격을 받아 우울증을 앓았다네요. 경종은 왕이 된 후에 조정을 이끌던 노론 세력과 사이가 껄끄러웠겠죠. 재위 중 경종을 폐하려는 역모가 일어나 노론의 핵심 인물들이 숙청당해요. 노론과 소론의 당쟁으로 정국의 혼란은 극심해지고 임금의 우울증은 더욱 악화되지요. 병상에 누운 지 며칠 만에 경종이 급사해요. 이 일로 독살설이 항간에 퍼졌다네요. 이후에 최 무수리와 숙종 사이에서 태어난 연잉군이 왕위에 오르죠. 바로 이분이 영조 임금이지요."

이야기를 듣던 만중이 루다의 말꼬리를 잘랐다.

"왕의 연대기를 알고 싶은 게 아니요. 조선을 통틀어 역사의 흐름을 바꾼 사건이나 결정적인 역할을 한 사건에 대해 듣고 싶소."

잠시 생각을 정리하느라 말을 멈추고 고개를 들어 먼 산을 바라보다가 다시 루다의 설명이 이어졌다.

"전문가도 아닌 제가 어쭙잖은 지식을 밝히는 일이라 자신이 없네요. 1800년대에 있었던 '홍경래의 난'을 들 수 있겠죠. 자세한 내용은 기억할 수 없지만, 난을 일으킨 백성들의 소망은 한결같았지요. 전쟁과 굶주림, 권력자들의 횡포가 사라진 세상을 만들어 보자는 것이었지요. 조선 후기에 일어난 '동학농민혁명'도 대단히 의미 깊은 사건이지요. 삼백여만 명의 인원이 참여했다네요. 동학을 믿는 농민들이 억압과 수탈이 횡행하는 현실을 벗어나길 꿈꾸었다는 점에서 '홍경래의 난'과 서로 맥이 통한다고 생각해요. 이 사건으로 죽임을 당한 농민군의 수가 삼십여만 명이 넘었다니 얼마나 비극적인지 헤아려볼 수 있을 거예요."

말을 많이 한 탓에 루다가 지쳐 보여 만중은 쉬었다가 다시 이야기를 하자고 말했다. 잠시 서늘한 마루 위에 앉아 있던 루다가 호기심 가득한 표정을 지으며 물었다. 점심때가 되지 않았나요? 음식을 들지 않으시는 이유가 있나요? 만중은 근래에 소화가 되지 않아 세 끼를 먹는 것이 고역이라고 대답했다. 루다는 사랑채로 들어가 자신의 백팩을 들고 나왔다. 흰 약병을 꺼내 만중에게 건네며 낮은 목소리로 말했다. 음식을 드신 후에 이 약을 드세요. 효과 만점이니까요. 만중은 약병을 건네받은 후 부엌에 요깃

거리가 있을 거라고 중얼거리며 사라졌다. 조금 있다가 채반에 찐 감자를 들고 와 마루에 내려놓았다. 소저가 준 소화제를 믿고 나도 요기를 해야겠소. 만중이 감자 껍질을 까는 걸 보니 루다의 마음이 뿌듯했다. 상비약으로 넣고 다닌 약들이 임자를 만났다는 생각이 들었다.

감자를 맛있게 먹던 루다가 가방을 뒤적거리더니 얇은 공책을 꺼냈다. 제가 쓴 시예요. 변변치 못한 작품이라 망설이다가 용기를 냈으니 들어보시고 평을 해 주셔야 해요. 시를 낭송하려던 루다가 만중에게 눈을 고정시킨 채 물었다.

"이 시의 배경을 말씀드릴까요? 서포 선생님 사후에 일어난 슬픈 사건에 대해 쓴 시라서…."

만중이 좋다고 하자 루다가 시의 배경을 설명했다.

"영조 임금은 아들 사도세자를 뒤주에 가둔 채 못을 박아요. 뒤주를 열지 못하게 한 거죠. 세자는 몇 날을 울부짖다가 숨을 거두어요. 세자가 비참하게 죽은 후 영조의 손자가 왕위에 오르지요. 그분이 정조대왕이에요. 이 시는 정조 임금의 슬픔을 노래한 것이에요."

노을빛으로 물드는 화성의 저녁
아비는 어디 가고
흔들리는 억새 위 붉은 하늘뿐이더냐

뒤주에 갇힌 아비를 짐승처럼 부르다
목 안이 패어 흐르던 슬픔의 핏덩이,
돌처럼 씹고 또 씹었는데

> 그러함에도
> 어쩌지 못하고 돌아서는 나의 눈물은
> 벼랑 끝에 맺힌 이슬처럼
> 어찌 이리도 짠맛이더냐
>
> (…) // 에둘러 가슴에
> 무거운 돌덩이로 켜켜이 놓인 그대 슬픔이
> 이제 찬란한 유산이 되어
> 팔달산 기슭에 유려하게 나부끼는데
> 성곽길, 돌 틈 사이
> 짭조롬하게 자라난 이끼 풀들
> 눈물의 소금 꽃처럼 하얗게 서려 있구나[4]

 낭송을 마친 루다가 만중을 천천히 살펴보았다. 그의 눈가가 젖어 있는 걸 보며 루다가 그의 이름을 나지막하게 불렀다. 서포 선생님! 만중이 낮게 중얼거렸다. 오호라 참람하도다! 어찌 임금이 자기 아들을……. 만중은 눈물을 닦으며 루다의 시에 대해 자신의 소감을 털어놓았다.

 "아비를 잃은 아들의 서러움과 진한 슬픔이 느껴지오. 소저가 글쓰기에 계속 정진한다면 세상을 감동시킬 작품이 나올 것이오. 작가는 늘 인간에 대한 호기심과 열정을 가져야 하오. 글이 생명력을 갖고 계속 읽힐 수 있도록 하려면 무한한 노력이 필요하다오."

 루다는 만중의 가르침을 마음 깊이 간직해 두었다. 잠시 말문을 닫은 만중은 강한 힘에 압도된 듯 다시 진지한 어투로 말을 이어 나갔다.

 "완성된 글은 작가를 특별한 존재로 만든다오. 세상 권력은 자기의 힘을

---

4) 이종구의 시, '정조의 노을' 인용

자랑하나 글쟁이의 힘은 진실함에서 나오는 것이라오. 힘 있는 이들에게 아첨하고 비위를 맞추는 글이 단명할 수밖에 없는 이유라오."

그날 저녁, 밥을 먹은 후 루다가 서포의 일거수일투족을 살피며 기회를 엿보다가 말을 건넸다. 서포 선생님에게 꼭 할 말이 있어요. 만중이 무심한 표정으로 중얼거렸다. 그렇게 많은 말을 하고도 할 말이 남았는고…. 루다가 중요한 이야기라 방에서 해야 한다고 말하자 만중이 헛기침을 하며 함께 사랑채로 들어갔다.

"정확한 날을 알 수 없지만 다가올 어느 날에 분명히 일어날 일이에요. 지금 구상하고 있는 소설이 완성된 후 소설이 널리 알려지고 난 뒤에 생길 일이지요. 그 소설을 읽지 않으면 바보 취급을 받았다는 말이 나돌 만큼 선생님의 소설이 이름을 날리게 돼요. 숙종 임금도, 장비도 그 글을 읽게 되지요. 그런 후에 선생님을 죽이려는 자객이 이곳으로 올 거예요."

누가 그런 일을 도모하오? 만중이 묻자 루다의 말이 이어졌다.

"어느 날 새벽, 자객들이 화살을 날려 서포의 목숨을 해치려고 할 겁니다. 늘 경계를 늦추지 마세요."

만중은 그런 일을 꾸밀 인물이 장희재밖에 없음을 추측하며 루다에게 고마움을 표시했다.

다음 날 아침, 소화불량과 천식 증세가 심해진 만중은 자리에서 일어나지 못했다. 루다는 행랑어멈이 준비해 둔 누룽지탕을 만중에게 권했다. 겨우 몇 술을 뜨다가 수저를 놓는 만중을 안타까이 보던 루다가 소화제를 먹도록 도와주었다. 조금 지나자 더부룩했던 속이 편해진 듯 만중은 집 밖으로 나왔다. 서포의 뒤를 따라 루다도 함께 걸음을 옮겼다. 만중이 억지로 밝은 미소를 지으며 말문을 열었다. 어제 하던 이야기를 마저 해 보시오. 조선의 백성들이 어찌 사는지 궁금하던 차, 소저의 이야기가 가뭄에 내리는 단비마냥 반갑기 그지없었다오. 루다는 조선이 패망한 후 이름 없는 민초들이 겪었던 일들을 되새기며 과거의 시간 속으로 여행을 계속해 나갔다. 생각에 잠겼던 루다가 독립 열사들의 삶에 대한 이야기를 풀어놓았다.

"사람을 매혹시키는 대상은 여러 가지잖아요. 상사병 때문에 고통당하는 사람에게는 애정을 느끼는 그 누구인가 최고의 자리를 차지할 테고. 일본이 무력으로 우리나라를 집어삼켰을 때, 조선을 떠나 먼 곳으로 이주한 이들 가운데 나라를 되찾으려는 애국심으로 불꽃처럼 살았던 사람들 이야기를 해 드릴게요. 중국의 대도시, 상해를 방문한 적이 있어요. 그곳에 있는 대한민국 임시정부 건물을 둘러보며 한 인물을 떠올렸어요. 일본군 지도부를 향해 폭탄을 던진 윤봉길 열사는 체포돼 참혹하게 죽었어요. 윤 의사는 조국의 두 아들에게 이런 유언을 남겼어요. '아비 없음을 슬퍼하지 마라'라고. '조선 의용대'를 만들어 일본군과 교전을 벌인 투사, 김원봉도 생각나요. 수많은 독립투사들이 조국의 독립을 보지 못한 채 타국 땅에 묻혔지요. 무덤조차 남기지 못한 이들이 수두룩하다네요."

루다는 치밀어 오르는 감정을 억제하려는 듯 잠시 말문을 닫았다가 다시 말했다.

"제가 살던 시기가 이천십구 년이라고 했죠? 그해가 일제 식민 지배를 받던 조선인들이 대한독립만세운동을 한 지 정확히 일백 년이 되는 해였어요. 당시 중국 상해의 임시정부 인사들이 한곳에 모여 만세를 외쳤어요. 이 사건은 대단한 의미를 갖는데, 이 일을 계기로 만세 운동이 전국적으로 퍼져 나갔기 때문이죠. 당시 만세 운동에 참가한 사람의 수가 전체 인구의 십육분의 일에 해당되었다네요. 일백육만여 명의 사람들이 한마음으로 모여 만세 시위를 했다니! 충남 아우내 장터에 모인 삼천여 명의 만세 운동을 시작으로 이 운동이 들불처럼 번졌지요. 그 열기는 북간도까지 거세게 불었죠. 서전벌에 모인 군중이 이만 명 이상이었다지요. 어린 중학생들은 꼬박 하룻밤을 걸어 당일 아침 그곳에 도착했대요. 독립을 향한 열기가 얼마나 뜨거웠는지 짐작할 수 있지요. 이 운동 역시 중국 군벌에 의해 무력 진압되지요. 그 사건으로 열아홉의 고귀한 목숨이 사라졌어요."

이야기를 듣던 만중은 먹먹한 마음을 진정시키려고 잠시 눈을 감았다. 백성들에게 조선이라는 나라는 무거운 짐을 지우는 부담스러운 존재가 아니었던가? 누군가 다그치지 않아도 나라를 되찾기 위해 생명마저 아끼지 않은, 이름 모를 민초들의 아우성이 삼백여 년의 시간을 뛰어넘어 만중에게 전해졌다. 현실로 돌아온 서포가 루다에게 물었다. 소저 같은 젊은이들이 당면한 문제가 무엇인고? 루다가 답했다.

"젊은이들은 혼인 적령기에 도달해도 결혼하지 않으려고 해요. 결혼하더라도 아이를 낳지 않으려 하지요. 그런 일이 너무 광범위하게 벌어지는 바람에 어른들이 골머리를 앓고 있답니다."

서포가 다시 물었다. 나는 그 이유가 무언지 전혀 모르겠구려. 이유가 무엇이오? 루다가 망설임 없이 말했다.

"가장 근본적인 이유는 아마도 일자리가 불안하기 때문이겠지요. 정규교육을 마치고도 만족스러운 일자리를 구하기 어려워요. 또 다른 이유는 혼인해서 부양의 의무를 지는 걸 부담스러워하는 데 있어요. 가족 부양에 평생을 매달리기보다 자기계발에 힘쓰고 즐기며 사는 생활이 더 가치 있다고 생각하니까요."

서포가 안타까운 표정을 지으며 말했다. 그의 목소리에 진한 회한이 배어 있었다.

"조선 여인들은 일찍 시집을 왔소. 새벽에 일어나 어두운 밤이 돼도 집안일을 끝내기 힘들었다오. 자식을 많이 낳았건만 여러 자식이 병을 앓다 죽었다오. 여인들의 처지와 고달픈 생활을 알고 있기에 소저가 들려주는 이야기가 마치 꿈속의 일처럼 느껴지는구려. 먼 미래를 사는 그 시대의 노인들이 어떻게 지내는지 궁금하오."

루다는 생각을 정리해 보겠다고 한 후 침묵하다가 질문을 던졌다.
"조선 사람들은 몇 살쯤 되면 죽게 되죠?"
여든 넘게 살면 장수의 복을 누린 것이오. 거의 대부분이 쉰이나 예순을 넘기기 힘드오. 만중이 대답하자 루다가 말을 하기 시작했다.
"언제부턴가 '백세시대'란 말이 유행했지요. 서기 이천 년경에 태어난 아이들의 수명이 백세가 넘을 거라는 말도 하더군요. 한편 매일 발행되는 신문이나 텔레비전에서 혼자 사는 노인들의 자살 소식이 보도되곤 했지요."
만중이 루다의 말꼬리를 자르고 질문을 던졌다. 텔레비전이 뭐고? 한참 당황해하던 루다가 미소를 지으며 대답했다.

"그건 전기로 작동되는 기계인데 세상의 모든 모습을 영상으로 바꿔 사람들에게 보여 주지요. 선생님이 직접 보기 전에는 이해하기 힘들 거예요. 노인 이야기를 다시 할게요. 노인들은 다니던 직장에서 은퇴한 후 모멸감이나 허무감을 느끼게 되지요. 아내나 남편이 죽은 경우엔 그 감정이 더 깊어지겠죠. 사별한 후 새로 만난 이성 배우자와 문제가 생기기도 하죠. 이미 혼인한 자식들과 재산 문제로 갈등을 겪는 일도 많아질 테고. 오래 살다 보니 더 많은 고통을 겪는 것이지요. 우리 시대는 사회가 바뀌는 바람에 가족들이 서로 떨어져 살아요. 직장이나 학교가 멀리 있어서 어쩔 수 없이 따로 사는 거죠. 노인들에게 문제가 생겨도 의논하고 심정적으로 기댈 가족이 곁에 없기에 노인 자살이 급증하는 이유가 되겠지요."

루다는 쓸쓸한 표정으로 이야기를 계속했다.

"더욱 기막힌 건 체면을 중시하는 문화가 남아 있어서 병든 부모를 잘 돌보지 못한 자식들이 부모가 돌아가신 후 거창하게 장례를 치르는 일이랍니다. 그러나 정작 부모의 시신을 모신 묘지나 납골당을 잘 찾지 않거나 방치하는 경우가 꽤 많은가 봐요. 또 슬픈 건 혼자 외롭게 죽는 노인들이 많아지는 것이죠. 병든 노인은 집이 아닌 요양병원이나 요양원에서 지내다가 죽게 되니까. '장수는 축복이 아니라 저주'라는 말이 항간에 떠돌더군요."

그날 저녁, 만중과 루다는 휘영청 밝은 달을 보며 이야기를 나누느라 어둠이 짙어지는 것도 알아채지 못했다. 가만히 달을 바라보던 루다가 조용히 입을 열었다. 부당한 대우를 받은 작가들이 생각했던 것보다 더 많더군요. 만중이 안타까운 듯 말을 받았다. 세상일은 복잡하고 애매모호함으로 가득하오. 작가들은 태생적으로 순수한 이들이라서 미지근한 상태로 자신을 억누르며 살기 힘든가 보오. 루다가 말했다. 인간은 알 수 없는 심연에서 나오는 것이라고, 그렇기 때문에 어느 누구도 그를 제어할 수 없다고 했지요. 스페인 작가, 로르카[5]가 한 말이에요. 루다는 고개를 들어 원산 위에 뜬 달을 바라보다가 낮게 읊조렸다.

"저 달을 보니 왠지 모르게 로르카 생각이 나네요. 달을 무척 좋아해서 달빛을 닮아 은빛으로 빛나는 은화마저 좋아했다는 그 사람. 로르카는 광기 어린 세상에 태어났어요. 좌익에 물든 지식인들과 동성애자들을 억압하던 세상에 살았지요. 결국 로르카도 불온분자로 잡혀 총살당했어요."

말없이 달빛을 음미하던 서포가 조용한 어조로 자신의 생각을 털어놓았다.

"말은 세련되지도, 우아하지도 않다오. 허나 완성도가 높은 글을 접하면 아름답게 느껴진다오. 홍 소저, 아직 젊으니 촌음을 아껴 글쓰기에 힘쓰시오. 격렬한 느낌이나 매혹당한 어떤 대상을 음미하기보다 즉시 글쓰기에 몰입하시오. 우리 작가들에겐 공통적인 약점이 있소. 그건 자기 글을 읽는 이들이 자기와 같이 느끼고 생각하길 바라는 것이오. 그 약점을 미리 알아채고 과한 욕심을 부리지 마시오. 글쓰기를 멈추면 이제까지 기회를 엿보던 세상의 것들이 작가를 사로잡아 버린다오."

---

[5] 에스파냐의 시인이자 극작가.

루다가 물었다. 그것이 무엇이냐고. 서포가 말을 이어 나갔다.

"야심일 수도, 부귀영화일 수도 있소. 헛된 이름과 명예욕일 수도 있고. 글쓰기에 대한 열정 대신 다른 것들에게 마음을 빼앗기면 훌륭한 글이 나오지 않게 된다오. 환영 속에 맴돌던 존재들, 역사 속으로 사라진 인물들을 살과 피를 가진 생생한 인물로 되살리는 과정은 힘이 들지만, 독자들이 그 인물을 따라 같이 울고 웃을 수 있다면 그것만으로 충분하다오."

루다가 질문을 던졌다. 글쟁이의 역할은 무엇인가요? 서포가 그동안 마음에 품었던 생각을 술술 풀어냈다.

"오십 평생 지조를 지키며 살았다고 자부했소. 이곳에 와서 백성들의 실생활을 보며 깨달았소. 수족을 놀려 고된 농사일과 고기잡이로 먹을거리를 해결하는 사람들이 크게 다가왔다오. 삶의 현장에서 아프게 체득한 삶의 지혜를 나는 아직도 깨우치지 못했다오. 그러던 어느 이른 봄날, 눈보라 속에 핀 매화를 본 순간 깨닫게 되었소. 슬픔과 고난을 겪은 후에야 마음이 순수해진다는 걸. 고독과 벗하게 되니 사람들의 아픔과 고통이 비로소 보이게 되었다오. 작가의 역할은 계몽이오. 즉 작품을 읽는 사람들이 스스로를 돌아보도록 만드는 것이오. 또 다른 임무는 죽을 존재인 인간에게 의미를 부여하는 일이오. 소저와 나를 포함한 모든 사람은 무덤으로 들어갈 존재 아닌고?"

루다는 만중의 가르침을 가슴에 새기며 방으로 들어왔다.

다음 날 아침, 루다가 보이지 않았다. 만중은 집 안팎을 샅샅이 살펴봤으나 홍 소저의 모습을 찾을 수 없었다. 소저가 머물렀던 사랑채에는 그녀가 입었던 옷이 가지런히 개어져 놓여 있었다. 만중의 표정이 허탈해 보였다. 만중은 낯선 모습으로 이곳에 처음 나타나던 때의 홍 소저를 떠올렸다. 조리 있게 제 생각을 펼쳐 보이던 그 여인. 만중의 고정 관념을 뒤흔들고 한 걸음 나아가 기발하고 놀라운 신세계를 소개해 주던 그 여인. 그 순간 흰 종이가 만중의 눈에 들어왔다. 루다가 급히 적은 듯 보이는 글이었다.

'선생님의 가르침을 마음 깊이 새길게요. 벌써 닷새가 흘렀네요. 저는 이제 출발해야 해요. 대부분의 사람들이 깨달음에 이르러 행복을 누린다는 2100년으로······.'

중편

기다림

*

먼 산에서 뻐꾸기 소리가 들려온다. 평화롭고 고즈넉한 아침이 밝아온다. 상쾌한 공기 속에 희미한 꽃내음이 느껴진다. 먼 곳에서 실려 온 꽃향기가 살며시 코끝에 닿아 그윽하기 그지없다. 빗장도 지르지 않은 대문이 보이고, 자그마한 텃밭에는 주인의 손길이 머문 흔적조차 없어 황량함이 감돈다. 마루에 걸터앉은 판수의 얼굴에 고단함과 지친 기색이 짙게 드리워 있다. 머리털이 부스스한 모양새가 일어난 지 얼마 되지 않은 듯 보인다. 판수는 짜증이 난 듯 어딘가를 노려보다가 주둥이를 내밀며 툴툴거리기 시작한다. 무언가에 단단히 골이 난 듯 보이는 판수가 실망이 가득한 목소리로 중얼거린다.

"새벽버텀 줄창 기달렀넌디… 아즉 기별이 읎네."

뻐꾸기 소리가 한결 가까이 들린다. 판수는 햇볕이 내리쬐는 양달로 나가 봄볕을 쬐다가 고개를 들어 하늘을 바라본다. 집 안에 놓인 전화기가 시끄럽게 울어 젖힌다. 판수는 허둥거리며 걸음을 옮겨 전화를 받는다. 그제야 판수의 표정이 밝아진다.

"미순이냐. 이 스방헌티 부탁헐 게 점 있는디."

"오째서 아무 말씀도 안 혔수? 잡수실 건건이는 아즉 남아 있는감유?"

"지대루 끼니 챙겨 묵을 증신 있겄냐? 집안이 지대루 잘 돌아갈 리 있겄냐. 늬 어매 읎으니 쉴찮이 걱정시럽구 동네 챙피하구먼."

대처로 시집간 큰딸이 홀로 생활하는 아비가 걱정돼 본가에 왔다. 부엌에 들어가 음식을 차리는지 한참 부스럭대더니 시루떡을 데워 내왔다. 허기졌던 판수가 김이 나는 떡을 보자 입맛을 다셨다. 밤콩에 채 썬 무와 호박고지를 버무려 만든 떡을 정신없이 먹다가 딸에게 아내 소식을 묻자 시큰둥한 대답이 돌아왔다.

"참말루 모른대니께. 맴이 허전혀두 조금만 참구 기달리슈. 진 세월 고생만 혔으니 휴가 갔다 생각허면 펜안허실 거유."

아버지가 시루떡을 먹는 동안 부엌에 들어간 딸이 무언가 음식을 하는지 구수한 냄새가 진동했다.

"아부지, 건강 생각해서 끼니 거르지 마셔유. 간재미 찌개 해 놨으니 드세유."

시부모를 모시고 있는 딸은 집일이 걱정된다며 헐레벌떡 집을 나섰다.

우두커니 선 채 딸의 뒷모습을 바라보는 판수의 얼굴에 수심이 가득했다.

시뻘겋게 세상을 달구던 태양이 기력이 빠진 듯 발그레한 빛을 내며 서쪽 하늘에 걸려 있다. 판수는 무심코 하늘을 쳐다보다가 왈칵 가슴을 치고 달려드는 옛 기억에 빠져들었다. 언젠가 고된 일을 끝내고 귀가했을 때, 판수를 반기긴커녕 가만히 누워 있는 아내를 본 순간 울화가 치밀어, 저녁밥을 빨리 달라고 신경질을 부렸을 게다. 아내는 말 한마디 없이 미리 준비해 놓은 듯 소박한 상을 차려 들고 왔다. 장아찌와 나물, 김치 몇 가지만 놓인 성의 없는 밥상을 둘러보더니 판수가 순식간에 상을 뒤엎었다.

"냄편을 워치기 보구 이러는 겨. 털 벳긴 남으 살 한 점두 읎이 밥을 먹으라구 하는 겨?"

그때 고기반찬에 환장해 그런 포악을 떤 것일까. 지금 생각해도 왜 그렇게 못나게 굴었는지 도무지 이유를 알 수 없었다. 대접받지 못하는 자신의 처지에 부아가 나 욱하고 성질을 부렸을 테니까.

일평생 판수 옆에서 조석으로 끼니를 챙겨 준 아내였기에 아내가 사라지자 판수는 적이 당황했다. 아내가 흔적 없이 사라질 줄 꿈에도 생각한 적이 없었기에 아내가 보이지 않게 되자 손과 발을 잃은 것마냥 허둥대며 마음이 불안해졌다. 늘 큰소리를 치고 명령만을 해대며 의기양양했는데 아내가 사라진 걸 몸으로 절감하자 맥이 풀리고 눈앞이 하얗게 변했다. 여자의 일에 대해 전혀 알지 못한 채 평생을 지내 왔으니 부엌에 들어가 매 끼니를 준비하는 일이 만만하지 않았다. 언젠가 비지찌개를 끓이다 혼이 나갔던 일이 생각났다. 냄비에 비지를 넣고 물을 섞어 가스 불에 올리고 옆에 서 있어야 했는데… 잠시 소변을 보고 난 뒤 부엌으로 가니 냄비 뚜껑이 바닥에 내동댕이쳐져 있고 바닥은 흘러넘친 비지로 뒤발하고 있어 발도 못 붙일 정도였다. 성질이 나서 바닥을 닦다가 걸레를 팽개쳐 버렸다. 냄비 바닥에 남아 있던 비지찌개를 먹을 수밖에 없었는데, 그 순간 자신의 처지가 비참하고 처량하게 느껴져 목이 메었다. 낯빛이 어두워진 채 한숨을 내뱉다가 한참을 투덜거렸다. 참말루 이 나이에 뷕떼기가 될 줄 알았남. 진즉이 정신을 채렸으면 좋았을 텐디…….

얼마나 변변치 못했으면 안사람이 도망을 쳤겠나… 사람들이 모여 수군대는 기색이라도 보이면 판수의 얼굴이 화끈거렸다. 맏며느리 노릇을 하는 큰딸은 시부모와 한집에 사니 뻔질나게 친정을 드나들 수 없을 것이다. 하지만 본가를 찾지 않는 큰아들 내외가 괘씸하고 마음에 들지 않았다. 판수는 아들 생각이 날 때마다 구시렁거렸다. 죽기 살기루 가리쳤더면 아무 쓰잘데기읎구먼. '늙고 나면 나보다 더 못한 사람이 없다'는 옛말이 참인 듯싶다. 젊어 입을 것 아끼고 먹을 것 제대로 못 먹으며 키운 자식들이건만. 맏아들에 대한 마음 씀씀이와 정성이 대단하다고 여겼던 판수였기에 집에 내려오는 일이 가뭄에 콩 나듯이 뜸한 아들이 못내 서운했다. 구나방 판수의 눈에도 큰며느리는 못 배운 티가 역력했는데, 웃어른에게 버릇없이 말하는 걸 좋게 볼 수가 없었기 때문이다. 며느리는 대충 존대하는 투로 말머리를 열어도 말꼬리는 반말지거리로 얼버무렸다. 그런 행동을 꾸짖기라도 하면 금세 주둥이가 나오는 바람에 일부러 못 본 체했는데, 그런 일이 비일비재했다. 수원에 사는 작은딸은 제 어미가 나간 줄 알고 있었을 테지만 어쩐 일인지 전화조차 하지 않았다. 원체 어릴 적부터 제 어미만 따르고 좋아하던 딸인지라 그러려니 하고 지내는 수밖에 별도리가 없었다. 어차피 벌어진 일인데 애태우며 사는 게 무슨 소용이 있나, 하고 하루하루를 보냈다.

적막강산인 집 안을 왔다 갔다 하던 판수가 한탄을 내뱉었다. 내자 읎으니 맴두 답답혀구 각갑혀 죽겄구먼. 내 처지가 대근하게 됐구먼. 종일 굶은 배에서 꼬르륵 소리가 연신 울려 나왔다.
"먹을 거 투셍이인 세상인디… 음식 재료가 많으믄 뭐 하남. 맛있넌 걸 먹덜 못 허니."
민망스럽게 껄떡대는 위장을 달래려면 무언가 음식을 넣어 주어야 했다. 판수는 냉장고 속에서 단단하게 굳은 전을 꺼냈다. 프라이팬에 데우다 불을 너무 세게 해 놓은 탓에 바닥이 까맣게 변했다. 탄 건 버리고 제대로 따뜻하게 구워진 전을 허겁지겁 입으로 가져갔다. 마파람에 게 눈 감추듯 순식간에 음식이 사라졌다. 급하게 먹은 탓에 속이 메슥거렸다. 판수는 오만상을 쓰며 몸을 배배 틀었다. 속이 뒤틀리는 바람에 저절로 아구구 소리가 나왔다. 등판을 쥐어짜는 듯 등허리가 뒤틀리는 통증이 몇 차례 계속되었다. 아내가 체기가 있을 때면 매실즙을 주던 게 떠오른 순간 광에 있던 매실 원액을 가져와 물에 섞어 벌컥벌컥 마셨다. 그러고 나니 메슥거리는 게 한결 가라앉았다. 바닥에 누워 있다가 문지방을 넘어 마루로 나온 판수의 안색이 편치 않다. 사는 게 재미가 없고 만사가 답답했다. 그럴수록 판수의 말에 입 안의 혀처럼 움직이던 솜씨 좋은 아내 생각이 간절해졌다. 무언가 먹고 싶다고 운을 떼기 무섭게 쪼르르 달려가 음식을 만들어 내던 아내.

"곰탱이 겉은 이느무 예편네! 내 승질머리가 워칙헌지 아즉도 물르남. 워디 가 나자빠져 있는 겨."

판수는 아무 대거리 않고 장승처럼 서 있던 아내가 자기 옆에 있기라도 하듯 주위를 두리번거렸다. 판수의 귀는 바깥으로 열려 작은 소리에도 대문 쪽을 쳐다보곤 했다.

부엌일은 아무리 용을 써도 제대로 할 수 없었고, 매번 음식을 만드는 일이 무척이나 힘이 들었다. 가끔 이웃 사람들이 반찬을 들고 왔는데, 매번 아무렇지 않은 듯 음식을 받아먹는 일이 죽을 만치 힘들고 판수의 자존심을 건드렸다. 판수는 먹성이 좋은 편이라 가끔 아내가 해 주던 음식들이 눈앞에 아른거리면 입맛을 다시기도 했다. 동짓날의 팥죽, 고기를 넣어 진하게 끓인 떡국, 대보름날 한 상 가득 놓여 있던 갖가지 나물까지….

큰딸이 전화를 건 어느 날, 그날도 음식을 만드는 것이 귀찮아 차일피일하다 늦은 점심을 허발대신하며 정신없이 쑤셔 넣고 난 직후였다. 판수는 음식 앞에서 매번 작아지는 자신의 신세가 처량하기 그지없었고 그럴 때면 심란해져 부아가 응어리진 표정을 감추지 못했다.

"아는 이가 음식을 갖다 줘 잘 읃어먹긴 했넌디 맴이 부담시럽네. 넘 음식 넝겨다보넌 짓두 뭇 허겄구먼."

딸에게 신세 한탄을 늘어놓다 아내와 함께한 삶의 갈피들이, 뜻하지 않은 막다른 모퉁이들이 눈앞에 나타났다. 힘들어도 아내와 함께 지낸 시간은 견딜 만했기에. 아내가 사라진 지금, 거리끼는 것투성이인 하루하루가 끔찍하게 싫어져 죽고 싶다는 생각이 판수를 사로잡았다.

"죄송해유. 지가 맏며느리만 아니면 아버지 잘 챙겨드릴 텐디."

"내 신세가 오티기다가니 이렇기 골차푸게 된 겨? 미순아, 걱정스럽게 해서 미안헌디…….."

큰딸은 꼭 끼니를 챙겨 드시라고, 조만간 집에 오겠다고, 먹고 싶은 음식이 있냐고 곰살맞게 묻고는 전화를 끊었다. 통화를 마치자 독한 마음이 슬그머니 풀어졌다. 딸이 당부했듯 매 끼니를 챙겨 먹으려 애썼지만, 술을 자제하긴 힘들었다. 밥을 먹다가 술기운을 빌리지 않으면 잠들 수 없을 것 같아 소주를 들이켜곤 했다. 밥상을 물리고 방바닥에 대자로 누운 판수의 눈앞에 밉살스런 아내의 얼굴이 떠올랐다. 이눔으 예편네! 낯짝이 뵈야 구실러 볼 거 아닌감. 스방이 살았는지 죽었는지 아무 관심 읎꾸먼. 말 한마디 귀띔도 없이 사라진 아내가 밉고 야속했다. 만감이 교차한 듯 두 눈을 질끈 감았다가 뜬 판수의 눈언저리가 젖어 있었다.

십 년이면 강산도 변한다는 말이 무색할 만큼 세상이 바삐 돌아가고 너무나 빠르게 바뀌는 듯싶다. 사는 게 힘들고 어렵더라도 조상의 제사와 부모 봉양을 중요하게 여겼던 옛날이 그리워졌다. 판수는 밤이 이슥하도록 정신이 맑아지고 눈이 또롱또롱해졌다. 불현듯 육십 평생을 가난하게 살다 돌아가신 어머니가 생각났다. 서쪽으로 기우는 해마냥 홀연히 판수 곁을 떠난 어머니. 마지막 숨을 헐떡이다 사위는 빛처럼 가만히 꺼져 버린 어머니, 초라하고 누추한 형편 때문에 욕심을 부리기보다 체념이 더 쉬웠던 어머니. 성가시고 힘들지라도 돈이 된다면 일손을 놓지 않았던 억척스런 어머니. 참혹한 일을 겪다가 결국 몸져눕게 된 어머니. 예전처럼 툭 털고 일어나리라 믿었었는데 그렇게 허무하게 돌아가시다니. '어매가 니 승질머리 워쩐지 모르남. 어멈이나 애덜한티 께까드럽게[6] 굴덜 말구.' 판수는 병석의 어머니가 되뇌던 유언을 이제껏 지키지 못한 걸 깨달았다.

아내가 집을 나간 지 한 달 보름이 지났다. 홀아비 노릇은 힘들고 적응하는 것이 쉽지 않았다. 혼자 먹을 음식을 준비하려니 대충 시적부적하게[7] 되었다. 아무리 뜨거운 국물을 마셔도 속이 허전하고 더부룩했다. 자리에 누웠으나 잠이 오지 않아 뒤척거리고 있는데 바람에 양은 대야가 구르는지 시끄러운 소리가 들렸다. 문득 아내 생각에 잠겨 있던 판수가 슬며시 헛웃음을 짓는다. 오뉴월 무더위 속에 남편에게 먹이기 위해 아침부터 콩을 불리고 맷돌로 갈아 콩국수를 말아내던 아내가 떠올랐다. 땀 범벅된 얼굴을 닦을 생각조차 하지 않고 맛있게 먹는 모습을 말없이 지켜보던 아내가 세월의 한 모퉁이에 웅크려 있다가 불쑥 튀어나왔다. 자식들을 먹이고 입히고 가르치느라 늘어지게 늦잠 한 번 잔 적 없는 아내가 눈앞에 아른거렸다. 시부모 제삿날이 다가오면 수일 전부터 동동거리며 장을 보랴, 음식을 만들랴, 장독대로, 광에서 부엌으로 종종걸음을 쳤을 아내가 떠올랐다. 하루 종일 이어지는 물일을 하느라 마를 새가 없었던 아내의 손. 비릿한 냄새가 가시지 않던 아내의 손. 사랑하는 가족을 위해 몸 사리지 않고 살아

---

6) '까다롭다'의 방언.
7) '흐지부지'의 방언

온 아내. 봄이 오는 줄도, 만개한 봄꽃들로 세상이 환해진 것도 느끼지 못했을 아내가 새삼 안쓰러울 뿐이었다. 붉은 단풍이 사람들을 붙잡고 마음이 들뜬 이들이 산과 계곡을 찾을 때, 무미건조하게 똑같은 나날들을 한결같은 마음으로 살아왔을 아내 생각으로 판수의 마음이 요동을 쳤다.

판수는 '죽을라구 환장혔어'란 말을 달고 살았다. 언젠가 밥때가 됐는데도 상을 차리지 않는 아내에게 화가 나 등짝을 발로 세차게 걷어찬 적이 있었다. 앞으로 고꾸라져 코가 깨지고 코피를 흘리면서도 아내는 음식을 차려 밥상을 내왔다. 판수는 그런 아내에게 미안함조차 느끼지 않았다. 거칠게 몰아붙이고 아무것도 아닌 일로 큰소리를 내고 우격다짐을 멈추지 않았으니. 그렇게 포악을 떨 까닭이 없었음에도 매번 그런 행동을 했고, 무례한 말과 천박한 욕지거리 앞에서 아내가 움츠러들수록 판수는 의기양양하게 굴었다. 언젠가 열린 대문으로 들어와 참견을 하던 동네 사람이 생각난다. 별일도 아닌 일로 성을 내다가 아내의 표정이 조롱하는 듯 보이자 아내를 힘껏 걷어찼다. '읎이 산다고 냄편 무시하냐?' 길길이 날뛰던 판수에게 동네 사람이 쓴소리를 하자 심기가 뒤틀렸다.

"일믄식두 읎넌 츠지인디 왜 참견이래유? 내 꺼 개지구 내 맘대루 허겄다넌디. 우덜 일에 창관허지 마슈."

동네 사람은 눈알을 희뜩거리며 씩씩대는 판수에게 충고를 아끼지 않았다.

"남정네들이 쉴찬히 잘못하능 게 뭔지 아는감? 냄편을 깍듯이 공경하라고 하면서 정작 본인들은 내자 보기를 동네 가이 새끼 대하듯 허구 있잖여."

"그러는 아저씨는 집사람헌티 잘 하남유? 팔불출 겉은 소리 그만 하구 가슈."

"니 댁이 자석들을 낳아 준 사람인디, 냄편이 함부루 허면 다른 사람들도 함부루 대할 거 아닌감? 아즉도 그걸 물르남?"

판수는 성질대로 했다면 대번 손을 올려붙였을 테지만 그날은 그렇게 말싸움을 주고받는 선에서 끝을 냈다.

종일 농사일을 하고 돌아오면 그 피로함을 이루 다 말할 수 없었다. 천근만근 무거운 몸을 바닥에 눕히고 나면 다시 일어나는 일조차 쉽지 않았다. 마루에 누워 있다가 설핏 잠이 든 판수는 어스름이 내린 저녁에 깨어났다. 까맣게 잊고 있던 그 사람이 환영처럼 꿈에 나타나다니……. 비겁한 자신을 견딜 수 없어 기억의 창고 밑바닥에 숨겼던 그 기억. 일어나 앉은 판수는 심상치 않은 얼굴로 그 자리에서 꿈쩍하지 않고 있었다. 이십 후반의 나이에 겪은 그 일이 사십여 년의 세월을 관통해 기억 속에서 되살아났다. 까맣게 잊고 지낸 그 일은 양심이라는 진액을 빨아먹으며 아직도 시들지 않고 자라고 있었나 보다. 판수는 어릴 적부터 속내를 드러내길 꺼렸고, 속생각을 누군가 알아채기라도 할 양이면 몹시 수치스럽게 여겼다. 그런 버릇은 몸에 배어 굳어져 버린 껍질인 양 판수의 일부가 되었다. 그랬기에 판수는 자신의 첫사랑에 대해 입을 연 적이 없었다.

*

어느 날 홀연히 안골에 나타난 강 씨와 그의 딸.

물 구경을 오랫동안 못한 듯 땟국에 전 참혹한 모습으로 안골에 들어온 소녀는 눈동자가 유난히 까맣고 반짝였다. 간혹 안골로 흘러드는 외지인들이 있었다. 강 씨 역시 일손이 부족한 농촌에서 품팔이라도 해서 살아볼 요량으로 마을을 찾은 사람 중 하나였다. 소녀의 아비 역시 행색이 애처롭기 그지없었다. 쉰내가 물씬 나는 옷과 무겁게 축 늘어진 어깨의 짐 꾸러미가 고달픈 삶을 말해 주는 듯 보였다. 잠이 부족해 빨개진 눈으로 불안하게 주위를 살피는 강 씨에게 누군가 물었다. 아이 어멈은 어디 있냐고. 토끼 눈의 강 씨가 시적시적 대답했다. 아기를 낳고 산독이 올라 죽었노라고.

"어특허다 우덜 동네에 온 겨?"

누군가 묻자 강 씨가 말했다. 가진 돈을 장사에 몽땅 퍼부었는데 쫄딱 망해 알거지가 됐다고. 강 씨가 간절한 눈빛으로 머슴살이라도 좋으니 일꾼을 쓸 만한 집이 있으면 알려달라고 통사정을 했다.

"글찮어두 머슴 자리가 있구먼. 저기 최부잣집에서 머슴을 구헌다고 허잖은가."

"근디 일믄식 읎는 사람을 받어 줄까 몰르겄네."

"지금 보닝께 고상티가 줄줄 흐르는구먼. 최 주사가 한마디루 딱 그절혀 들 않을 겨. 지금 찬밥 뜨신밥 가릴 땐가? 웬만하면 기냥 혀."

동네 사람들이 떠들어대는 소리를 가만히 듣던 사내가 최부잣집으로 갔다.

최부잣집 주인 최 주사는 외지인의 눈물겨운 사정을 모른 체하지 않았다. 주사 집 찬모가 수다를 늘어놓는 바람에 안골 사람들 대다수가 그날 있었던 일을 낱낱이 알게 되었다. 강 씨는 일을 하게 돼 끼니 걱정 안 해도 좋으니 고맙다고 고개를 조아렸고, 그런 강 씨를 향해 최 주사가 용기를 북돋워 주었다. 억시게 일 혀면 좋은 날이 올 거여. 최 주사의 말을 듣는 강 씨의 눈에 눈물이 고였다고 했다.

최 부자로 불리기도 하던 최 주사는 종가를 대표하는 어른으로 후덕하고 정이 많아 사람들의 칭송을 한 몸에 받았다. 종가는 선대로부터 내려오는 귀중한 문서를 보관했고 종손은 문중 회의가 열릴 때 나이가 적을지라도 나이 많은 어른보다 상석에 앉을 정도로 대접을 받았다. 종가의 번영은 문중의 번창과 궤를 함께했기에 한 가문의 종가와 그 집에 속한 사람들의 자부심과 긍지가 대단했다. 그런 종갓집에서 외지 사람을 일꾼으로 받아 주다니……. 안골 사람들은 가련한 두 목숨을 살려준 최 주사의 선행과 은혜에 대해 떠들었다. 저승의 문턱에 다다른 가련한 부녀를 종갓집이라는 안온한 둥지 속에 깃들이도록 해 준 최부잣집 이야기가 사람들의 입에 한동안 오르내렸다.

하늘이 뚫린 듯 사나흘 장대비가 쏟아져 많은 전답이 피해를 입었다. 판수는 최부잣집에 다녀오라는 아버지의 심부름으로 주사 어른을 만나러 간 적이 있었다. 마당을 쓸고 쓰레기를 치우던 강 씨와 마주쳤을 때, 판수를 처음 본 강 씨가 웃음을 띠고 있는 모습이 싫지 않았다. 강 씨의 어린 딸은 떠돌아다니느라 학교에도 가지 못했다고 했다. 판수는 봉투 담긴 서류를 건네받고도 한동안 그 집을 떠나지 못했다. 이름이 옥주라고 하던가, 유난히 반짝이던 눈을 가진 그 딸을 보고 싶은 마음이 간절했기에 하릴없이 서성이다가 떨어지지 않는 발걸음을 옮기던 일이 어제 일인 양 생생하게 떠올랐다.

판수 아버지는 남의 땅을 빌려 농사를 짓고 있었다. 땅을 빌려준 집에 가을걷이가 끝나면 토지세를 현물로 바치고 일손이 부족한 집일을 거들어주고 삯을 받아 살림을 꾸려 나갔다. 조상에게 물려받은 한 뙈기 땅조차 없는 집은 늘 가난에 찌들어 살았다. 찢어지게 가난한 집의 맏이로 태어난 판수는 날개 부러진 새처럼 주눅이 들어 있었다. 읍에 있는 초등학교까지 등교하는 건 귀찮고 성가신 일이었고, 교실에 앉아 있더라도 판수의 마음은 산과 들판으로 내달리곤 했다. 저슴이 핵겨두 안 가구 나자빠져 있다닝께. 핵겨 간다구 허구 또 오디루 샌 겨? 어머니는 늘 같은 말로 지청구를 해댔고 판수 역시 똑같은 말투로 싫은 내색을 비치곤 했다. 그러니께 그냥 놔두유. 너머나 허기 싫은 기 공부니께.

종일 밖에서 놀다 아이들의 그림자가 길어지고 주위가 어슴푸레해지면 그제야 집으로 뛰어 들어오던 날들. 시간이 흘러 중학교에 들어갔으나 가난한 살림살이가 나아질 리 없었다. 혹독한 가난은 판수의 숨통을 조여 왔고, 갑갑한 마음을 풀 수 없어 집을 떠나 자유롭게 살고픈 열망으로 방황하기 시작했다. 가을걷이를 끝내고 농사일에서 해방돼 하릴없이 시장통을 헤매다가 강 씨와 정면으로 마주쳤다. 아는 체하는 강 씨 앞에서 쭈뼛거리며 어색해하고 있을 때 강 씨가 하얀 찐빵을 건네주었다. 그 당시 버스를 놓치면 기다리는 것보다 걷는 쪽이 더 빨랐다. 두 사람은 안골까지 함께 걸어오게 되었다. 강 씨가 먼저 말문을 열었다.

"기술을 배워 보면 좋을 거야. 힘든 노동일보다 기술자가 되는 게 더 쉽고 돈을 많이 벌 수 있어. 너른 세상에 나가 여러 가지 경험하는 것도 나쁘지 않겠지."

판수는 한동안 망설이다 궁금했던 것들을 물었다. 아저씨 딸은 왜 학교에 다니지 않냐고. 판수를 조용히 바라보던 강 씨가 한숨을 내쉬며 말문을 열었다.

"아내가 죽자 눈앞이 캄캄했지. 꼬물거리는 딸아이를 살리려고 무진 고생을 했어. 동냥젖을 얻어 먹이며 키운 딸은 내 생명줄이나 마찬가지야. 어린애를 키우면서 돈을 버느라 죽을 똥을 쌌어. 이제야 사람답게 살게 됐지. 그러지 않아도 주인마님께 한번 부탁을 해 볼 참이야. 옥주가 학교는 안 다녔어도 영리한 편이라 늦었지만 초등학교에 넣으려고 생각하고 있단다."

다음 해 봄부터 학교에 다니기 시작한 옥주와 오다가다 더러 만났다. 판수가 그 애와 친해지고 싶어 했으나 처음엔 새치름한 표정을 지으며 쌀쌀맞게 굴었다. 어느 날 판수가 짓궂게 구는 아이들을 쫓아내 준 후에야 옥주는 방긋 웃으며 반가워했다. 판수는 옥주의 그런 모습이 귀엽고 예쁘게 보였다. 여동생이 둘이나 있었지만, 오빠 대접은커녕 쌍심지를 켜고 으르렁대는 바람에 귀찮기만 했다. 붙임성 있고 싹싹한 옥주가 판수를 흡족하게 했다. 등굣길에 옥주와 만나면 종일 기분이 좋아 콧노래를 흥얼대기도

했다. 한여름 방학식을 하고 일찍 하교하다가 그 애를 만나 안골까지 걸었던 날의 가슴 뛰던 시간이 불현듯 떠오르면 세상이 환해지는 느낌이 들었다. 커다란 나무 그늘에서 놀다가 매미 소리를 들으며 굼벵이가 변해 매미가 되는 과정을 들려주자 옥주가 호기심 가득한 눈빛으로 판수를 쳐다보았다. 판수는 신이 나서 자신이 알고 있는 생물 지식을 총동원해 때로는 과장하고 때로는 사실이 아닌 내용까지 덧붙여 길게 설명해 주었다. 여름 방학은 길고 짜증스러웠는데 웬일인지 옥주를 만나 시간을 보내는 것이 최고의 관심사가 되고 나니 그 시간이 기다려졌다. 방학이 더 길었다면 좋을 것이란 생각마저 들었다. 작은 돌멩이 하나, 작은 들꽃 한 송이를 보아도 그냥 넘기지 않고 환성을 내지르는 옥주가 사랑스러웠다. 옥주와 있는 동안 판수의 시큰둥한 표정은 자취를 감추었고, 그 애를 향한 따스하고 애틋한 마음이 움트기 시작했다.

어느 날부터 그 애가 보이지 않았다. 판수는 만나는 사람들에게 그 까닭을 물어보았지만, 속 시원한 답을 들을 수 없었다. 그러던 중에 안골에서 마주친 옥주 아버지 강 씨로부터 비로소 속사정을 전해 들었다. 초등학교 5학년에 해당하는 나이였던 옥주는 동생뻘 되는 아이들과 한 반에서 공부하는 걸 몹시 싫어했다고 했다. 그러던 중 서울에 사는 최 주사의 여동생 집에서 애보개를 구한다는 소식을 듣자 그 집에서 아이를 보며 틈틈이 검정고시 준비를 하겠노라고 마음을 굳혀 서울로 떠났다고 들려주었다. 그제야 섭섭함이 사라졌다. 판수는 현실이 힘들고 도망치고 싶을 때 옥주와의 추억을 펼쳐보며 위안을 삼았다. 그 애와 함께했던 짧은 날들이 판수의 걸

잡을 수 없는 방황의 불길을 잡아 주는 역할을 했다.

중학교를 졸업한 후 판수는 상급학교로 진학하지 않았다. 공부에 관심도 없는 데다가 집안 사정이 좋지 않았다. 고등학교에 들어간 친구들과 연락조차 하지 않은 채 일 년이 되던 어느 날, 읍에 나갔다가 친구 달봉이와 마주쳤다. 3년 내내 함께 어울려 다닌 녀석은 판수를 보자 반가워하고 제 아버지 가게로 판수를 붙잡아 들였다.

"글찮어두 심심혀 죽을 뻔힜넌디 잘 됐구먼."

달봉이는 집에 처박혀 시간을 죽이고 있는 판수가 안 됐는지 일자리를 알아봐 주겠다고 약속했다. 돈을 벌 수 있다면 뭐든지 할 수 있다고 하자 녀석은 거드름을 부리며 충고를 늘어놓았다.

"일은 급자키 서둘믄 안 되는 겨. 지 잘난 멋이루 살든 판수가 으쩌다 이렇기 된 겨? 오째 맴이 안 좋구먼."

녀석에게서 연탄 배달을 하겠느냐는 말을 들었을 때 그다지 기대하지 않은 게 사실이다. 친구의 작은아버지가 연탄 장사를 한다는 걸 들었기 때문이다.

"내가 볼 적인 배달일이 최곤 겨. 힘들다구 때려치믄 안되여. 숭잽히덜 말구 넘 보란드끼 잘 혀봐."

판수는 수원에 사는 녀석의 친척 집에 머물며 반년 남짓 연탄을 날랐다. 수원은 예산과 비교할 수 없으리만치 넓고 복잡했다. 수백 장의 연탄을 나르고 나면 꼼짝 못 할 지경이 됐으나 자고 일어나면 몸을 움직일 수 있었고 또 하루를 버틸 수 있었다. 그렇게 여섯 달을 참고 일한 보람으로 생전

처음 큰돈을 쥐게 되었다. 돈이 모이자 재미가 생겨 고향으로 내려오지 않고 몇 날을 수소문하다 운 좋게 건축공사장 일을 하게 되었다.

1970년대 초반, 대도시에 아파트 바람이 불어닥쳤다. 시골 아낙들은 우물에서 물을 길어 먹다가 조금 여유가 있으면 펌프를 들여놓고 살던 때였는데, 집 안에서 수도꼭지만 틀면 물이 좔좔 쏟아지는 집, 환하고 깨끗한 화장실에서 세면과 용변을 해결할 수 있는 아파트는 신세계를 의미했다. 서민과 중산층 사람들은 꿈속을 거니는 듯한 신세계의 거주민이 되길 열망했고, 돈이 있는 이들은 아파트를 소유하려고 안달을 부렸다.

*

판수는 지난 시간을 곰곰이 더듬으며 자신의 인생이 어디서부터 잘못되었는지 따지기 시작했다. 고속도로마냥 곧게 뻗어 나가지 못할망정 지금처럼 보잘것없이 꾸깃꾸깃해진 까닭이 무언지……. 고향 친구 달봉이가 소개한 배달 일이 끝났을 때 집으로 돌아왔다면 다리를 절지는 않았을 텐데…….

돈맛을 본 후 도시에 눌러앉아 지내며 직업소개소와 지인들을 만나 수소문한 덕분에 공사장 잡부로 취직하게 되고 돈 모으는 재미에 빠져 있던 때가 생각났다. 낡은 작업화를 신고 시멘트를 나르다 미끄러져 낙상 사고를 당하던 날부터 판수의 남은 삶이 이렇듯 쭈그러들 줄은 예상조차 하지 못했다. 당시만 해도 재해 사고를 당해도 제대로 된 보상을 받기가 쉽지 않았다. 판수는 석고붕대를 풀자 몇 푼의 보상금을 쥔 채 시골로 내려왔다.

판수가 집에 오자 제일 먼저 한 일은 최신 냉장고를 주문한 것이다. 안골에 전기가 들어온 지 솜털같이 많은 세월이 지났건만 판수의 집에는 아직 냉장고가 없었기 때문이었다. 펄펄 찌는 가마솥더위에 한결같이 메아리치던 엄마의 넋두리가 사라지길 기대하면서.

"어이구 곰새기 찐 짐치를 묵을 수도 읎구, 버리자니 아깝구. 시상이 다 달버지넌디 왜 우덜 집구석만 살기 빡빡헌지 물러. 냉장고만 있으믄 건건이 걱정 읎을 겨……."

엄마의 소원을 들어줄 수 없던 아버지는 엄마의 타령이 시작되면 슬그머니 집을 나와 다랑이 밭 쪽으로 사라져 버리곤 했었다.

*

아내가 사라지자 안골 사람들은 판수 이야기를 술상에 오른 안주 삼아 씹어댔다. 저 화상이 어디가 안됐기에 저 지경까지 왔나, 하고 딱하게 여겼고 가진 건 빈 몸뚱이뿐이니 새장가를 들 수도 없을 거라고 조롱했다.

아내가 집을 나간 지 두 달이 지났다. 판수는 속병이 나서 고생한 뒤로 자연스레 고기나 해물을 멀리하게 되었다. 그뿐 아니라 밭일을 거들던 아내가 없어져 혼자 힘으로 농사를 지으려니 고달프기가 한이 없었다. 판수는 원체 먹성이 좋은 편이라 세 끼 식사만으로 도무지 성이 차지 않았다. 아내가 곁두리 끼니 외에 참참이 먹는 음식으로 내오는 얼큰한 수제비나 감칠맛 나는 비빔국수를 즐겨 먹었던지라 시시때때로 음식 생각이 간절했다. 그날도 전날 먹다 남긴 밥에 물을 부어 뜨는 둥 마는 둥 하고는 논에 파묻혀 있다가 돌아와 엉망이 된 집 안 꼴을 보자 화가 끓어올랐다.

"생각혈수루기 무척 승질이 나네. 쓸디 읎넌 예펜네!"

"시상이 쓸디 읎넌 사람이 오딨넝가?"

한동네에서 자란 친구 박 씨가 방문을 열며 잇달아 되받아쳤다.

"훔쳐갈 것 읎넌 가난헌 집구석을 꼭꼭 닫구 있넌감."

"원체 가난헌 동네이 도독놈이 많은 벱이구먼."

판수가 대꾸하는 것도 개의치 않고 집 안팎을 둘러보던 박 씨가 중얼거렸다.

"증말이구먼. 집사람 읎이 사니께 판수 얼굴에 고상티가 줄줄 흐르는구먼."

판수는 끝없는 집안일에 지쳐 가고 있었는데 아픈 곳을 건드리는 박 씨가 야속했다.

"속이 며터져두 헐 수 있남."

"자네 얼굴이 증말 깡말렀구먼. 지난 번 을마나 시게 앓은 겨?"

박 씨는 들고 온 어죽을 내밀며 끌끌 혀를 찼다.

"자네 미운털이 백혀두 많이 백혔구먼. 집사람이 오딜 갔는지 증말 모르는 겨?"

"워디 가 뇌작거리고 있겠지."

박 씨는 집사람 귀한 줄 모르니 고생하는 거라며 한참 고시랑거리다가 돌아갔다.

"시방 누구를 워치기 보구시럼 퉁바리를 주넌 겨. 믹깔맞은 자석."

판수는 대문 쪽을 쩨려보며 뜨악한 눈으로 툴툴거렸다.

쥐 죽은 듯 고요한 집에 들어오기가 싫어 판수는 집으로 들어오자마자 텔레비전을 켰다. 왁자지껄한 웃음소리를 들으며 잠시 웃다가 채널을 돌렸다. 점잖아 뵈는 사람들이 열변을 토하는 모양새가 판수의 눈길을 잡아끌었다.

"치열한 경쟁 속에서 살아남기 위해 최선을 다한 우리의 가장들은 전쟁을 치른 용사나 진배없지요. 그렇게 산전수전 겪다 정년을 맞아 집으로 돌아가면 새로운 전쟁이 시작되지요. 이름을 붙이자면 '아내와의 전쟁'이지요. 요즘 황혼이혼 비율이 갈수록 늘어나는데 여기 계신 전문가들과 그 이야기를 나누려고 합니다."

방송을 듣다 판수가 콧방귀를 뀐다.

"먹더 냉긴 사이닷병 같은 소리 허구 있네."

안경을 쓴 판수가 내전보살 같은 어투로 말을 이어 나갔다.

"황혼이혼에 대해 실태조사를 했는데 그 이유가 분명하게 나왔네요. 불륜이나 경제적 어려움뿐 아니라 부부간의 감정 다툼이 가장 큰 원인으로 나타났답니다. 이 문제를 풀지 못해 이혼으로 치닫게 된다는 사실을 알아냈지요. 아내에게 잔소리를 듣거나 외면당하다가 결국 이혼 통보를 받게 되는 이유는 남편이 아내에게 소홀히 했기 때문이라네요."

판수는 아내가 집을 나간 이유가 자기 때문임을 익히 짐작하고 있던 터라 전문가들의 설명이 이어지는 동안 찔리는 구석이 많았다.

토론에 나온 또 다른 전문가는 은퇴한 남편이 원인이 되어 생기는 병에 대해 상세한 설명을 했다.

"남편이 원인이 되는 병, 곧 부원병(夫源病)은 60대 이상의 여성에게 나타납니다. 남편의 말이나 행동 때문에 스트레스를 받아 생기는 병을 부원병이라고 명명한 사람은 일본의 이시쿠라 후미노부 교수이지요. 이 병의 증세는 두통, 현기증, 불면증, 귀울림 등으로 치료법은 매우 간단합니다. 아내의 불만과 불평을 전부 털어놓고 이야기하고 부부관계가 개선되면 모든 증상이 사라지는 것이 이 병의 특징이지요. 이 병의 바이러스를 제공하는 사람은 남편들이랍니다."

설명을 마치며 여교수가 되뇐 말이 비수처럼 판수의 마음을 갈랐다. '이런 남편들의 공통점은 고맙다거나 미안하다는 말을 절대로 하지 않는 것이지요.' 직장에 다니는 남자들은 켜켜이 쌓였던 문제들이 정년퇴직을 맞아 한순간 폭발하겠지만 판수에겐 은퇴란 말이 해당되지 않았다. 하루 종일 농사일을 하다 해 질 무렵 아내와 함께 집으로 돌아오는 생활이 끝없이 이어졌다. 판수는 일평생 자신 옆에 머물며 입 안의 혀처럼 움직인 아내 덕분에 아쉬움 없이 보낸 지난날들을 곱씹어 본다. 느닷없이 튀어나온 그 한마디가 판수의 마음을 뒤흔들었다. 판수는 천둥벌거숭이마냥 행동했고 제 성미를 이기지 못해 악다구니를 퍼부었다. 자기 마음에 들지 않으면 손찌검과 함께 발길질까지 해 대던 판수가 아닌가. 다른 이들이 판수에게 삿대질하고 욕을 퍼부을지라도 아내는 변함없이 남편을 대했다. 흠투성이 판수를 지아비로서 대접했던 아내를 떠올리며 비로소 자신이 무심했음을 깨닫는다.

*

판수가 다리를 다쳐 낙향한 후 농사일을 배울 무렵, 시간이 흐를수록 응어리진 가슴이 더욱 단단해지고 세상 사람들을 삐딱하게 보게 되었다. 혼기가 지났건만 근근이 목구멍 풀칠이나 하는 형편에 맞선을 주선할 사람조차 나타나지 않았다. 판수의 모친은 자고 나면 판수를 장가보낼 생각으로 골몰해 있었기에 어느 날 집에 온 중신어미를 반갑게 맞이했다.

"츠녀 얼굴이 시커먼허구 좀 숭허게 생긴 게 흠이긴 한디."

중매쟁이가 운을 떼자 판수의 모친이 물었다.

"어디 션찮은 디는 읎나?"

"그럼유. 건강은 타고난나벼. 삼시 시끄니 굶는 집구석만 아니면 싸게 여워뻐리겠다 허더먼."

"그려. 우덜 사는 기 형편 읎는디… 아주 갱긋찮게 생긴 츠녀가 돈 읎구 뭅 배운 우리 집을 그들떠보기나 허겄남? 샥시 맴보가 워떤 겨."

"츠녀 맴자리가 착허다고 허더먼. 만나 보민 알 거 아녀."

판수는 맞선자리가 마음에 차지 않았으나 모친이 워낙 강하게 내모는 바람에 할 수 없이 선을 보게 되었다. 자꾸 보면 읎던 정도 생기는 법이여, 모친이 입만 열면 하던 소리에 더 버티지 못해 서너 차례 만났다. 모친의 말대로 만나는 횟수가 많아지자 밉던 얼굴이 무던하게 보이기 시작했다. 쥐뿔두 읎넌 늠인디 갱기찮겠수? 판수가 슬며시 처녀의 마음을 떠보자 기어들어 가는 소리로 대꾸했다. 가난헌 기 무신 잘못인가유. 맴이 펜안헌 기 최고지유.

진달래가 만발한 봄날, 새색시는 판수의 부모 집으로 들어와 신접살림을 시작했다. 색시는 형편이 넉넉지 않아 부잣집에 들어가 부엌일을 거들며 수년 동안 살았기 때문에 음식 솜씨가 야무졌다. 시어머니가 시키는 부엌일을 벙끗 하나 하지 않고 제대로 해 놓는 며느리가 흡족하기 그지없어 시어머니의 예쁨을 한 몸에 받았다. 판수의 모친은 며느리를 어디에 내놔도 흠 잡힐 구석이 없다는 생각으로 며느리에게 칭찬을 아끼지 않았다. 멀바라구 그러넌 게 아니닝께 더 이쁜 겨. 판수의 모친이 마음에 들어했지만 판수는 무엇이 불만스러운지 자주 성질을 부렸고 말, 행동 등이 보통 사람보다 좀 떨어지는 무녀리처럼 군다고 퉁명스럽게 쏘아붙이곤 했다.

*

아내가 사라진 지 두 달 여드레가 지났다. 논의 물꼬를 보고 난 뒤 자식들에게 전화해 아내 있는 곳을 수소문해야겠다고 생각한 그날, 판수가 발을 헛디뎌 미끄러지는 바람에 발을 접질렸다. 굴신을 못 할 만큼 아프진 않았으나 불편한 다리로 다니자니 여간 거추장스럽지 않았다. 다리를 질질 끌고 끼니를 챙겨 먹고 여러 날 물 구경을 못 해 쉰내가 나는 옷들을 주섬주섬 모아 세탁기에 넣었다. 바닥에 앉거나 일어설 때 어구구 소리가 절로 나오더니 시간이 지날수록 발의 부기가 더 심해져 의원에게 상처를 보일 요량으로 집 밖으로 나왔다.

"제기랄, 안 될 늠은 뒤루 자빠져두 코가 깨진다고 안 혔남. 그 몇 푼 안 되는 돈 아까웨 이 지랄이랴?"

읍내의 최 의원에 들러 발에 붕대를 감고 약을 받아오다 부아가 끓어올라 욕설을 내뱉었다.

"그 작것은 냄편이 워치기 지내넌지 걱정시럽지두 않남. 이늠의 드런 예펜네! 증말 앙껏두 아닌 것이 지랄허구 있구먼. 시상 오래 살다보닝께 베라벨 일이 다 생기네."

시절이 수상하다는 말대로 세상이 바뀌는 속도가 얼마나 빠른지. 잔꾀 부리지 않고 살아온 지난날들이 허망할 뿐이다. 한 집의 가장이 한 가족을 대표하는 사람으로 대접받던 시절이, 가족을 하대하고 구성원의 삶이 가장의 결정에 따라 좌지우지되던 시절이 그립다. 조상 대대로 이어온 풍습 가운데 부부간의 분명한 구별이 있지 않았던가. 부모 봉양과 나이 든 이들을 공경하던 전통풍속이 사라진 지금의 세태가 안타까울 뿐이다. 큰딸이 말했듯이 세상 돌아가는 대로 눈치껏 맞춰 살아야 하는 것이 옳은 일인가. 세상만사가 답답해진 판수는 헛기침을 연달아 하며 집 안팎을 돌아다녔다. 울타리 안마당에 심어 놓은 대추나무가 눈에 들어왔다. 번듯한 집 한 채 갖지 못했기에 한이 된 집. 판수가 목돈을 쥐고 고향으로 내려온 날부터 벼르고 별러 왔던 집을 한풀이하듯 사들여 이삿짐을 옮기던 날로부터 삼십여 년이 흘렀다. 오매불망 꿈꾸던 집을 사게 된 데는 기막힌 사연이 숨어 있었다. 생각만으로도 소름이 끼치는 한 사건이……. 판수는 그 일의 목격자였고 그로 인해 입막음을 강요당했다. 세월이 많이 지났건만 그날 새벽이 떠오르면 식은땀이 흘렀고, 밤새 꿈속에서 가위눌릴 수밖에 없던 시간들.

그날 대전으로 돈 벌러 나갔다 막차를 놓치는 통에 새벽 어스름이 될 즈음 안골에 도착했었다. 위로 볼록 솟아오른 손톱 모양의 달이 바위산 위에 걸렸고, 해는 떴으나 아직도 사위가 어슴푸레했다. 두런두런 말소리가 들려 판수가 걸음을 멈춘 채 주위를 살폈다. 오래된 고사목 뒤에 가려져 보이지 않았으나 은밀하게 주고받는 말소리가 간간이 귓전을 간지럽혔다. 낮고 굵은 남자의 목소리, 애원하듯 읊조리는 여자의 가는 음성이 들려왔다. 남자가 돈을 마련하려면 며칠 걸린다는 말을 한 뒤 서둘러 안골 쪽으로 사라졌다. 남자는 무슨 충격을 받은 듯 걸음걸이가 휘청거렸는데 뒷모습이 많이 낯익었다. 고사목 뒤로 천천히 가 보니 나무 아래 주저앉아 어딘가를 망연히 바라보는 여자의 모습이 눈에 들어왔다. 그 여자는 판수가 어릴 때부터 좋아했던 강 씨의 딸 옥주가 틀림없었다. 옥주를 본 순간 가슴에 납덩이가 매달린 듯 한쪽이 저리고 뻐근해졌다. 심란한 얼굴로 바닥에 주저앉아 있는 옥주를 아는 체하기가 멋쩍어 발걸음을 돌려 빠르게 지나쳤다.

그때 그녀를 붙잡고 말을 걸거나 거기에 좀 더 오래 머물러 있었더라면 지금까지 후회막심하지 않았으련만. 나중에 사람들에게 전해 들은 바로, 강 씨의 딸 옥주는 그때 후밋길을 가로질러 저수지로 향했고, 급기야 그 물에 몸을 던지고 말았다는 것이었다.

집에 온 판수는 다음날 오후 늦게 사고 소식을 듣게 되었다. 죽은 강 씨의 딸은 임신 중이었고, 어떤 못된 후레자식이 그녀를 꾀어 데리고 놀다 버렸을 게라고. 임신한 걸 알고 나자 놈이 줄행랑을 쳤고 그 충격 때문에 목숨을 끊었다고. 판수는 그 말을 듣자 눈앞이 캄캄해지고 다리가 후들거려서 서 있기조차 힘들었다. 천불이 나는 속을 견딜 수 없어서 마구 쏘다니다가 술판을 벌인 낯선 사람들 틈에 끼어들었다. 판수와 주거니 받거니

하다 취기가 오른 한 사람이 판수를 눈여겨보며 지껄였다.

"그러구 보니께 이 사람 눈빛이 아주 숭악허네. 아까버텀 쭈뼛거리는 기 오째 맴이 껄쩍지근허네."

견딜 수 없는 회한을 부여잡고 자신과 드잡이하던 판수가 허우적허우적 말을 뱉어냈다. 못사는 집에 태어난 죄배끼 읎는디……. 판수는 벌떡 일어나 총총히 걸음을 옮겼다.

신고를 받고 출동한 경찰은 최초 신고자와 강 씨를 불러 조사한 후 발을 헛디뎌 저수지에 빠져 죽은 것으로 조서를 꾸몄다. 사람이 죽었음에도 더 이상 수사는 진행되지 않고 단순 실족사로 처리되었다. 좁은 바닥에서 첫째가는 가문인 최 주사 집에서 어찌 손을 썼는지는 알 길이 없었다. 강 씨의 딸이 죽은 뒤 며칠이 지난 어느 날, 최부잣집 찬모로 있는 서산댁이 판수를 찾아왔다. 그녀를 따라가니 지체 없이 한 방으로 판수를 안내했다. 얼굴 가득 초조함이 배어 있던 최 주사가 조용히 말문을 열었다.

"우리 집 푸네기[8]가 자넬 보았다고 하네. 그날 새벽에."

판수가 어정쩡한 표정을 짓고 있는데 최 주사가 말을 이었다.

"자네가 입을 다물면 내 슴을을 주겠네. 집을 보러 댕기다 고만 혔다구 하던디. 자네가 가만히 있으믄 이참에 집이 생길 거구면. 자네두 인전 넘 보란드끼 잘 살어 보란 말이여."

최 주사가 주겠다고 약속한 돈 앞에서 이제까지 일렁거리던 분노와 노여

---

[8] 가까운 자기 살붙이를 얕잡아 부르는 말.

움이 잔잔해지는 걸 느끼며 판수는 입을 다물었다. 순진한 처녀를 욕보이고 아이까지 배게 한 사람은 최 주사의 손자가 틀림없었다. 외국으로 유학 갔다가 귀국했다는 소식을 들었었다. 손자의 잘못을 돈으로 덮으려는 얄팍한 술수임을 능히 짐작할 수 있었다. 잠시 머뭇거리던 판수에게 참으로 어처구니없는 일이 일어났다. 입술을 질끈 깨물던 판수가 제 마음과 전혀 다른 말을 내뱉었기 때문이다.

"영감님이 그렇기 말씸허시닝께 따르께유."

최 주사는 만족스러운 듯 칭찬의 말을 아끼지 않았다.

"젊은 사람이 은행이 아주 뭉쾌허구먼."

판수는 최 주사의 은혜를 받음[9]으로써 종신토록 그에게 동의하고 그를 찬미해야 할 처지에 놓이게 되었다.

판수는 피지도 못한 채 떨어진 옥주가 생각나면 맨정신으로 가만히 있지 못하고 미친 사람마냥 사방으로 돌아다녔다. 그녀를 마지막으로 본 고사목 주위를 어슬렁거리다가 비겁한 자신을 견딜 수 없게 되면 술을 마셨다. 누구에게도 털어놓기 힘든 일을 부여안고 전전긍긍하다가 별것 아닌 일에 불같이 성질을 냈다. 아내에게 트집을 잡거나 멀뚱멀뚱 쳐다보는 자식들에게 불똥이 튀기도 했다. 최 주사에게 대거리조차 못 한 자신이 부끄럽고 돈에 환장한 제 모습을 조롱이라도 하는 듯 난장을 쳤다. 영문을 알 길 없던 가족들은 판수의 분기가 가라앉길 기다리며 몸을 사리거나 밖으로 피해야 했다.

---

[9] '은혜를 입는다는 것, 그것은 수탈당함을 뜻한다.' ─빅토르 위고의 「웃는 남자」 중에서.

*

 아내가 가출한 지 두 달 열하루가 지났다. 밥 한 술 뜨고 논으로 밭으로 다니다 보니 어느덧 오후 네 시가 가까웠다. 집으로 돌아와 늦은 점심밥을 먹고 쉬다가 해거름이 지기 전 작은딸에게 전화를 걸었다. 지난번 언성을 높이다가 서로 감정만 상했던 걸 떠올리며 이번엔 살갑게 대하리라 마음먹고 있는데, 눈치 빠른 딸이 판수의 목소리를 알아채고 대뜸 말 화살을 쏘아댔다.

 "아부지 알구 싶은 게 뭣인디유?"

 "그두절미허구 용건버텀 말하마. 니 에메 워디 있냐? 증말 물르남? 니가 여그저그 알아봐 줄래?"

 "증말 물러유. 에메가 어디루 갔는지 모른다구유. 아이 셋을 키우는 지가 에메 찾어댕길 시간이나 있남유."

 "그까짓 게 뭬 어렵다구 음살 부리능 겨. 오째 닉 말은 그짓말투성인 거 같은디……."

 판수는 화를 내며 전화를 끊었다. 오랫동안 뜸했던 딸과 애교 넘치는 손녀가 보고 싶은 마음이 간절해져 울컥하는 심정이 됐다. 작은딸은 아비에게 부루퉁한 표정으로 밉살맞게 군 반면 제 어미에겐 허물없이 행동했다. 누가 어미 흉을 보기라도 하면 얼굴이 벌게져서 덤볐고, 판수가 한물간 구닥다리라고 비웃을라치면 어미 편을 들며 따지고 드는 바람에 진절머리를 쳤다.

 판수는 마음을 잡지 못하고 한참을 서성거렸다. 맨정신으로 홀로 남아서 지난 시간을 곱씹고 있자니 칠십여 년의 인생살이가 꿈인 양 여겨졌다. 서글픔과 허무함이 물밀듯 밀려왔다. 어디선가 사람의 기척이 느껴져 장독대로 걸음을 옮겼다. 간장, 된장, 고추장 항아리가 줄 맞춰 가지런히 놓여 있다. 뚜껑을 열자 검붉은 고추장이 눈에 들어왔다. 얼릉 장꽝에 가서니 꼬치장을 퍼 오니라. 아내가 심부름을 시키는 소리가 귓전을 스치는 듯했다. 헛간에 가니 시커먼 비닐봉지가 여럿 보였다. 봉지를 여니 이미 내버렸을 신발들이 여러 짝 들어 있었다. 찢어져 덜렁거리는 장화, 바닥이 닳아빠진 운동화가 줄줄이 나왔다. 신발이 빵구가 나믄 내삐리야지. 골 한 번 내지 않던 아내가 눈앞에 떠올랐다. 명절 무렵 미용실에서 한 뽀글이 파마가 풀리는 걸 아쉬워했던 아내가, 고무줄 몸뻬 두 벌과 누빈 조끼와 언제 산 건지 알 수 없는 털스웨터로 겨울을 버텼던 아내가 생각났다. 막내딸이 사준 오리털 잠바를 들여다보며 흐뭇해하던 아내가, 몰래 집을 빠져나가야 했을 만큼 견디기 힘들었을 아내가 몹시 보고 싶었다. 그동안 내가 뭔 짓을 한겨……. 나한틴 당신배끼 읎는디. 판수가 제 가슴을 마구 두드리며 울부짖었다.

판수는 청승맞게 혼자 술을 홀짝거리기 싫어 읍내로 나갔다. 이름마저 간지럽게 느껴지는 '물망초'의 문을 열자 기다렸다는 듯 호들갑스러운 목소리가 판수를 맞이했다. 알코올 기운이 불콰해진 판수가 떠들기 시작했다.

"징글징글헌 늠으 예펜네! 뼈 빠지게 고생해 살게 맨들었더만 워디루 겨 나갔능가 모르겠구먼. 스방님 찾어대니게 하덜 말구 집으루 들오면 어여 오슈 허구 밴겨줄 텐디."

술집 밖으로 나올 때 작부가 혀를 차며 경박스럽게 말하는 소리가 등 뒤에서 들렸다. 오늘따라 지치러기만 걸리네. 주제꼴이 후줄근헌 사람만 꼬이니 재수 옴 붙었나벼. 판수는 부아가 끓어올라 술집을 향해 퉤, 가래를 날리며 씨근덕거렸다.

"옛날 성질대루 했으믄 머리통을 으셔버렸을 거구만. 드으런 년! 지름 짜다 말구 오줌 눌 년."

판수는 마을버스를 잡아타고 용케 정류장을 찾아 내릴 수 있었다. 취중에도 판수의 귀소본능이 집으로 이끌었나 보다. 갈지자로 비틀거리다가 몇 차례 발이 꼬여 땅에 쓰러진 판수가 다시 힘겹게 일어나 몇 걸음을 옮기더니 공동창고 앞에 이르러 스르륵 주저앉았다. 양반다리를 한 채 땅을 내려다보는 자세로 앉은 판수는 중얼대다가 잠에 빠져들었다.

환하게 비치는 달빛이 나무와 전신주의 그림자를 길게 드리운 밤, 공소를 관리하는 신부가 교우 집에 들렀다가 돌아가는 길에 판수를 보게 되었다. 예부터 땅이 기름져 소출이 넉넉했던 안골은 대대로 마을을 이뤄 살았다. 그에 비해 바위가 많은 산을 병풍 삼아 집들이 띠처럼 길게 모여 있는 아랫몰은 형편이 좋지 못한 이들이 살고 있었다. 서너 군데의 마을을 관할하는 공소가 세워진 지 채 삼 년이 되지 않았다. 신부는 판수를 못 본 체할 수 없어 가까이 다가갔다. 어르신, 정신 차려 보세요. 신부가 몸을 흔들었으나 잠에 취한 판수는 꿈쩍도 하지 않았다. 옆에 머물며 어깨를 흔들다가 앞으로 쏠린 머리칼을 쓸어 주며 근심스러운 눈빛으로 쳐다보는 신부의 마음이 전해진 듯 판수가 천천히 눈을 떴다.

"날은 봄이지만 밤이 되면 한기가 옷 속을 파고들지요. 밖에서 자다가 큰일을 당할 수 있으니까. 걷기 힘들면 제 등에 업히세요."

신부는 멀뚱히 있는 판수에게 덥석 등을 내밀며 업히라고 말했다. 잠이 깨지 않아 혼곤한 얼굴로 멍하니 있던 판수가 신부의 어깨를 붙잡고 업혔다. 혹시라도 취한 사람이 바닥으로 떨어지면 크게 다칠 수 있기에 신부는 몸을 굽힌 채 넘어지지 않으려고 신경을 곤두세웠다. 등에 업힌 판수는 따스한 온기를 느끼며 눈을 감았다. 아무도 없는 휑한 집에 노인을 눕히고 나온 신부의 표정이 굳어졌다. 잔인하게 느껴지는 침묵이, 무엇이라 형언할 길 없는 냉기가 느껴졌기 때문이다.

한참 동안 하늘을 올려다보던 신부가 깊은 생각에 잠겼다. 반달이 뜨면 해수면이 낮아졌다. 달이 둥글게 차오르면 바닷물이 높아지겠지. 달이 차고 기우는 것과 짝을 맞춰 거대한 바닷물이 가득 찼다가 다시 빠지는 이치를 생각했다. 달은 밤에게 해는 낮에게 창조의 심오한 비밀을 전하며 운행을 계속하겠지. 우주를 주재하고 인생의 길흉화복을 좌지우지하는 하느님이 자신과 같은 촌놈을 신부로 택하신 까닭이 무언지 곱씹어 보았다. 오늘 밤 우연히 만난 노인의 슬픔과 외로움이 신부에게 옮겨진 듯 마음이 무거웠다. 신부 자신이 몸부림치며 깨닫게 된 사실들을 그 어르신에게 털어놓는다면 그가 마음을 열고 자신의 말에 귀를 기울이길 기도하며 그곳을 떠났다.

서쪽 하늘이 치자 빛으로 물들기 시작했다. 열린 대문으로 신부가 들어와 상냥하게 인사를 건넸다.

"어르신, 건강은 어떠신지 궁금해 찾아왔습니다."

판수는 농사일을 끝낸 뒤 몸을 씻고 난 후라 속옷만 입고 있는 게 쑥스럽고 겸연쩍어 어색한 표정을 지었다.

"제가 예의를 차리고 두루뭉술하게 말하는 것이 서툴러도 이해해 주실 거라 믿고 이렇게 불쑥 찾아왔네요."

판수는 무심한 눈길로 신부를 쳐다보다가 지난밤 술 취한 자신을 집까지 데려다준 사람인 걸 알아채고 희색이 만면했다. 신부는 자리에 앉더니 작정하고 온 듯 말 보따리를 풀어놓았다.

"어르신, 고개를 들어 주위를 둘러보세요. 어르신을 주목하고 있는 분이 계시네요. 지금 그 눈길이 느껴지지 않으세요? 어르신에게 다정하게 말씀하시는 그분의 음성이 들리지 않나요?"

판수는 신부의 말을 도무지 이해할 수 없었다. 귀신 씻나락 까먹는 듣도 보도 못한 말을 지껄이다니……. 판수는 괴이한 말을 지껄이는 신부보다 그 말을 물리치지 않고 묵묵히 듣고 있는 자신이 더 놀랍고 신기하게 여겨졌다. 신부는 판수의 반응에 개의치 않고 온화한 어조로 계속 말을 이어 나갔다.

"콩 심은 데 콩 난다는 속담이 있지요. 우리 조상들이 심은 대로 거둔다고 생각했듯이 사람들은 덕을 쌓고 올바르게 살면 반드시 좋은 결과가 나타날 것이라고 믿으며 살았어요."

신부의 말을 듣던 판수가 슬쩍 끼어들었다.

"맴자리가 착허면 복 받는다는 말두 있잖유."

"어르신, 지당하신 말씀을 하셨네요. 지금부터 이기적이고 못되게 행동하던 사람이 기적의 주인공이 된 사건을 들려 드릴게요."

신부가 들려준 이야기는 다음과 같다. 어느 학교에 성질이 괴팍하고 못되게 구는 선생이 있었다. 그 사람이 전도를 받아 성당에 나가게 되었지만 못된 성질은 쉽게 바뀌지 않았다. 어느 날 그 선생의 어린 딸이 자동차 밑에 깔리는 사고를 당하게 되었고, 놀란 사람들이 아이를 끄집어내 병원에서 검사를 받았는데 다친 곳 하나 없이 멀쩡했다. 현장에 있던 이들이 놀라서 기적이 일어났다고 웅성거렸다. 그 일이 있은 후 많은 이들이 신앙을 갖게 되었다. 저렇게 악한 사람에게 기적이 일어났다면 자신들에게도 기적이 일어날 수 있을 거라고, 이참에 하느님을 믿어 기적의 주인공이 되고 싶다고 이구동성으로 말했을 것이다. 판수는 신부의 말을 듣는 동안 이상한 기분을 느꼈다. 신부의 말이 손이라도 달린 것처럼 판수를 끌어당겼기 때문이다. 물살이 거센 강물에 몸을 담근 것마냥 알 수 없는 힘이 판수의 주위에서 일렁이는 듯했다. 판수는 물속으로 떠밀리지 않으려고 온몸에 힘을 준 채 신부의 말을 집중해 들었다. 신부는 하고 싶은 말을 다 했다는 듯 이야기를 마치자 보자기 꾸러미를 판수에게 건넸다.

"우리 공소에 나오는 자매님이 반찬을 갖고 왔더군요. 나 혼자 먹기엔 양이 많아서."

신부가 도망치듯 사라지자 보자기를 풀어 보았다. 양념이 된 고기와 물김치, 장아찌를 쳐다보던 판수의 입이 헤벌쭉 벌어졌다.

봄비가 추적추적 내리던 어느 오후, 신부가 환한 얼굴로 판수의 집을 찾아왔다. 어쩔 줄 모르는 판수에게 신부가 물 한 잔만 달라고 하자 판수가 그제야 씨익 웃었다.

"지난번 실례를 한 건 아닌지, 제 말만 해서 혹시 기분이 상했다면 죄송합니다."

"시상 오래 살었는디, 신부님 겉은 사람은 처음 봤구먼유."

"그런 말을 종종 듣게 돼요. 어르신 궁금한 거 있으면 물어보세요."

"동글동글헌 거, 묵주라던가. 그거 돌리면서 기도하던디, 기도는 뭐하는 거여?"

"기도는 숨 쉬는 일이에요. 하느님과 함께 시간을 보내는 게 기도이지요. 우리가 이렇게 말하듯이 어르신의 소원을 그분께 고하세요. 상대의 말에 귀 기울이는 친구처럼 그분도 우리의 기도를 듣고 계실 거예요."

신부가 판수를 보며 힘 있게 말했다. 자신의 말을 상대에게 눌러 박아 기억하도록 만들려는 듯이.

"새벽마다 기도드려요. 이 부족한 종이 어르신의 깊은 곳에 있는 신심을 깨우는 도구가 되길……."

"교회 댕기는 사람들이 하느님 뜻대로 살어야 한다고 하던디 그렇기 사는 기 뭐다냐?"

"그분 뜻대로 살기 원하나요? 그분이 무엇을 바라고 계실까요. 이제까지 어떻게 살았든 결코 책망하지 않으실 거예요. 근신하며 매일 매시간을 값지게 사는 것이 하느님 뜻대로 사는 거니까요."

판수는 허물없이 묻고 신부는 정성을 다해 대답했다.

사나흘이 지난 늦은 저녁, 신부가 판수의 집에 나타났다. 어르신의 전화번호를 몰라서 무턱대고 왔네요. 말은 그렇게 했으나 작심하고 온 듯 예수와 하느님에 대해 말하기 시작했다. 인사치레도 건네지 않고 본론으로 들어가는 신부가 어찌 보면 경박하게 여겨질 법도 한데 판수는 싫은 내색조차 비치지 않았다.

"세월의 이치를 살피면 예수님을 따라 사는 게 어떤 건지 쉽게 이해가 되실 겁니다. 어르신, 어둠이 제일 긴 날이 동지이지요. 동지를 기점으로 묵은 어둠이 점차 물러가다가 언젠가 낮이 가장 길어지는 하지에 이르게 되지요. 어찌 보면 우리의 인생살이는 동짓날의 어둠보다 더 깊고 더 오래 가는 듯 느껴지네요."

신부는 방 천장에 걸린 푸르스름한 형광등에 눈을 고정시켰다가 고개를 돌려 판수를 지그시 바라보았다.

"어르신, 지나간 세월이 허망하다 느낀 적이 있으십니까? 저는 보이지 않는 걸 믿는 사람이지요. 눈에 보이는 세상은 나를 조롱하고 절망에 빠뜨려 힘들게 만들기도 하죠. 어르신께 여쭙고 싶은 것이 있어요. 눈에 보이지 않는다고 없는 건가요? 사랑도 미움도 슬픔도 눈에 보이지 않아요. 공기 역시 눈에 보이지 않지만 공기가 없다면 살 수 없어요. 예수를 믿는 즉시 어둠의 세력이 짠, 하고 물러날까요. 동지가 지나도 여전히 긴 밤이 이어지듯 예수를 믿더라도 힘든 삶이 사라지는 건 아니니까. 가장 중요한 일은 성부 하느님과 독생자 예수를 믿는 순간 이제껏 알지 못했던 세계가 열리는 것이지요."

판수는 벌떡 일어나더니 잠시 기다리라고 한 뒤 교자상을 들고 왔다. 미리 준비해 놓은 듯 막걸리와 두부 안주가 놓인 걸 보며 신부가 손사래를 쳤다. 술 취해 인사불성인 사람을 지나치지 않고 업고 온 신부에게 이 정도 대접하는 건 대접도 아니라며 판수가 너스레를 부렸다. 아마도 판수의 모습을 아내가 보았더라면 깜짝 놀랐을 것이다. 판수는 다른 이들과 말 섞기를 꺼렸고, 신부나 목사라는 사람들을 좋아하지 않았다. 공손한 태도로 신부의 이야기를 듣는 판수의 모습을 도무지 상상할 수도 없었을 테니까. 신부는 판수가 따르는 술을 받아 마시며 하던 말을 이어 나갔다.

"우리 사회는 아직도 유교 전통이 남아 있지요. 그 전통이 우리의 행동과 생각을 사로잡고 있어요. 충효 사상이 약해지긴 했지만 많은 이들이 부모의 뜻에 따르는 걸 더 바람직하게 여기고 있지요. 어르신께 여쭈어 보겠어요. 사람은 선하게 태어나나요? 아니면 날 때부터 악한가요?"

판수는 따져볼 것도 없다는 듯 즉시 대답했다.

"그야 선하게 태어나는 거 아닌감유? 죄 많은 세상 살믄서 때가 묻는 거쥬."

"성경은 사람이 악하다고 가르치고 있지요. 교만하게 굴고, 어깃장을 놓고 악한 일을 꾀하는 걸 누가 가르쳐 준 건가요? 우리가 악한 일을 배워 악하게 행동하는 게 아니라고 말하고 있어요."

판수는 무언가 반박하려다가 그만 입을 다물었다.

"지금 말하는 악은 감옥에 갈 만큼 흉악한 죄를 짓는 걸 뜻하는 게 아니지요. 태어난 순간부터 생명이 끝나는 그 순간까지 자신이 좋아하는 대로 사는 것, 그것이 바로 죄라고 말하고 있어요. 그러기 때문에 하느님이 기뻐하는 생활은 아픔을 감수해야 하는 거지요. 세상의 좋은 것들, 곧 죄로 오염된 것들을 떼어내는 것이 신앙생활인데, 그 일이 결코 쉬운 일이 아니거든요."

신부의 말에 정신을 집중해 들어서인지 술을 마셨건만 판수의 정신이 오히려 맑아졌다. 일어나 나가려던 신부가 두 손을 내밀어 판수의 투박한 손을 단단히 붙잡았다. 쐐기를 박듯 강한 어조로 건네는 말이 판수의 뇌리에 쨍 소리를 내며 박혔다.

"그분은 어르신을 사랑하고 계시지요. 위대하신 하느님이 어르신을 위해 가장 좋은 걸 준비해 두셨어요."

혼자 남은 판수의 마음이 전보다 평온해짐을 느끼며 좋은 선물이 무언가 생각에 생각을 거듭했다. 생각이 이어지다가 포악을 부렸던 일들이 떠올랐다. 아내가 스스로 결정해 집을 나간 것이 아님을, 판수 자신의 손과 발로 내쳐진 것임을 깨달았다. 현실에 만족할 수 없어 아내에게 고마워하기는커녕 더 많은 걸 요구했던 자신이 부끄러웠다. 욕을 내뱉고 무지막지하게 폭력을 썼던 일들이 불현듯 떠올랐다. 그날 밤 판수는 자신을 돌아보며 회한의 눈물을 쏟아냈다.

다랑이 밭에 열무 모종을 심고 돌아오다가 신부와 마주쳤다. 그간 편안하셨는지 묻는 신부에게 판수가 엄살을 부렸다.

"땅바닥에서 겨대니매 일허니 허리 끊어지는 줄 알았슈. 근디 머리통이 굴신 뭇헐 맨큼 아팠는디 신기허게 나았슈. 통증이 읎으니 이저 살 것 같아유."

"지난번 말씀드린 대로 사랑 고백했나요? 입을 열어 말씀해야 하는

데…….”
 신부가 묻자 판수가 어색한 듯 뒷머리를 만지며 너스레를 떨었다.
 "부담시럽게 뭔 말씀인 겨. 낫살 묵어 워찌 그런 말을 하남유. 새빠닥이 근지러서니.”
 신부가 만면에 미소를 지으며 집 번호를 묻자 판수가 기분 좋게 응수했다. 집 즌화번호 갈치 드릴껴. 판수는 신부와 헤어진 후 만나는 사람들에게 먼저 아는 체를 하고 인사를 건넸다. 지난밤 삶의 갈피마다 웅크리고 있던 사건들이 환한 빛 속에 드러나자 어찌나 후회막심하던지……. 눈물 콧물 쏟으며 진하게 회개를 하고 나니 신기한 일이 일어났다. 끈끈이처럼 판수를 붙잡고 있던 어둠의 손아귀가 풀린 듯 마음이 편안해졌다.
 "갑으치 읎는 일에 승질 구만 부려야지. 이저 으젓허게 살아야겠구먼.”
 판수가 밝은 표정으로 중얼거렸다.

 며칠이 지난 후 신부로부터 전화를 받았다. 신부의 목소리를 듣자 판수가 반가워하며 말했다.
 "각갑혀 죽겄는디 한번 들르슈.”
 신부는 상냥하고 가벼운 어조로 응수하다가 판수에게 이런 말을 던졌다. 가진 것이 몸뚱이밖에 없다고 변명하다가 인생이 끝나면 그처럼 어리석은 일이 없을 거라고. 신부가 한 그 말 한마디가 판수의 마음을 가르며 골수에 박히는 듯했다. 그 순간 사람을 꿰뚫어 보는 신부가 두려워졌다. 신부는 돌아오는 일요일 아침, 공소에 나와 강론을 들으라고 끈질기게 권면했다. 판수는 권면의 말을 듣는 동안 신부가 자신에게 던지는 말에 이의를 달거나 변명할 수 없었다. '더 미루지 마세요. 시작하기 위해 위대해질 필요는 없지만, 위대해지려면 시작부터 해야 하니까요.' 그 말을 듣자 더 이상 머뭇거리지 않고 성당으로 가겠다고 약속을 하게 되었다.

안골 성당은 주민들이 곡식을 보관하는 공동창고 뒤편에 자리 잡고 있었다. 눈여겨보지 않으면 그냥 지나칠 수밖에 없었던 일층 건물로 걸어가며 판수의 마음이 울렁거렸다. 붉은 벽돌로 된 성당은 여느 건물과 크게 다르지 않으나 화려한 스테인드글라스 창문이 판수의 시선을 잡아끌었다. 미사가 끝나자 판수는 성당에 나온 자신의 행동이 만족스러워져서 슬그머니 웃음이 나왔다. 어색함을 누르고 공소 앞에 서서 머뭇거리고 있자 신부가 다가와 환하게 웃었다. 신부가 포장지로 싼 물건을 남자에게 들이밀자 판수가 잠시 망설이다가 물건을 받았다.

"여기저기 여행을 다닌 신부가 쓴 책이에요."

한 번도 책 선물을 받아본 적이 없는 판수는 입이 귀밑까지 올라갈 듯 좋아했다.

"어느 누구에게나 결단의 시간이 다가오지요. 다만 언제가 될지 알 수 없을 뿐이지요. 제 기도에 어르신을 향한 기도가 끊이지 않는다는 건 그분의 간절함이 얼마나 강한지 알려주는 것이니까. 하느님이 어르신을 많이 사랑하나 봐요."

신부가 중년 남자와 함께 판수를 찾아왔다. 당황한 기색을 보이는 판수에게 구역장이라고 설명을 해 주었다. 중년 남자는 초면인 판수에게 스스럼없이 행동했다. 판수의 말에 맞장구를 치고 얼굴을 활짝 펴 호탕하게 웃기도 했다.

"여자들만 화병 나나유? 우덜두 피눈물을 흘릴 때가 있슈. 토깽이 겉은 새끼들, 그 새끼들 개리치느라 이렇기 이마빡이 훌렁 벗겨졌슈. 냄편 알길 집에 있는 가이새끼버덤 더 우습게 아는 육기년 세상 아닌겨."

중년 남자는 쉼 없이 떠들어댔는데 판수가 시무룩해 있는 걸 보자 기어코 푸념을 퍼부었다.

"어르신, 그렇기 오만상 쓰덜 마슈. 신부님 허라는 대루 무저껀 따르세유."

두 남자의 말을 듣고 있던 신부가 입을 열었다.

"예수를 믿지 않는 이들은 착각 속에 살고 있지요. 자신의 소유물이 진짜로 제 것인 양, 영원히 자기 것인 줄 알고 사니까. 오늘은 어르신께 성모님 이야기를 하겠어요. 마리아님은 16세의 몸으로 예수를 잉태했지요. 가끔 이런 생각을 해요. 한 생명을 품고 그 생명을 열 달 동안 키워 세상 빛을 보게 해 주는 여성이란 존재가 참 귀하다고. 임신을 할 수 없는 판수님은 출산의 희열과 감동을 느낄 수 없을 테니까. 그런 점에서 여성은 축복받은 소중한 존재입니다. 우리가 빈털터리가 됐을 때 아무 조건 없이 품어 주는 건 어미의 품밖에 없을 겁니다. 큰 죄를 범할지라도 어미는 제 자식을 내치지 않겠지요. 어르신께 여쭙겠어요. 사랑하는 아들 예수가 십자가에 달려 돌아가셨을 때 모후의 마음이 어떠했을까요. 그 극한의 슬픔과 창자를 도려내는 듯한 고통을 우리가 헤아릴 수 있다고 감히 말할 수 있을까요. 참담한 슬픔을 겪었기에 능히 우리의 아픔을 헤아리시는 성모를 묵상하다가 하느님의 큰 사랑을 깨닫게 되었지요. 신앙을 받아들이는 건 하느님의 사랑에 어르신 자신을 열어드리는 것이지요. 신앙 안에서 새로운 존재가 됐음을 믿으세요. 만삭되지 못해 태어난 부족한 우리를 하느님의 자녀로 삼아 주신 하느님을 묵상하시기 바랍니다."

밭에 나가 열무를 한가득 뽑았다. 머지않아 큰딸이 도착할 테니 농사지은 열무를 주려고 대여섯 단은 될 만큼 넉넉히 가져왔다. 집으로 오는데 배가 살살 아프기 시작했지만 대수롭지 않게 여겼다. 복통이 오면 소화제를 먹거나 배를 따뜻하게 해 주면 통증이 가라앉곤 했었다. 그러나 그날은 어찌 된 일인지 시간이 지날수록 통증이 심해졌다. 서너 알의 진통제를 삼키고 가로로 누워 있던 판수가 혼곤히 잠에 빠져들었다. 회오리바람이 하늘 높이 솟구친다. 눈 아래로 구름이 흩어졌다가 사라지는 풍경이 펼쳐진다. 어디선가 준엄한 목소리가 울려 퍼진다. '너를 많이 사랑한단다. 넌 나를 잊어도 나는 널 잊은 적이 없구나.' 환영 속에서 들려오는 목소리는 슬프고 안타깝다. 정신을 잃은 판수를 처음 발견한 사람은 신부였다. 초저녁 판수의 집을 찾은 신부가 해쓱한 채 쓰러져 있는 판수를 보자 119에 전화를 걸었다. 판수가 읍내 병원으로 이송될 때부터 함께 있던 신부는 몇십 분이 흘러 정신을 차릴 때까지 판수 곁에 머물렀다. 정신이 든 판수가 송구스러운 얼굴로 중얼거렸다. 지가 겉으론 멀쩡헌디 속은 다 곯았나 봐유. 판수를 지켜보던 신부가 그에게 말했다. 자녀분들에게 전화해야 하지 않나요? 판수는 고개를 끄덕였다.

많은 검사를 한 후 병원 관계자가 보호자가 왔느냐고 여러 번 물었다. 신부는 담당 의사를 찾아가 판수의 병에 대해 물었다. 아무래도 암인 듯하니 큰 병원으로 가야 한다고 했다. 병원에서 해 줄 것이 없다는 의사의 말을 들으며 신부가 입 속으로 되뇌었다. 떠나는 순서는 오직 하느님만이 아시니……. 신부는 자식들과 통화하며 그들이 놀라지 않도록 조심스레 운을 뗐다. 상태가 좋지 않은 듯하니 도립병원으로 옮겨야 할 것 같다고. 제일 먼저 나타난 큰딸에게 어렵사리 말문을 열었다. 아무래도 병이 중한 듯싶으니 모친께 연락하는 게 좋겠다고 했다.

판수는 의료원에서 췌장암 판정을 받았다. 수술하기 힘든 위치에 병변이 생겨 수술도 불가능하다는 말을 듣자 딸들이 흐느끼기 시작했다. 판수는 병원에 온 가족들을 보자 반가움이 밀려왔다. 딸들 앞에서 부끄러운 마음이 들어 잠시 말없이 있던 판수가 누군가를 찾는 듯 여기저기를 둘러보았다. 눈치를 챈 작은딸이 중얼거렸다. 어메 안 왔슈. 판수는 그 말을 듣자 손발의 힘이 빠져나가 어지러움을 느꼈다. 큰딸이 물었다. 신부가 뵈던디, 뭔 일이래유? 판수가 안골 성당에 나간다고 하자 가족들이 놀라는 표정을 짓는다. 승당에 나간다구유? 큰딸은 도리질을 치며 되뇌었다. 넘이 말이라믄 무조건 의심버텀 혔는디. 살다 살다 이런 일은 츰이네.

저녁 무렵 신부가 의료원을 찾았다. 병원에서 지내시는 게 어떠냐고 묻자 판수가 빙그레 미소 지었다. 그런대로 잘 지낸다고 대답하자 신부가 웃음을 띠며 말했다. "죄에 휩쓸려 건강한 것보다 주님을 벗하며 사는 병원 생활이 더 복된 겁니다. 오늘 어르신께 온전한 행복을 맞이하는 방법에 대해 알려드리겠어요. 교회는 우리가 죽은 후에 영원히 산다고 가르치지요.

구원받은 사람들, 은총을 덧입은 이들은 천국에서 행복함을 누리게 됩니다. 가슴에 사랑의 꽃이 피어야 그곳에 갈 수 있지요. 어르신, 지금은 고통스럽더라도 선한 목자이신 예수님의 손을 꼭 잡으셔야 돼요."

신부의 말을 경청하던 판수가 울먹거렸다.

"아내두 날 참을 수 읎어 집을 나갔는디, 이렇기 추접시러운디 예수님을 믿을 수 있는 겨. 나는 증말 못된 늠이유."

"어르신의 상한 마음을 주께서 받으십니다. 닫혀 있던 마음 문이 열려야 주님이 들어오실 수 있어요. 어르신 마음속엔 이미 예수 그리스도가 머물러 계시니까요."

그동안의 잘못에 대한 기억들이 한순간 그를 덮치자 너덜너덜해진 가슴을 쓸어안기라도 하듯 판수가 팔짱을 꼈다. 견디기 힘든 죄의 무게를 더 이상 참을 수 없어 신음을 토해냈다.

"하느님은 어르신께 새 생명을 주길 원하세요. 하느님을 주인으로 받아들이겠다고 다짐하세요. 자신의 뜻을 버리고 그분의 뜻대로 살겠다고 고백하세요. 그동안의 고집을 버리고 하느님께 잘못을 회개하세요. 그분은 어르신이 맛보지 못한 기쁨과 평화를 선물로 주실 것입니다."

판수가 전부터 궁금했던 사실을 신부에게 물었다. 자신은 가난해서 성당에 아무런 보탬도 되지 않는데 그토록 열심히 도움을 주느냐고, 그 까닭이 알고 싶다고. 신부는 조용히 판수를 바라보다 입을 열었다.

"실업자가 된 이들, 남들의 오해로 인해 소외된 이들, 누군가의 용서를 기다리는 이들, 격려와 보살핌이 필요한 이들이 있어요. 주 예수는 그런 이들의 손을 잡아 주고 그들의 슬픔에 동참하는 걸 가장 기뻐하세요. 제 말이 어르신의 마음을 꿰뚫고 죄악의 잔가지를 쳐 늠름하게 신앙이 자라길 바래요."

판수가 알았다는 듯 고개를 끄덕이자 신부가 몇 마디 덧붙였다. 제가 아무리 설명드려도 그분의 도우심이 없다면 깨닫기 힘들 겁니다. 어르신이 주님의 사랑을 깨닫게 해 달라고 기도드리겠어요.

신부의 뒷모습을 바라보던 판수의 눈앞에 신기한 일이 일어났다. 참새 꽁지만 한 싹이 얼굴을 내밀더니 순식간에 짙푸른 이파리가 달리기 시작한다. 순식간에 넝쿨이 뻗어 나가더니 코끼리 귀처럼 생긴 잎사귀 사이로 커다란 호박들이 매달려 있다. 그 광경을 바라보던 판수의 입이 귀밑까지 올라간다. 그새 망령이 들었나? 이기 뭔 조화인 겨! 볕에 그을리고 주름진 판수의 얼굴이 환해졌다.

단편

03

낙원의 새마음운동

　비좁은 공간에 내가 누워 있다. 발은 부엌 쪽으로 난 나무문을 향해, 머리는 곰팡이가 슬어 푸르스름하고 검은 반점이 몽글몽글 피기 시작한 벽 쪽에 둔 채. 나무 문 왼편에는 옹색한 TV 받침대가 있고 그 위에는 더 오랜 세월의 더께가 묻어 있는 소형 텔레비전이 놓여 있다. 그 TV는 다섯 명의 손자들 중 나를 가장 각별하게 여기던 외조부로부터 받은 것이다. 외조부는 내게 감당키 힘든 원대한 이름을 지어 주었다. 사람이 마땅히 걸어야 할 길, 곧 도덕적인 길이란 뜻을 지닌 길 도(道) 하늘 궁(穹)이란 이름자 속엔 외조부의 깊은 바람이 들어 있었다. 스스로 하늘이 될 수 있는 높은 기상과 포부를 지닌 훌륭한 인물이 되라는 염원으로 조부가 큰손자인 내게 붙여준 이름에 걸맞은 인재가 되리라 결심했었다.

내 이름에 대해 쓸데없는 장황한 설명을 늘어놓느라 오랫동안 몸을 눕히던 공간에 대한 소개가 잠시 지연됐다. 부엌에서 방문을 열면 문 뒤편으로 삼단 서랍장이 놓여 있다. 벽과 서랍장을 의지해 여러 종류의 책들이 뒤죽박죽으로 쌓여 있다. 4월의 볕은 먼지 낀 유리창을 통해 따스한 기운을 전해 준다. 잠시 구름이 짙어졌는지 햇볕이 서늘해진다. 페인트칠이 벗겨진 오래된 대문이 바람결에 덜컹거리는 소리가 희미하게 들린다. 집은 주인을 닮는다는 말이 헛말이 아닌가 보다. 팔순의 나이를 바라보는 주인집 할머니는 영감이 죽자 낡은 집을 손보길 꺼리는 듯 보인다. 배둘레햄으로 출렁이는 주인집 노파에겐 자신의 무거운 몸을 끌고 가는 것조차 힘에 겨운 듯 느껴진다. 집 둘레에 쳐 놓은 붉은 벽돌담 여기저기에 금이 나 있어 누군가 충격을 가한다면 쉽사리 허물어질 듯 위태롭기만 하다. 지은 지 삼십 년은 족히 될 듯싶은 집은 이제껏 맡았던 역할을 팽개쳐 버리고 영면에 들고 싶은 듯 자질구레한 부분들이 삐거덕거리고 제 기능을 수행하는 데 어려움을 겪고 있다. 전세로 마련한 나의 쉼터는 단칸방과 좁아터진 화장실과 부엌을 갖추고 있는데 언젠가부터 수도꼭지가 잠기지 않아 졸졸 물이 샌다. 회사 일을 끝내고 늦게 귀가한 어느 날 부엌이 물바다가 돼 있다. 물이 싱크대를 가득 채우고 흘러넘쳐 세간살이가 물벼락을 맞은 듯 처참하다. 운동화도 벗지 못한 채 플래시를 찾아 수도계량기를 잠그고 물에 젖은 가재도구를 닦고 살림을 정리하느라 거의 밤을 새웠을 것이다. 이른 아침 눈을 뜨자 근처 철물점으로 달음질쳐 툴툴거리며 싫은 내색을 비추는 아저씨를 깨워 새 부속품으로 교체한 뒤에야 작은 소동이 끝을 맺는다.

원체 가난하게 살았기 때문에 그랬겠지만 나는 버리는 걸 꺼렸고 유독 정리정돈에 서툴렀다. 언젠가 엄마에게서 들은 친할머니의 이해하기 어려운 언행이 떠오른다. 할머니는 서슬이 퍼렇고 대찬 성품의 소유자였나 보다. 어느 해 여름, 한집에 사는 작은며느리가 쉬어 못 먹게 된 나물을 앞마당에 버렸는데 그 일 때문에 된통 지청구를 들었다고 한다. 분기탱천한 할머니가 그 나물을 가져와 깨끗이 씻으라고 하더니, 아까운 것을 버릴 수 있느냐며 그걸 며느리한테 주었단다. 쉰내가 가셨으니 먹어도 별 탈 없을 거라고 하면서. 할머니는 작은며느리가 조금이라도 낭비하는 기미가 보이면 무섭도록 분풀이를 했다고 한다. 작은엄마는 그 일이 있은 후 그 나물을 절대 입에 넣지 않았다고. 과거의 일을 미루어 짐작하건대 나의 구두쇠 근성과 쪼잔한 성품은 조상으로부터 대물림된 듯싶다. 버리려고 내놓은 물건, 그 물건을 버리면 그 물건에 스민 옛 추억마저 사라질 것 같아 물건을 다시 주워들곤 했으니까.

「우아한 가난뱅이로 사는 법」이란 책자가 눈에 들어온다. 방바닥에 아무렇게 쌓여 있던 책들을 낑낑거리며 옆으로 내려놓고 힘들여 그 책을 꺼낸다. 책의 저자는 독일 유력지 신문 기자를 지낸 알렉산더란 인물이다. 저자는 불시에 해고당해 당장 끼니를 걱정해야 할 만큼 가난해진다. 그가 묻는다. 당장 먹을 것도 없는데 우아하게 살 수 있느냐고. 그가 대답한다. 최악의 가난이란 자존감을 포기하고 품위를 잃는 것이라고. 그렇다면 우리가 소유욕을 버려야 한다는 말인가. 그는 이렇게 말한다. 무언가를 바라고 소망하는 행위를 멈추라는 말이 결코 아니라고. 우리의 욕망 때문에 생긴 여러 사치품이 문명인이 갖춰야 할 필수품은 아니라고. 책을 읽는 동안 일개 기자가 기득권 사회를 향해 막힘없이 신랄한 조롱을 퍼부을 수 있다는 것이 신기하게 여겨진다. 저자에게 존경의 감정마저 솟아난다. 더 놀라운 건 저자가 끼니를 해결하기 위해 집안의 집기들을 팔 때 아내가 불평 한마디 하지 않았다는 사실이다. 알렉산더의 아내인 이리나 폰 헤세는 여왕 엘리자베스 2세의 종손녀라고 하니 입이 떡 벌어진다.

  나 역시 가진 것이 없어 불행하다고 생각하는 지극히 평균적인 사람에 속할 게다. 나 자신이 불행하다고 느낀 순간들이 어찌나 많았던가. 소형차를 몰고 다니는 친구 녀석들과 부자 아버지를 두었다는 이유 하나로 황홀하도록 멋진 외제차를 몰고 거들먹거리는 녀석들을 보면서 아무 까닭 없이 불행하다는 느낌에 젖어 들곤 했다. 남 보기에 자랑할 만한 폼 나는 직장은 아니지만 큰 불편 없이 살 수 있을 정도의 생활비를 벌고 있겠다, 퇴근해 돌아와 남의 눈치 보지 않고 편히 몸을 누일 수 있는 나만의 공간도 있었지만 가끔 불행하다는 생각으로 우울해한 적이 있던 것도 사실이다. 허나 생각을 달리하면 나만큼 속 편한 사람도 없을 것이다. 부양할 노부모가 있는 것도 아니고 식구들의 목숨 줄을 위해 자신의 즐거움을 포기해야 할 정도로 삶이 팍팍한 것도 아니다. 직장에서 은퇴해 당분간 집에 들어앉아 생활하던 아버지는 자투리 시간을 이용해 짬짬이 용돈을 버는 눈치다. 치과 기공소에서 만들어 놓은 치아 모형을 치과 병원에 배달하는 일을 하며 나름 보람을 찾는 모습을 보며 삶의 긍정적인 자세와 열정을 느낄 수 있게 된다.

잠시 잠이 들었나 보다. 책상 의자에 앉아 우아하게 가난해지는 법을 탐구하다 침까지 흘리며 노곤한 잠에 빠진 듯하다. 책갈피에 묻은 침이 뺨에 들러붙은 듯 축축하다. 상체를 들어 눈을 비비고 양어깨를 반대편 손으로 지그시 누르며 의자에서 일어났다. 누군가 날 쳐다보는 듯 느껴져 사방을 휘둘러보았다. 내 방에 올 사람도 없는데, 아직 꿈속이구먼. 혼잣말을 중얼거리며 비좁은 욕실로 들어갔다. 벽 쪽에 수세식 변기가 놓여 있고 바로 옆에 세면대가 붙어 있는 욕실은 시원하게 목욕하는 것이 불가능할 정도로 비좁았다. 냉수로 얼굴을 씻고 나니 한결 기분이 상쾌했다. 다시 방에 들어가 의자에 앉으려는데 낯선 소리가 들렸다. 네 운명은 달라질 거야. 이상한 소리를 듣는 순간 화들짝 놀라 몸을 움츠렸다. 셔츠를 걷어 올린 양팔에 소름이 돋아났다.

"너의 소원을 말해 봐. 소원을 이루어 줄 테니. 소원을 이루기 전 네 의향을 물어보는 게 순서에 맞겠지?"

바람처럼 일렁이던 목소리는 찰나에 스러진 듯 주위가 고요하다. 내가 잠시 환청을 들었을 거라고 생각한 순간 이상한 음성이 내 귓전을 울렸.

"미처 자각하지 못하지만 네 마음 깊은 곳에 사람들의 행복을 위해 쓰임받고 싶은 소망이 있어. 네 빈약한 육체 안에 우주를 품을 만큼 엄청나게 큰 가능성이 내게 보이네."

"당신은 누구시죠? 왜 날 찾아온 거죠?"

나는 마음을 다잡고 살며시 입술을 열어 들릴 듯 말 듯한 소리로 물었다. 소리가 들려오는 방향을 향해.

"이 동네에서 사랑의 메신저를 만났어. 어찌어찌하다 보니 자네를 방문하게 된 거고."

"사랑의 메신저라니……. 무슨 말인지 언뜻 이해가 안 되는데."

나는 소리 나는 쪽을 보며 의문을 표시했다.

"자네 아는가? 비만이나 흡연뿐 아니라 행복감 역시 전염병처럼 똑같이 퍼져 나가는 거야. 누군가 한 사람이 행복감에 휩싸이면 주위 사람들도 차례로 행복감을 느끼게 되거든. 나는 이 동네 시외버스터미널 근처에서 긴 겨울을 보냈어. 차부 한 켠에 박스를 깔고 행인들의 반응을 살폈지. 아무도 내게 관심을 보이지 않았어. 이곳을 떠나려다가 밑지는 셈 치고 초등학교 근처로 자리를 옮겼지. 한 초등학교 담벼락에 몸을 기댄 채 거렁뱅이로 살았어. 일부러 꼬맹이들 눈에 띄려고 문방구에서 그리 멀지 않은 곳에 자리를 잡은 거야. 더럽고 꾀죄죄한 몰골을 보자 어른들은 빠른 걸음으로 지나치거나 내 쪽을 외면하고 지나갔어. 난 날마다 기다렸어. 제발 따스한 마음을 가진 사람을 만나길 빌었지. 나무는 최초의 잎사귀를 틔우는 게 가장 어려워. 사람 사는 세상도 똑같아. 사랑을 품은 한 사람이 그 사랑을 밖으로 표출해 내면 머지않아 주위 사람들이 선한 영향권 안으로 들어오는 거야."

낯선 존재가 들려준 감동적인 일화 한 토막을 소개하려고 한다.

"어느 날 아침부터 억세게 비가 내렸어. 주르륵, 좌악 쏟아지는 빗속에 우산을 쓴 행인들이 보였지. 등교하던 초등학생들이 날 힐끔거리며 지나갔어. 짓궂은 악동들은 내게 야유를 보내거나 내 몸을 우산살로 살짝 건드리기도 했어. 이곳에 축복을 주기 위해 우산도 쓰지 않고 견디고 있는 나의 본 모습을 어느 누가 알겠나! 눈으로 본 대로 판단하는 어리석은 종족에게 나는 더럽고 불쌍한 거렁뱅이에 지나지 않았으니……. 춘삼월이라지만 바깥 공기는 쌀쌀했지. 퍼붓는 비를 맞고 나니 뼛속까지 얼얼해졌어. 나도 모르게 흠칫 목을 움츠렸고 맞붙은 이빨은 딱딱 소리를 냈지. 그때 허연 물건이 내 앞에 불쑥 나타났어. 모깃소리 같이 앵앵거리는 소리가 들리더군. 할아버지, 나 교실에 들어가면 돼요. 이 우산, 할아버지 줄게요. 얼굴이 까맣고 버짐이 핀 소녀가 비닐우산을 내게 건네더니 후다닥 달려갔어. 억수로 내리는 비를 맞으며. 한 줄기 빛조차 들어오지 않는 심연 속에서 이제야 밝은 빛 한 줄기를 만난 거야. 내 영혼이 기쁨으로 뛰놀기 시작했어. 그렇게 된 거야. 어느 누구의 관심조차 받지 못한 채 죽음을 기다리던 내게 또 한 번의 멋진 생을 허락한 고마운 존재가 나타난 거지. 나는 벼르고 별렀던 임무를 실행할 수 있게 된 거야. 한 소녀의 순수한 사랑과 희생정신이 이 동네를 낙원으로 만들어 줄 거야. 이곳 이름이 낙원군 아닌가."

나는 신비한 음성이 들려주는 이야기를 들으며 낯선 존재가 삶의 뒤안길에서 흐느꼈으리라고 어렴풋이 느낀다. 말하는 어조가 더없이 애잔하고 슬픔을 띠고 있었다. 그 음성은 허심탄회한 느낌으로 중얼거린다. 참 많은 이들을 방문했지. 마음에 품고 있는 꿈을 이루어 주겠노라고, 열렬히 핏대를 올려 권면했건만 그 누구도 자신의 진심을 믿지 않았다며 의기소침해한다. 그 존재는 자신의 사명을 성공적으로 완수하기 위해 전 주민을 대상으로 사전 조사를 끝마쳤노라고 말한다. 신비한 존재가 날 방문했다는 건 내가 선택받았다는 증거 아닌가. 자네가 원한다면 자네를 위대한 정치 지도자로 만들어 주지.

그동안 살아오면서 막연하게 미래의 내 모습을 마음에 그려 보곤 했다. 인간적 배경이나 지성은 그리 대단치 않지만, 마음 깊은 곳으로부터 사람들에게 인정받고픈 욕망이 끓어올라 쉼 없이 날 옥죄었기 때문이다. 홀로 있는 시간, 꾸밈없는 날것의 나 자신을 조망하며 민망함으로 얼굴이 화끈거린 적이 셀 수 없이 많았다. 혈연과 학연, 지연으로 얽혀 부침을 거듭하는 인간 사회. 현실 세상에서 사람들을 좀 더 살기 좋은 곳으로 이끌겠다고 생각한 적이 있었던가?

나는 의아해하며 낯선 존재에게 물었다.
"내 한 몸 어떻게 사는 게 옳은지 알지 못하는데, 주저하고 머뭇거리기만 하는데 어떻게 지도자가 된단 말이죠? 사람들이 날 따르고 존경하기보다 비웃을 게 뻔한데……. 당신이 날 갖고 논다는 생각이 자꾸만 들어요. 더군다나 정치는 내 체질에 맞는 거 같지도 않고."
나는 신비한 존재의 말을 듣는 동안 약간의 황당함과 그보다 더 강도가 높은 부담감을 갖게 되었다.
"목숨이 끝날 때까지 네 자신의 내면을 파고들 거야? 너의 내면을 성찰하느라 현실의 고통을 외면할 거냐고. 소외된 이들에게 등을 돌린다면 너 역시 한심한 인간에 지나지 않겠지. 작금의 정치인들을 살펴보렴. 네 눈에도 민망하기 그지없을 거야. 허나 기존 정치인을 비판하는 데 그친다면 너도 그들과 똑같은 잘못을 범하는 거야. 왜곡되고 낡은 잔재를 일순간 부숴

버리는 건 불가능해. 네가 사람들 앞에 나서기 전에 해야 할 일이 있어. 지금껏 갖고 있던 구태의연한 생각을 버려야 해."

"무얼 버리라는 건가요?"

"자기 이름을 날리려고 애쓰는 것, 남을 멸시하고 깔보는 엘리트 의식이나 지적 편견 같은 거 말이야. 그걸 배설물처럼 여겨 가차 없이 버려야 해. 그렇게 하면 상상 이상의 큰 변화가 생길 거야. 허명과 명예에 집착하기보다 사람들의 행복과 안위를 위해 네 모든 열정을 쏟아야 돼. 그런 네게 한동안 제도권 인사들의 조소와 쓴소리가 쏟아지겠지. 그러다 언젠가 네가 이끌어낸 의미 있는 결과 앞에서 비난이 환호로 바뀔 거야. 어때, 구미가 당기나? 낙원군의 지도자가 돼 보렴. 어서 결심을 굳혀다오!"

환상 속의 존재는 내가 특별히 선택받았다고, 내가 대단히 훌륭한 자질을 갖춰서 뽑힌 것이 아니라 고결한 마음씨를 가진 한 소녀 때문이라고 밝혔다.

시간이 많이 흐른 듯 방 안이 어슴푸레하다. 형광등을 켜야 하나, 생각한 순간 반짝 불이 켜졌다. 내 앞의 존재가 자신의 가공할 위력을 살짝 드러낸 듯 여겨진다.

"나쁜 일에는 삽시간에 빠져들지. 그것에서 벗어나려면 시간과 인내가 필요해. 잘났다는 착각에 빠져 인생을 허비하는 사람들. 그들은 삶을 무너뜨릴 지경에 이르러도 반성할 기미가 없어. 나는 역사의 현장을 지켜보며 진실을 알게 됐어. 건설 과정은 지루하고 시간이 걸리는 데 비해 파괴는 순식간에 일어났지. '이 일'을 하며 뼈저리게 실감한 거야."

내 앞의 존재가 슬픈 어조로 느릿느릿 말하기 시작했다.

"꽁꽁 얼어붙어 미끄러운 길을 걷다 한순간 넘어져 한 길 구덩이에 빠진 이들. 끔찍한 지옥을 겪은 사람들 말이야."

신비한 존재가 말한 '이 일'이 어떤 것인지 궁금증이 도진다. 대체 무슨 일이 있었던 것인가.

꾸르륵, 시끄러운 소리가 연신 터져 나왔다. 점심 식사를 거른 탓에 배 속이 난리법석이다. 허허…. 처음 듣는 그의 웃음소리다.

"자네 지금 배고프구먼. 나는 음식을 먹지 않아. 깜빡했어. 미안하네."

밥상을 물리자 낯선 존재가 조용히 말을 시작했다.

"나는 북만주에 주둔한 일본 군대의 참상을 고스란히 보게 됐다네. 조선 각처에서 온갖 감언이설에 속아 끌려온 어리고 순박한 여자들이 직접 몸으로 겪어낸 지옥의 현장을 모조리 지켜보았으니까. 전세에 따라 부대 병력이 이동할 때 군에서 제공해 준 군용트럭을 타고 군인들 뒤를 따라다니던 여자들 말이야. 나는 조직적으로, 천인이 공노할 수법으로 성범죄를 저지르는 현장을 지켜봤어. 나를 보낸 위대한 분이 내게 새 임무를 맡긴 거야. 그 불쌍한 소녀들이 의식하지 못하도록 그녀들의 영혼 깊은 곳에 생명에 대한 끈질긴 욕구를 심어 놓으라는 임무를. 절망한 어린 여자들이 제 목숨을 끊지 못하도록 적절한 순간에 도움을 주라는 명령이 내려왔어. 성병에 걸려 고통을 당하고, 절망을 잊으려고 아편에 의지하다 자살로 생을 마감하고, 위안소를 탈출하다 붙잡혀 맞아 죽거나 불구가 된 그녀들을 더 두고 볼 수 없었던 거지. 그 임무를 수행하는 동안 슬픔에 압도당했어. 만신창

이의 몸과 끝없이 반복되는 산지옥 같은 생활을 견뎌야 했던 여자들을 어찌 잊을 수 있겠나. 그곳에 오게 된 피맺힌 사연들을 도저히 잊을 수 없다네. 부모가 다 죽고 친척에게 맡겨졌다가 보국대에 넘겨지고, 의붓아비가 돈 몇 푼을 얻으려고 의붓딸을 팔아넘기고, 찢어지게 가난한 가족들을 먹여 살리려고 자원해 군 트럭을 탄 소녀도 보았다네."

망각의 세월 속에 묻혀 있던 칠흑 같은 어둠 속 심연의 바닥에서 벌어진 역사의 한 페이지를 꺼내 놓으며 탄식하는 소리가 내 귀를 울린다. 인간애를 듬뿍 담아 지난 역사의 현장을 들려준 그 존재로 인해 내가 누구인지 더 분명히 알게 된다. 그가 전한 이야기는 나의 감성 깊숙이 파고들어 인생과 세계에 대한 성숙한 안목을 갖도록 온갖 자양분을 제공해 준다.

잠시 침묵하던 존재가 입을 연다.
"내가 정치를 하라고 했지? 지금 돌이켜 보니 가장 중요한 걸 빠트렸구먼. 선행 조건을 말하는 걸 깜박했네. 자네가 아끼는 자신의 물건을 처분해야 하거든. 이 조건을 받아들여야 자네와 한 약속을 실행할 수 있다네. 성실하게 약속을 지키면 미래의 어느 때에 자네의 꿈이 이뤄지는 감격을 맛보게 될 거야. 이전 방문자들은 하나같이 이 조건을 받아들이길 거부했지."

알 수 없는 존재가 물건을 버리라는 조건을 말한 순간 나는 벌떡 일어나 손사래를 친다.
"의식주 생활을 포기하란 말입니까? 기본 생활에 필요한 물건들이 셀 수 없이 많은데 그런 것들마저 버리라고요? 그건 너무 가혹해요. 불가능한 일이에요."

꽤 오랜 시간 심각한 표정을 지은 채 입을 굳게 다문 내게 그 존재가 은근한 어조로 말을 건넨다.

"설마 날 오해하는 건가? 자네에게 접근해 오랜 시간 떠들고 있는 내가 혹시 지하 세계에서 온 존재일지 모른다고 의심하는 건가? 내가 악령이라면 자네가 알아챌 수 없도록 교묘하게 조종했을 텐데."

나는 보이지 않는 존재에게 고개를 저으며 얼버무린다.

"당신 정체를 의심한 게 아니라, 나 자신이 지도자가 되기엔 자질이 많이 부족하다고 생각하고 있는데……."

그 존재가 기막히다는 듯 너털웃음을 지으며 중얼거린다.

"자네 보기보다 머리 회전이 영 느리구먼. 인간사를 좌지우지하는 위대한 분이 자네를 지도자로 삼겠다는데… 어찌 그리 내 말뜻을 못 알아듣는가!"

낯선 존재가 한심스러운 듯 날 다그치자 알 수 없는 오기가 솟는다. 섬세하고 여린 자신의 모습을 부정하기라도 하듯 나는 질끈 눈을 감는다.

온갖 수단을 동원해 신비한 존재와 길고 지루한 협상에 들어간다. 소돔을 멸하려는 신과 의인의 숫자를 협상한 아브라함처럼. 피가 말리고 입술이 바싹 타들어 가는 협상 테이블. 시간이 지나 적당한 타협점에 도달한다. 보름에 한 점씩, 내가 소유한 물건 중 하나를 택해 버리되 의식주 생활에 필수적인 물품은 제외한다는 타협을 하게 된다. 신비한 존재가 친절을 베푼 소녀 이야기를 하면서 했던 말이 떠오른다. '나무는 최초의 잎을 틔우는 게 가장 어렵다.' 최초로 물건을 내버릴 때, 그 순간이 가장 힘들고 마음의 갈등이 최고조에 달하기 때문이다. 의식주 생활과 무관하고 내게 백해무익한 물건이 무엇일까 고심하다 단호하게 결정을 내린다. 상태가 멀쩡한 TV를 버리려니 어찌나 아깝던지 발이 떨어지지 않을 지경이었다. 아무리 멀리 있더라도 나의 일거수일투족을 손바닥 보듯 알고 있을 존재를 떠올리며 약속을 지켰다. 누군가 필요한 사람이 갖고 가길 바라며 '사용 가능'이란 메모를 붙인 채 TV를 골목길에 내다 놓았다.

텔레비전이 없는 일상은 공허하고 막막하기만 하다. 사는 게 도통 재미가 없는 듯 느껴지고 가끔 사람을 멍하게 만들기도 한다. 어느 순간 시간을 알차게 보낼 방법이 퍼뜩 머리를 스친다. 전부터 결심만 하고 어영부영 시간을 보내다 실천하지 못했던 책 읽기에 전념하기로 마음을 고쳐먹는다. 진지하고 복잡한 내용에 질려 대충 프롤로그만 읽고 팽개친 책들을 다시 읽으며 그 속에 파묻혀 지낸다. 술잔을 비우듯 쉼 없이 독서를 계속한다. TV의 뒤를 이어 전기 주전자와 토스터, 휴대용 버너와 잡다한 등산용품들, 여분의 구두와 운동화……. 셀 수 없이 많은 물건이 버려진다. 어느 순간 방이 넓어 보인다. 잡동사니가 쌓여 어지럽던 방 안이 깔끔하고 정갈해진다. 버릴 물건을 탐색하다가 물건을 들고 나갈 때 느꼈던 갈등은 어느새 희망의 상상으로 바뀐다. 생존에 필요한 기본 물품만 남으면 신비한 존재가 약속했던 희망찬 미래가 펼쳐질 테니.

물건을 버리다 보니 남들이 알지 못하는 희열마저 느끼게 된다. 불가능을 시도해 보는 즐거움 말이다. TV 없이 사는 사람이 과연 몇이나 될까 가늠해 보자니 나도 모르게 피식, 웃음이 나온다. 주기적으로 물건 버리는 습관은 절제를 가르쳐 준다. 절제의 실천이 이뤄진다면 탐욕은 힘을 잃을 것이다. 끝없는 욕심을 추구하다 다다르게 되는 곳이 탐욕의 바다 아닌가! 탐욕으로 인해 우리는 필연코 다 잃게 된다, 자유를. 더 많은 것을 갖기 위해 노심초사, 밤잠을 설치던 날들이 떠오른다. 단 한 번도 나 자신이 욕심쟁이라고 생각하지 않았는데 이제 와 보니 내가 어찌나 욕심으로 가득 찬 존재였는지 알게 된다. 물건을 버리기 시작하면서 한 대상에 집착해 마음을 빼앗기면 사소한 일과 물건으로 인해 마음의 기쁨마저 도둑맞는 것임을 깨닫는다. 나는 가장 불쌍한 사람에 지나지 않았다는 자기 발견 속에서 허허롭기만 하다. 물건 버리기는 내면의 허전함을 견디도록 만든다. 절제로 인해 얻게 된 소득 가운데 가장 값진 것은 결핍 속에서 행복을 느낄 수 있게 된 것이다. 원하는 모든 것들을 제공받은 이들이 결코 닿을 수 없는 피안의 세계에 도달케 된 기쁨을 이루 말할 수 없다. 직접 살아 보고 겪어 보더라도 알지 못했을 인생의 비밀을 낯선 존재와의 조우로 비로소 깨닫게 된다.

  기본적인 물건만 남게 된 어느 날, 신비한 존재의 방문을 받았다. 그 존재는 의미심장한 목소리로 속삭였다.
  "누구도 걷지 못한 길이야. 이제 그 길을 떠나 보렴. 상상하지 못한 일이란 말이 있어. 그 말은 진실이 아니란다. 상상하는 것은 실제로 존재하는 거야. 넌 지금부터 아무도 경험해 보지 못한 신나는 일들을 겪게 될 거야."

신비한 존재는 보이지 않았지만, 그로부터 들려오는 목소리가 날 최면으로 이끄는 듯 느껴진다. 환각에 취하듯, 꿈을 꾸듯 나의 온몸과 정신이 나른해진다.

어느 순간 신비한 목소리가 나의 빈약한 육체를 뚫고 들어와 의식 깊숙한 곳에 자리 잡는다.

낙원군의 군수 후보는 세 명으로 압축되었다. 전임 군수를 지낸 김 후보, 지역에서 온갖 봉사활동을 섭렵하며 표 다지기에 공을 들인 오십 대의 사업가, 정치 초년생인 내가 출마하게 되었다. 부모에게 손을 벌려 옹색한 선거사무실을 마련해 놓았으나 엄청난 선거 비용을 생각하니 가슴이 벌떡거리는 증세가 전혀 가라앉을 것 같지 않다. 오만 가지 생각에 잠겨 침울해 있는데 누군가 사무실 문을 두드렸다. 직원 박 씨가 웬 노인을 모셔 왔는데 접대하는 태도가 공손하고 황송한 기미마저 엿보인다. 내가 어리둥절한 표정을 짓자 낙원군의 알부자 최 노인을 모르면 이 동네 사람이 아니라며 너스레를 떤다. 최 노인은 유세 지원 차량을 마련하라며 봉투를 내민다. 택시 기사들의 입이 선거에 큰 도움이 될 것이야. 직원들이 열과 성을 다해 도궁 후보를 응원할 거야. 용기 내시게. 노인이 돌아가자 박 씨가 일러준다. 저 노인의 아들이 관내에서 가장 오래된 택시 회사를 갖고 있다고. 노인이 나가자 도움의 손길이 꼬리를 물고 이어진다. 한 떼의 젊은이들로 사무실이 북적거린다. 이번 기회에 새 인물을 뽑아 변화하고 발전해야 할 거 아니냐고, 무기력한 기존 정치인들에게 실망했노라고들 떠들었다. 팍팍한 삶에 지쳐 있던 젊은이들이 무급 선거운동원이 되겠다며 약속을 하고 돌아간다. 이게 웬 조화인지 모르겠다. 세상의 재물과 열정을 가진 이들이 내게로 몰리고 날 응원하는 모습을 보며 놀라움을 금할 수 없었다.

 공설운동장에서 군수 후보들의 연설이 있던 날, 내게 웅변의 신이 임한 듯 뛰어난 언변을 구사케 된다. 해명할 방법이 없으나 불가사의한 힘이 날 사로잡아 가장 완벽한 수준의 웅변가로 돌변한 내 모습을 스스로 볼 수 있었기 때문이다.
"고고하고 구김살 없이 살아온 사람들이 후보 자리에 올라와 있군요. 저 높은 곳에서 유유자적하던 이들이 서민의 아픔과 빈민들의 고통을 알 수 있을지 의문이 드네요. 한순간 호된 일격을 맞아 가산이 풍비박산이 나서 거리로 쫓겨난 이들, 하루 세 끼의 밥조차 먹을 수 없는 이들, 아이를 맡길 돈이 없어 출입문을 걸어 잠근 채 돈 벌러 가는 엄마들……. 그 이웃들을 생각해 봅니다. 며칠 전 신문에 난 사진을 보게 됐어요. 불이 났는데도 잠긴 문을 열지 못해 까맣게 변한 어린 주검들 말입니다. 이제 낙원군의 가난한 사람들이 새 노래를 부르도록 만들 겁니다. 이도궁이란 사람이 그 일을 할 겁니다. 빈민들도 환희의 노래를 흥겹게 부를 수 있을 겁니다. 가난의 치부 속에 밀어 넣은 꿈과 사랑과 행복을 제가 되찾아 돌려드릴 겁니다. 체험 없이 논리와 이론만 앞세우는 고급 관리들, 탁상공론만 일삼는 허울뿐인 정치인들에게 또다시 낙원군의 살림을 맡길 겁니까? 똑같은 잘못을 범하지 말기를 간청드립니다. 제가 겪은 특별한 경험을 말씀드리겠습니다. 우연한 기회에 물건을 버리게 되었습니다. 많은 물건을 가져야 행복하다고 생각했습니다. 그런데 덜 필요한 물건, 대체될 수 있는 물건을 버리게 되자 욕망을 다스릴 수 있게 되는 신기한 일이 일어났습니다. 그동안 너무 많은 물건 속에서 짓눌려 산 것을 깨닫게 되더군요. 점차 모인 물건은 내 삶을 행복하게 하기보다 더 무겁고 복잡하게 만들었으니까요. 버리는 일을 계속하자 전에 품었던 질문에 대한 답이 저절로 떠올랐습니다. 그리고 성공과 성취가 아닌 타인의 필요를 채우고 싶은 열망이 되살아났습니다. 탐욕의 강도가 약해지고 조급증이 사라지더군요. 새싹이 움트듯 놀라운 변화가 일어났습니다······."

열렬한 환호와 박수가 이어졌다. 박수의 열기가 가라앉기는커녕 군민들이 두 팔을 높이 들고 내 이름을 외치기 시작한다. 이도궁! 이도궁! 사람들을 속박하고 짓누르던 억압의 사슬이 스르르 풀리고, 체면 차리기 급급했던 본래의 의지가 자존심을 던지게 만든다. 한 노파가 일어나 겅중겅중 춤추기 시작한다. 옆에서 바라보던 중년 신사가 최면에 걸린 듯 노파를 따라 덩실덩실 몸을 흔든다. 군중이 내지르는 즐거움의 함성이 한동안 이어진다. 연설할 차례를 기다리던 다음 후보가 당황한 듯 보인다. 그 후보의 침울한 시선을 느끼며 나는 혁혁한 승리를 거둔 장수처럼 뿌듯한 기분에 잠긴다.

호소력 있는 연설 때문일까. 단 한 번의 연설로 군민들의 마음을 사로잡은 것은 확실한 듯 보였다. 중앙통 유세를 끝내고 관내에서 가장 너른 전통시장을 찾아 유세를 벌이고 있는데 새우처럼 허리가 40도쯤 굽은 할머니가 나를 덥석 껴안았다. 군수가 돼야 할 사람은 아궁이뿐이라고 말하는 게 아닌가. 딸인 듯 보이는 중년 여인이 우리 어머니는 입만 열면 저 소리를 하신다고, 후보님의 광팬이라며 환하게 웃었다. 주위에 있던 사람들이 박수를 치며 파안대소하는 바람에 나는 적잖이 당황했다. 그런 일이 있은 뒤로 내게 '아궁이'란 재미있는 별명이 붙었다. 길에서 만난 어린아이들까지 아궁이 아저씨라 부르며 아는 체를 했으니 일단 내 이름을 알리는 데는 성공한 셈이다.

투표함을 열자 예상했던 일이 현실이 되었다. 70퍼센트에 달하는 군민들이 내게 열화와 같은 애정과 전폭적인 지지를 표시한 것이었다. 그간 정치인들이 보여 준 부정적인 행태, 곧 상대를 난도질하다가 상대의 허점이 보이면 달려들어 반쯤 죽여 놓던 모습에 치를 떨던 사람들이 나의 순수하고 열정적인 도전에 높은 점수를 주었을 것이다. 더욱이 단칸방에 사는 사람이란 점이 신선해 보였을 테고 그런 궁박한 처지에 놓인 사람이 군수가 되겠다니 꽤나 큰 충격을 받았을 게다. 사람은 원래 자기보다 못하다고 생각하는 이들에게 일말의 동정을 느끼는 법이니까. 그런 이들이 한마음으로 내게 몰표를 던진 과정에 신비한 존재가 어떤 역할을 했으리라 짐작할 수 있었다.

내가 가장 먼저 한 일은 지역 케이블 방송에 나가 군민들 앞에 당선자로서 감사를 드리고 앞으로의 포부와 구상을 밝힌 것이다. 의례적이고 형식적인 당선 인사를 소개하는 대신 소감 말미에 했던 몇 가지 내용을 간략하게나마 소개하려고 한다.

"이 사람을 믿고 중차대한 일을 맡기신 군민 여러분께 제가 당선하게 된 한 가지 비밀을 알려드리겠습니다. 이도궁이란 사람의 인생에 광명이 비치게 된 연유를 밝히려고 합니다. 가진 물건을 하나씩 버리다 보니 어느 순간 마음에 품고 있던 희망이 눈앞에 이루어진 겁니다. 꿈에서나 만날 수 있는 일이 현실로 나타난 것이지요. 물건 버리기의 생활화는 지구를 구하려는 고상한 마음에서 비롯된 일이라고 말하기엔 일말의 가책이 들지만, 그 일을 할 때 이웃을 아끼는 마음이 담겨 있었음을 부정하기도 힘이 듭니다. 쓸 만한 물건을 내놓으며 필요한 누군가가 가져가길 빌었기 때문입니다."

당선 소감을 들은 이들 사이에 다양한 반응이 나타났다. 누군가 아궁이 군수는 비범한 구석이 있다고, 자신도 군수를 따라 물건 버리기를 계속할 거라고 말했다. 그런데 이해할 수 없는 건 그런 반응을 보이는 이들이 엄청나게 늘어났다는 사실이었다. 우리 처지에 갖다 버릴 물건이 있을까? 부자 나부랭이들이나 실컷 따라 하라지! 불쾌한 듯 나를 조롱하는 이들도 있었을 게다. 나를 비웃던 한 남자는 이웃들로부터 따가운 눈총을 피할 수 없었다는 이야기마저 풍문으로 떠돈다.

나는 군수로서 해야 할 많은 업무에 열중하느라고 군민들의 동태를 전혀 알지 못했다. 어느 날 아침, 보좌관이 휘둥그레진 눈에 놀라움이 듬뿍 담긴 얼굴로 외쳤다.

"군수님, 현장을 직접 보셔야 할 것 같아서 드리는 말씀인데 여기저기 물건들이 쌓이기 시작하고 있답니다."

　관용차를 타고 고급 아파트가 밀집한 영화읍 쪽으로 가다 보니 공터에 웬 언덕 같은 게 나타났다. 가까이 가자 물건들로 만들어진 인공섬이 드러난다. 모든 물건들 위에 내가 예전에 했듯 '사용 가능'이란 문구가 붙어 있다. 수행 비서는 무슨 현상인지 모르겠다는 표정을 짓는다. 놀라는 보좌관과 달리 내 마음에는 기쁨의 환호성이 일었다. 이런 일들이 관내 여러 곳에서 동시다발적으로 나타난다는 보고를 듣고 일단 직원들을 동원해 공터에 내다 놓은 물품들이 비를 맞지 않게 조치를 한 후 모든 읍마다 재활용 수거팀을 구성해 물건들을 회수하거나 인근 도시의 재활용품 센터와 연계해 물건을 팔도록 지시해 놓는다. 나는 군민들과 했던 약속을 지키기 위해 전세 단칸방을 빼 사저로 이사한 후 관저의 주방과 응접실을 개조해 소외층을 위한 원스톱 지원센터를 만든다. 마침 관내에 거주하는 몇 독지가들이 불우 이웃을 위해 써달라고 후원금을 희사하는 바람에 힘들이지 않고 그 일을 추진케 된다.

　어느 날 보좌관이 관내에서 일어난 에피소드를 들려준다. 날마다 부부 싸움을 하는 통에 동네에 민폐를 끼치던 부부가 있었단다. 남편은 바가지를 일삼는 아내를 저주하며 아내의 물건을, 아내는 지긋지긋한 웬수 남편을 떠올리며 남편의 물건을 내다 버렸다. 그러던 어느 날 재활용품 코너에서 만났는데 그 순간 상대방이 너무나 사랑스럽게 보여 그들은 주위 사람들이 지켜보는 것도 아랑곳하지 않고 진한 포옹을 나누었다. 그걸 본 동네 이웃들이 난리가 났다고 했다. 아궁이 군수의 말이 진리 중의 진리라며 우리 모두 늦지 않았으니 어서 집에 있는 물건을 내다 놓자고 곧바로 의견을 모았다고 했다. 죽일 듯이 싸우던 부부가 보여 준 깨가 쏟아지는 모습에 모두 감동한 것이었다.

필요 이상의 물건을 소유한 가정이 많았나 보다. 사용 가능한 물품들이 어마어마할 정도로 많이 쌓였다. 버려진 그 물건들을 팔자 엄청난 액수의 기금이 마련됐다.

군수 월급의 절반을 희사해 관내에 문을 연 무료급식소에 전달한 후 어스름이 깔릴 무렵 급식소를 찾았다. 식사를 하러 찾아온 이들의 줄이 끝없이 길게 이어져 있었다. 그걸 본 순간 내 마음 깊은 곳에서 탄식이 터져 나왔다. 일하지 못해 기본적인 생계조차 잇지 못하는 사람들에게 새 일터를 마련해 주는 것이 급선무임을 절감하게 되었다. 관내 이곳저곳을 유심히 살피는데 오랫동안 방치돼 있던 땅이 눈에 들어왔다. 그 땅을 구입해 밭을 조성한 뒤, 노동력과 일할 의향이 있는 생활보호대상자들을 모집해 농사를 짓기 시작했다. 관련 조언을 듣기 위해 수소문하던 중 한 전문가를 만나게 되었고, 그는 조직화된 농산물 유통과정이 필요하다며 입에 거품을 문다. 공동체 농장 운영을 맡길 적임자를 만나 어찌나 흐뭇하던지. 텃밭에서 거둔 싱싱한 채소들이 관내 주민들과 근교에 있는 도시 아파트 거주자들에게 건네진다. 수확한 지 세 시간 내의 신선한 채소를 맛본 사람은 단골 고객이 될 수밖에. 직거래 장터를 개설한 후 주민들의 성원을 받아 농사지을 땅을 더욱 확장케 된다. 생활이 어려운 이들은 그날 벌어 그날 먹고 살았기에 일당을 선호하는 것을 눈치채고 모든 조합원에게 공평한 액수의 일당을 지급하겠다는 원칙을 세워 실행한다. 어느 날 텃밭에서 구슬땀을 흘리며 농사에 열중하고 있는 이들의 수를 세어 보니 삼십여 명이 훨씬 넘는 걸 보고 어찌나 기뻤는지 모른다. 그들에게 꼭 필요한 것이 무엇일까 궁리해 보다가 퍼뜩 떠오른 생각을 곧 실천에 옮기게 되는데 그것은 바로 농작물을 판 돈을 적립해 대상자들의 긴급 자금으로 긴요하게 쓰도록 한 것이다.

군민들에 대한 사랑과 군수로서 짊어진 막중한 임무에 열중하다 보니 어느덧 일 년이 지났다. 오랜만에 나만의 공간에서 휴식을 취하게 되었다. 과거의 나는 말없이 고독에 잠겨 있거나 슬픈 분위기를 풍기던 남자가 아니던가. 낙원군의 군수가 된 뒤 내 모습이 180도 달라졌음을 실감케 된다. 전에 무기력한 상태에서 상상하던 허무맹랑한 듯 보이던 꿈과 비현실적으로 인식되던 공상 속의 일을 비로소 현실 속에서 펼칠 수 있게 되다니! 감개무량하다. 내 삶이 나를 포함한 군민들에게 중요한 의미를 갖게 됐다고 느끼며, 예전에 나를 찾아왔던 신비한 존재를 생각하게 된다. 이름조차 알 수 없는 그 존재를 조용히 되새겨 본다.

어느 날 낙원군의 신기한 현상을 알게 된 방송국에서 '세상에 이런 일이—낙원군의 기적'이란 제목의 다큐를 제작해 방송하는 바람에 군에서 일어난 믿기 힘든 에피소드들이 세상에 알려진다. 그 후 벤치마킹하러 낙원군을 찾아오는 타지 공무원들, 사람들이 물건을 내다 놓는 모습을 직접 보려고 오는 이들, 미담을 찾으려고 관내를 서성이는 사람들로 낙원군은 여느 관광지 못지않게 북새통을 이룬다. 군수가 된 지 이 년이 지났을 때 낙원군은 대한민국 최초로 영예로운 기록을 세우게 된다. 거지와 도둑과 자살자가 없는 곳이란 명성과 함께 타지인들로부터 경탄과 부러움을 받게 된다. 한국을 대표하는 일간신문이 '낙원군의 새마음운동'이란 기사를 실어 오래전 사라진 낙원이 새로운 실체를 띠고 우리 눈앞에 나타났다고 호들갑을 떤다. 군민들 마음 깊이 있던 이상향에 대한 목마른 갈망이 물건 버리기를 생활화하게 만든 원인일 거라는 진단을 내린다. 문단에 이름을 떨치던 중견 시인은 우리 군을 위한 시, '낙원을 위하여'를 써서 위대한 이웃 사랑을 몸소 실천하는 군민들의 휴머니즘을 찬양하기까지 했다. 낙원군으로 향한 세상의 관심과 눈길을 거두어들이는 건 아예 불가능할 정도로 군에서 일어나고 있는 여러 현상이 초미의 관심사가 되었기 때문이다.

나는 위대한 지도자가 누릴 수 있는 기쁨과 만족과 명예를 한 몸 가득 느끼며 나 혼자 있게 되면 절로 웃음이 터져 나온다. 군민의 복지와 행복을 위해 휘두르는 나의 권력에 대해 어느 누구도 이의를 제기하지 않는다. 내게 주어진 권력을 못마땅하게 여기는 이가 있을 리 있겠나! 교만의 그림자는 어느 순간 나의 발뒤꿈치를 살짝 잠식하다가 내가 깨닫지 못하는 사이, 느리고 교묘하게 나의 전인격을 넘보기 시작했을 것이나 나는 전혀 감지할 수 없었다. 세상을 사로잡고 있는 불의와 불공평이란 악과 싸워 나 스스로 승리를 거머쥘 때 비로소 도탄에 빠진 최후의 한 사람을 구원해 낼 수 있는 것 아닌가 하는 마음으로.

나의 흠 없는 인생에 한 점 오점을 찍은 사고가 일어나리라고 예측할 수 있었을까? 일어나지 않은 일을 예감하고 공포를 느낀다면 그 사람은 이미 신의 반열에 오른 사람이 아닌가. 사고가 났던 그날 밤, 나의 깊은 마음속 심연으로부터 격심한 분노가 치밀어 올랐음을 부정하지 않으련다. 아무것도 아닌 하찮은 존재 때문에 나의 광휘 어린 삶이 빛을 잃다니. 화려하게 펼쳐질 촉망받는 정치가로서 도약할 시점에 방해를 받다니. 이게 될 법한 일이냐고 부아가 들끓어 올랐음을 인정할 수밖에 없다. 차 앞쪽으로 튕겨 올라 바닥에 스르르 주저앉던 물체의 한없이 가벼움을 느낀 순간 내 뇌리를 스친 생각들이 있었다. 차를 세우고 밖으로 나오니 차도 위에 선혈이 흠뻑 흐르는 모습이 보였다. 왜소한 체구와 짧은 치마가 헤드라이트에 드러났다. 나는 보좌관에게 전화를 걸어 전후 사정을 설명하고 일 처리를 맡겼다. 중차대한 일 생각으로 다른 일을 따져볼 여유가 없었다. 정계를 주름잡는 정치 거물과의 약속 시간에 맞추기 위해 기사를 밀어붙였다. 목적지를 향해 빨리 가야 한다고 재촉했다. 벌겋게 달아오른 얼굴로 멍해 있던 기사에게, 불안과 공포로 인해 자꾸 핸들을 놓치는 기사에게 단호하고 급박하게 말했을 게다. 늦으면 큰일이라고.

차기 군수에 도전할 것인가, 새로운 도지사 후보가 될 것인가 설왕설래하다 보니 시간이 쏜살같이 지나갔다. 늦은 밤 만나본 거물의 눈빛—나의 의중을 간파해 내기 위해 안간힘을 쏟던, 야수의 눈빛처럼 번뜩이던 그 눈빛이 나를 쏘아보는 듯 느껴진 순간 등에 냉기가 흐른다. 하늘을 찌를 듯한 야심을 품고 은밀한 그물 짜기에 혈안이 된 정치집단. 상대에 대한 방심이나 전폭적인 신뢰는 패망의 지름길임을 자각하며 애매모호하게 처신하는 그들 말이다. 지도자의 심중을 헤아리지 못하거나 심중을 거스른 순간 정치 생명이 끝나 버릴 수 있는 그들의 세계는 협잡과 무자비와 의리 없음의 미덕으로 충만해 보인다. 이른 아침부터 빽빽한 스케줄이 잡혀 있어 숨조차 크게 쉴 수 없었던 어느 날, 나 자신이 허깨비였음을 깨닫게 된 그날이 선명하게 떠오른다. 나의 막강한 지지 기반인 택시 회사 사장들과 조찬을 갖고 지역 방송과 인터뷰를 한다. 샌드위치로 점심을 때우고 국제환경협의회 집행위원들과 간담회를 갖는다. 잠시 짬을 내어 쉬고 있으려니 보좌관이 기쁜 소식을 전해 준다. 중앙일간지가 주최하는 목민대상 수상자로 선정됐다는 것이었다. 잠시 희희낙락하다가 '좋은 학교 만들기 학부모 모임' 대표들의 방문을 받고 난 뒤 건설교통위원회 위원들과 약속해 둔 저녁 모임에 참석하기 위해 관용차에 오른다.

그날 밤 소파에 누워 있는데 바람의 기운이 느껴진다. 희미한 바람은 이윽고 낭랑한 목소리로 바뀐다. 지난번 나를 찾아왔던 신비한 존재의 소리임을 알아채고 반가움이 앞선다.

"매미 같은 미물도 위대한 분을 향해 몸으로 찬양을 올린다네. 캄캄한 침묵 속에 오랜 기간 잠자코 있던 굼벵이 말일세. 하찮은 벌레마저 위대한 분의 현현을 저리 요란스럽게 드러내고 있는데 자넨 어떻게 사는가?"

반가움과 감격 때문일까. 그 존재를 향해 자세를 바로잡으며 이제껏 벌어진 일에 대해 말하고픈 충동이 인다.

"성심껏 열성적으로 살았어요. 제 모습 보셨겠지요. 한 점 의혹 없이 군민의 행복을 위해 최선을 다했으니 말이죠."

신비한 존재가 자신의 사역, 곧 그분의 뜻에 따라 선택하고 버리는 일을 줄기차게 수행했음을 생생한 목소리로 밝힌다.

"아무리 열심히 솎아내도 일이 끝이 없군. 알곡과 쭉정이를 골라내는 일이 어찌나 힘들고 신경이 쓰이는지 머리에 쥐가 날 정도이니까. 이번에도 자네가 선택할 수 있다네. 차기 군수직에 또다시 도전할 텐가? 아니면 도지사가 되려고 결심했는가. 자네의 말이 진실이라고 무조건 믿어 줄 만큼 내가 그리 어리석게 보이는가? 단도직입적으로 묻겠네. 세상의 명예와 재물을 포기하겠나, 아니면 모든 걸 움켜쥐고 자네 생명을 내놓을 텐가."

신비한 존재는 잠시 침묵했다 다시 말을 잇는다.

"노력하는 한, 인간은 방황한다고 오래전 유럽의 한 지성이 말했다네. 지금 방황하고 있는 건 어딘가로 가겠다는 '목표'가 있기 때문이지. 자넨 끊임없이 잘못을 저지르는 파우스트처럼 노력하며 자네의 세계를 넓혀 가고 있어. 자네가 의도하지 않았지만 크나큰 잘못을 저질렀어. 위대한 분은 그날 밤 어둠 속에서 있었던 사건을 세세히 알고 계시니까. 그분이 자네 생명을 취할 수 있음을 알려야겠네. 그분은 어린 소녀의 피 값을 자네가 치르길 원하시거든."

엄숙한 어조로 날 훈계하는 목소리를 듣자 나는 어이없다는 투로 따져 묻는다.

"그 일은 정상적으로 처리한 것으로 아는데. 그 일로 내 생명을 거둔다니! 너무 무자비한 처사군요. 소녀를 병원에 입원시켜 수술을 받게 해 주고 위로금 조로 돈까지 건넸는데. 뭔가 오해가 있는 것 같아요."

그 목소리는 내게 실망했다는 듯 몇 차례 탄식을 내뱉더니 타이르듯 말을 잇는다.

"이 사람아, 자네에게 품었던 희망이 물거품이 될 것 같네. 자네가 영혼과 육신 모두를 파괴하는 생각에 빠져 있으니 마음이 심란하구먼. 내 진실을 알려주겠네. 자네가 서두르는 통에 자네 기사가 속도를 무시하고 운전했어. 그 소녀는 일하러 간 엄마가 돌아오길 기다리며 도롯가에서 놀고 있었지. 그 소녀는 이제 한쪽 다리를 마음대로 굽힐 수 없게 됐어. 사고의 충격으로 조만간 한쪽 눈의 시력도 잃을 거야. 그 소녀가 누군지 모를 거야. 내게 비닐우산을 건넨 천사가 바로 그 소녀란 말일세."

자부심과 자랑스러움으로 가슴이 부풀어 오르던 나였는데 그 말을 듣는 순간 비통함이, 부끄러움이 날 내리누르기 시작한다. 공정한 일 처리를 위해 불철주야 노력했는데 한순간 벌어진 사건으로 죽음보다 더한 치욕을, 아니 내 생명을 잃을 수도 있다니. 도저히 수긍할 수 없다. 삭여지지 않는 분기와 그보다 더 진한 치욕감을 느끼며 어깨를 들먹이고 있는데 그 존재가 단어 하나하나 악센트를 넣어 느리고 확실하게 말하기 시작한다. 혹시 내게 잘못 전해져 착오가 생기면 큰일이란 듯이.

"지금까지 네 삶의 주인은 너였어. 죽음을 결정해야 할 순간이 멀지 않았다네. 도궁아, 이제껏 그래왔듯이 너는 네 죽음의 주인이기도 하니까……."

아! 어떻게 해야 하나. 그냥 단칸방에서 평범하게 살았다면 이런 끔찍한 선택을 하지 않아도 되었을 텐데. 이런 허망한 기분을 맛보지 않았을 텐데. 나의 깊은 탄식은 밤이 깊어갈수록 더욱 처절해진다. 뭐라고 웅얼거리는 부르짖음이 그보다 큰 울음소리에 묻혀 사라진다.

생의 여로의 끝에서 무엇을 발견할지 전혀 짐작조차 못 한 나의 모습. 나만의 달착지근한 꿈에 빠져 허우적거리고, 모험과 공상을 형상화하려고 애면글면하고, 가식적인 이들을 조롱하고, 탐욕을 버리고 이웃 사랑을 실천하도록 사람들을 일깨우던 내 모습을 생각한다. 나도 모르는 사이에 변질될 수 있다니……. 그 가능성을 부정하다가 어느새 비탄의 늪에 빠진 나. 가책과 함께 사그라질 내 삶의 끄트머리에서 깨달은 사실이 나를 짓밟는다. 아아, 자신을 망치는 교활함의 씨앗은 세상의 명성이란 자양분을 빨아먹으며 자라는 것이었다.

단편

내 안의 호수

한 소년이 있다. 똑같은 매일매일의 일들이 재미없게 느껴진 소년. 먼 곳에 가고 싶어 마음을 졸이던 어느 날, 엄청나게 큰 연을 만든다. 센 바람이 불던 날, 소년은 연을 타고 하늘로 날아오른다. 집에 사는 고양이와 강아지, 닭들이 놀라 혼비백산 도망치는 모습이 발밑에 펼쳐진다. 연 위에 올라탄 소년은 밭에서 일하는 농부들을 지나쳐 숲으로 날아간다. 하늘 높이 오른 연은 더 빠른 속도로 높은 산 위를 지나간다. 숲 사이로 흐르던 잔잔한 물이 험준한 바위 계곡을 만나 하얗게 물살을 일으키며 떨어진다. 한참 날아오르다 보니 어느새 숲이 저 멀리 사라진다. 바람이 잔잔해지자 소년은 땅 위로 내려온다. 한 번도 본 적 없는 울창한 숲에서 처음 보는 짐승들을 만나 무서워 떨고 숲을 헤매다가 늪에 사는 악어를 보자 그만 울상을 짓던 중에 다행히 숲에서 한 친구를 만나 그 아이의 카누 위에 올라탄다. 열대 숲을 구경하고 친구가 나무 위에서 따온 열매를 맛보며 즐거워하다가 아쉽게 친구와 헤어진다. 이곳저곳을 떠돌아다니며 신나게 놀다가 모든 것이 시큰둥해진 소년은 자신을 사랑해 주는 가족들이 몹시 그리워진다. 연을 타고 집으로 향하는 오랜 여행 끝에 마침내 집으로 돌아온 소년. 가족들의 품에 안겨 행복해하는 소년의 모습.[10]

이십여 년이 흘렀건만, 연을 타고 세상을 여행하는 소년의 이야기가 여전히 가슴에 남아 있다. 이 동화의 내용을 정확히 기억하는 이유가 있다. 일찌감치 내 곁을 떠난 어머니의 존재가 무한한 그리움의 원천으로 남아 있기 때문이다. 언제든 돌아갈 집과 반가이 맞아 줄 어머니가 있는 동화 속 주인공은 행복의 상징으로 내 머릿속에 각인된 듯싶다. 나는 살아오는 동안 울컥, 슬픔의 감정이 밀려들 때마다 소년을 떠올리곤 했다. 청년이 된 지금도 엄마 품에 곤히 잠든 아기나 품에 안겨 젖을 먹는 아기를 잠시 넋을 잃고 멍하니 바라보게 된다. 어머니에 대한 가슴앓이는 수시로 날 무기력한 아이로 만든다. 어린 날의 희미한 기억―웃는 어머니의 얼굴이나 날 안아주던 따스한 어머니의 느낌과 향긋한 체취 같은―을 잃지 않기 위해 바둥거리고 있는 셈이다. 어머니에 대한 기억은 가늘지만 질긴 생명력으로 날 놓아주지 않는다. 이제껏 나를 지탱해 주고 삶의 의지를 북돋워 주는 그 기억은 유통기한이 없는 듯하다. 내게 어머니라는 존재는 무한의 그리움과 안타까움으로 다가온다.

'나를 세상에 남겨 놓은 채 일찍 세상을 뜬 어머니는 내 가슴 깊은 곳에 살아 있다. 자식을 향한 끝없는 사랑의 줄을 놓아 버린 어머니. 자식을 낳고 키우느라 온전했던 몸이 낙엽처럼 바스러져 죽음을 맞은 어머니.'

---

10) 막스 벨튜이스의 동화, '소년과 연'

아이에게 엄마라는 존재는 세상 모든 것을 의미한다. 엄마가 사라진 것은 한세상이 무너진 것과 마찬가지이다. 아빠가 일 년이 채 안 되어 젊은 여자와 재혼해 내게도 엄마가 생겼다. 영문을 알 수 없으나 난 왠지 모르게 크게 상처받고 주눅 들게 된다. 나이가 들며 여리고 내성적인 아이가 되었다. 세상에 나 혼자인 듯한 외로움에 빠져들었고, 보통 아이들은 그저 한 귀로 흘려듣고 개의치 않았을 사소한 일에도 가슴이 움츠러들곤 했다. 마음껏 웃고 떠들며 밝고 천진하게 뛰어놀아야 할 나이에 어른처럼 다른 사람들의 눈치를 보다니……. 나는 시간이 지날수록 침울하고 의기소침한 아이가 되었다.

어린 시절의 기억 속에 희미한 안개처럼 어슴푸레 떠오르는 한 여인이 있다. 엄마의 부재를 견딜 수 있게 해 준 권사 아줌마. 아줌마를 생각하노라면 아련하고 뭉클한 느낌과 함께 부드러운 음성이 들리는 듯하다. 엄마와 한 교회에 다니며 각별한 정을 나누던 아줌마는 엄마가 급사한 후에도 우리 가족과 계속 연을 맺었다. 아빠가 재혼하기 전까지 우리 밥상에는 아줌마의 정성이 깃들어 있는 밑반찬과 김치가 놓였다. 엄마가 죽은 그해 겨울 김장을 해 주고, 이후에도 명절이 다가오면 때맞춰 맛있는 음식을 준비해 우리 형제들을 자기 집에 불러 배불리 먹이던 아줌마였다. 삼 형제를 향한 아줌마의 살뜰한 관심과 돌봄은 꽤 오랜 기간 지속되었다.

언젠가 권사 아줌마를 보고 싶다고 계속 칭얼대는 내게 일곱 살 많은 큰형이 들려주던 말이 생각난다. 여느 날과 같이 우리 집에 음식을 들고 온 아줌마에게 새엄마가 건넸다던 말이었다. 아이들과 빨리 친해져 새엄마란 말을 듣지 않고 싶다고. 새엄마가 부족하지만 엄마 노릇을 할 수 있게 멀리서 지켜봐 달라고 부탁을 했다고 한다. 그런 일이 있은 후 아줌마는 우리 집에 발길을 뚝 끊었다. 우리의 환영을 받는 아줌마가 새엄마에겐 껄끄럽고 불편했을 것이다. 아무리 그렇다 해도 친척보다 더 가깝게 지낸 아줌마를 집에 오지 못하게 막는 건 너무 잘못된 것 아닌가, 잠시 그런 생각이 들었지만 금세 잊어버렸을 것이다. 간혹 길에서 아줌마와 마주칠 때면 반가움이 앞서 아줌마 품으로 뛰어들던 내 모습이 눈에 선하다. 웃고 있지만 침울한 기색이 감돌던 아줌마의 얼굴이 떠오른다. 가끔 어릴 적 기억이 허상일 수도 있다는 생각이 든다. 엄마가 사라진 삶은 무자비하기 그지없었고 엄마의 빈자리를 대체할 만한 무언가를 찾아 헤매다가 권사 아줌마에게 흠뻑 빠진 것일지 모른다. 원래 첫사랑이나 짝사랑이란 상대의 실제 모습보다 상상력을 가미한 나름대로의 멋진 영상으로 감미롭게 각인된 환상일 수 있으니까. 그렇다 하더라도 왠지 어릴 적 애틋한 허상을 깨고 싶지 않았다. 아줌마는 내가 장대한 청년이 된 지금까지 여전히 내 마음속에 아름답고 영롱한 빛으로 반짝이고 있다.

유난히 일찍 눈이 떠졌다. 아파트 창밖으로 신비스럽게 펼쳐진 여명이 눈에 들어왔다. 옅은 오렌지빛 구름이 긴 숄을 깔아 놓은 듯 가로로 길게 이어져 있다. 맨 밑에 깔린 밝은 회색빛 구름 위로 점차 농담이 짙어지는 진회색 구름층이 계단마냥 켜켜이 놓여 있는 모습이 무척이나 아름답다. 하늘을 잠시 바라보고 나니 마음이 한결 평온해진다.

오늘 어떤 이들을 만날지 기대감과 함께 약간의 긴장감이 느껴진다. 나의 첫 번째 출근 날이다. 친구들은 나를 보고 부럽다고 호들갑을 떤다. 청년 실업자가 넘치는 작금의 현실에 비춰볼 때 부러움을 살 만하다. 그리 번듯한 직장은 아니어도 퇴출 위기가 없고 목표 달성을 독려하기 위해 잔소리를 퍼붓는 상급자도 없을 뿐 아니라, 꼬박꼬박 월급을 받을 수 있으니 맞는 말인 듯싶다. 하지만 내 직장에 관해 자세히 알고 나면 친구 녀석들 입에서 부럽다는 말이 쑥 들어갈지도 모른다. 내 직장은 협동조합의 정신과 철학에서 출발한 사회적 기업이기 때문이다.

제대로 된 노동력을 갖고 있다고 확신하기 어려운 이들, 곧 알코올 중독자와 노숙의 전력을 훈장처럼 지니고 있는 이들과 미숙련 노동자 등의 취약계층 사람들을 위한 자활공동체가 회사의 모태다. '우리농운동 전국본부'에 제품을 납품하기 위해 컴퓨터 활용능력을 가진 사람이 필요했는데 그 일을 맡은 중간 관리자가 평범하지 않은 회사 직원들과 수시로 문제를 일으키고 불평을 내뱉는 통에 사원들이 꽤 마음고생을 했다고 한다. 그 직원이 견디지 못하고 사표를 내자 급히 일할 사람이 필요해져서 나를 채용한 것이었다.

인류가 경제 활동을 하는 이유는 무엇인가. 경제 활동을 통해 필요한 재화와 서비스를 얻어 풍요로운 삶을 누리기 위함이 아닌가. 허나 실상은 그렇지 않다. 우리 사회는 승자 독식의 사회인 동시에 인간을 목적에 희생시키는 반휴머니즘적인 사회 아닌가! 이윤 창출이 기업의 존재 이유라는 데 그 누구도 반론을 제기하지 않을 것이다. 하지만 기업의 오너만을 위한 이윤 창출이 목적이 되고 직원들의 삶의 질에 무심하다면 그런 기업가는 당연히 사회의 지탄을 받게 될 것이다. 내가 다니는 직장은, 영리가 제1의 목적인 일반 기업과 달리 사회적 필요에 의해 생겨난 새로운 형태의 기업이다. 5년 전 사회적 기업 인증을 받은 후 숱하게 많은 상을 받았다. 대통령상을 필두로 시장상과 보건복지부 장관상을 받은 이면에 김 대표의 옹골찬 고집과 취약계층 사람에 대한 섬김의 정신이 굳게 자리 잡고 있다.

남의 아픔을 돌아보고 사랑을 실천하는 일은 쉬운 듯 보이나 행동으로 옮기기란 결코 쉽지 않음을 알고 있다. 오랫동안 교회를 다녔지만 '네 이웃을 네 몸같이 사랑하라'는 계명이 가장 지키기 어려운 것임을 절감하고 있기 때문이다. 김 대표는 춥고 배고프고 서럽던 자신의 과거를 잊지 않으려고 무진 애를 쓴다고, 부끄럽지만 올챙이 적 과거를 떠올리며 세상의 유혹과 이기적 생각을 이겨낼 수 있었다고 한다. 한때 알코올 중독자였던 김 대표는 적지 않은 세월을 방황하며 살았다고 했다. 노숙자가 된 그를 품어 주고 절망의 늪에 빠져 있던 그에게 지속적인 관심을 보여 준 신부와 수녀들이 없었다면 아마도 저세상 사람이 됐을 것이라고 말한다.

"나 같은 이들을 도우려고 이 회사를 시작했어. 버러지 같은 나를 일으켜 사람답게 살도록 해 준 사람들을 생각해서라도 이 일을 계속하고 싶어. 낮은 곳에 있는 이들도 내 형제자매 아닌가. 어둠에 묻혀 시들어 가는 그들에게 누군가 다가가 햇빛 속으로 끌어내어 약간의 도움만 준다면 그 사람들은 반드시 제 나름대로의 싹을 틔워 언젠가 형형색색의 꽃을 피울 테니."

김 대표와 면담을 마치고 집으로 오는데 예전에 시청했던 자연 다큐멘터리의 한 장면이 떠오른다. 아프리카 칼라하리 사막에 사는 산양 무리인 스프링 팍의 미스터리다. 양 무리의 뒤를 따르던 스프링 팍 중 먹잇감을 얻지 못한 산양 몇 마리가 제 몫의 먹이를 확보하려고 앞에 있는 산양을 밀어붙인다. 앞의 양들은 영문도 모른 채 발걸음을 빨리 옮기기 시작하는데 어느 순간 무리 전체에 파급되어 무작정 질주를 시작하게 된다. 옆의 양이 뛰니 다른 양도 뛰게 되고, 결국 모든 산양들이 앞으로 달려간다. 질주하던 양 무리는 파도치는 바다에 도달했음에도 불구하고 행진을 멈추지 못한다. 무리 앞에 있던 산양들이 속수무책 바닷속에 빠져들게 되고 시간이 지날수록 바다는 산양들의 시체로 가득 메워진다. 이 같은 죽음의 질주가 왜 일어나는지, 사람들은 도저히 이유를 알 수 없어 의혹만 커진다고 한다. 산양의 생존에 필수적인 수단인 질주가 목적이 되었을 때 양 무리는 몰살할 수밖에 없는 운명을 맞게 된다고 한다. 생존의 수단인 재화가 목적이 된 사회. 그 사회의 미래가 처참한 몰락이란 사실을 상징적으로 보여 주는 산양 무리 이야기가 아닐까.

이 부장은 나이가 60대에 접어들었으나 전혀 지친 기색 없이 일에 매달린다. 그녀는 자신의 일에 무한한 자긍심을 갖고 있는 듯 보인다.
"부장님 언제나 활기 넘쳐 보여 좋아요."
내가 마음에서 우러나온 칭찬을 건네자 이 부장이 사람 좋은 미소로 화답한다.
"처음엔 실수투성이였어. 남편이 심장마비로 죽고 어`느 날 가장이 되었지. 지금도 그때를 생각하면 머릿속이 하얘지는 것 같아. 사장님이 우리 세 모녀를 살린 거야. 이 일을 하지 않았다면 굶어 죽었을지 몰라."

그녀의 마디 굵은 손가락이 삶의 격랑 속에서 어찌나 심하게 몸부림쳤는지 증언하는 듯 보인다. 오로지 어린 딸들을 먹이기 위해 이 악물고 버틴 세월. 아침부터 저녁까지 쉼 없이 몸을 놀리다 기진맥진해 집으로 가 잠시 쉴 틈도 없이 자녀들을 먹이려고 부엌에서 잰걸음했을 모습이 눈에 선하다. 팔자 편한 이들 눈에는 구차스럽기 짝이 없을 그녀의 인생이리라. 가난이 선물한 우울의 보따리를 저 멀리 던져 놓고 환하게 웃을 수 있는 그녀가 참 보기 좋다.

노숙자 출신 송 반장의 진솔하고 소박한 모습이 매번 직원들을 웃게 만든다. 늘 해맑게 미소 짓는 반장의 얼굴에서 안쓰러움이나 쓸쓸함 같은 걸 찾기 힘들다. 그는 알코올에 대한 갈망을 끊지 못하고 어영부영하는 사이 인생의 황금기를 허망하게 흘려보냈다고 한다. 번민과 후회에 사로잡혀 세상과 자신을 자학하며 살다 보니 길 위에 누운 자신을 깨닫게 되었노라고 담담한 표정을 짓는다.

"이리 치이고 저리 치이다 보니 세상에 대한 불만이 하늘을 찌를 듯했어. 술에 취해 있으나 맨정신일 때나 늘 역겨움으로 속이 편치 않았으니 말이야."

"중독 증상으로 속이 더부룩했나 보죠."

내가 입바른 소리를 하자 반장이 역정을 내뱉는다.

"이 사람 영 꽝이네. 술 때문이 아니라 세상 모든 게 역겹고 아니꼬워 그런 거지. 거리를 헤맬 때 날 벌레처럼 여기고 피해 다니던 이들에게 상처 많이 받았으니까. 꿈은 반드시 이뤄진다는 말이 참말이구먼. 별생각 없이 퍼질러 놀던 지난날이 두고두고 후회스럽고 안타까울 뿐이야."

둘의 대화를 듣고 있던 이 부장이 눈을 가늘게 뜨며 쓸쓸한 어조로 중얼거린다.

"송 반장, 어머니께 효도 많이 해야지. 아들 손 잡고 와서 사정하던 어머니가 생각나. '아들을 때려도 좋아요. 사람만 되게 해 주신다면 무얼 더 바라겠나요?' 그렇게 말하며 눈물을 흘리던 모습이 아직도 생생하다니까."

사람에겐 오랜 세월이 흘러도 흐릿해지지 않고 또렷하기만 한 기억이 있나 보다.

"부장님 말이 맞아요. 어머니는 내가 이곳에 다니는 걸 참 좋아했는데. 지금은 돌아가셔서 잘해 드리고 싶어도 할 수 없어요. 그저 송구스럽기만 해요."

이 일을 한 지 삼 년이 된 송 반장은 기계를 만지는 손놀림이나 포장된 두부를 나르는 모습이 꽤나 능숙해 보인다.

납품할 제품의 양이 늘어나 신입사원을 몇 명 채용했다. 어느 날 새로 들어온 직원이 손수 만든 음식을 풀어 놓았다. 입에 침이 고일 정도로 고소한 냄새가 주방 밖에까지 흘러나왔다. 이건 이름이 뭐죠? 동그랑땡 같긴 한데 넓적하고 큰 걸 보니 고기전인가. 누군가 묻는 소리가 들렸다. 아침을 뜨는 둥 마는 둥 하고 급히 나왔기에 냄새에 이끌려 음식 가까이 다가

갔다. 덥석, 고기 한 점을 깨문 순간 온갖 채소와 어우러진 부드러운 고기의 육즙이 입 안에 가득 찼다. 나는 잠시 멍한 기분이 들었다. 맛있는 음식이 나의 미각 세포를 깨운 순간 깊은 곳에 밀봉해 둔 어떤 존재가 불현듯 떠올랐다.

먼 길을 걸어온 지금까지 한 번도 입 밖에 꺼내 놓지 않았던 한 사람에 관한 기억을 간직하고 있다. 영혼 깊은 곳에 숨겨 놓은 비밀스런 기억. 사람의 기억. 그것도 미각에 아로새겨진 기억은 쉽사리 지워지지 않기 때문이다. 어린 시절의 나는 계절과 관계없이 늘 속이 허전했다. 마음속이 허허로웠다고 표현하는 것이 더 정확할 듯하다. 아이의 마음이 허전했다니……. 평범한 사람들은 도저히 이해할 수 없을 것이다. 엄마가 세상을 떠났을 때 다섯 살배기 소년이던 내게 특별하고 요란한 감정 변화가 있었을까. 장례를 치르는 동안 일곱 살 많은 큰형이 서럽게 우는 모습을 멀거니 바라보기만 했던 나였다. 눈앞에 펼쳐진 일들이 무엇을 뜻하는지 가늠할 수조차 없었던 어린 소년. 엄마의 죽음 앞에서 안쓰러움이나 슬픔의 감정이 무언지 도저히 이해할 수 없었다는 것이 당연한 일일 터였다.

삶을 통찰한 누군가가 지적했듯 눈물로 나온 세상 눈물로 지내다 내 눈물 그치는 날 장송곡 소리 들으며 지나가는 것이 인생임을……. 나의 유년은 철저히 유린당했다. 엄마의 부재는 날 주눅 들게 만들고 편히 쉴 수 있는 마음의 공간을 앗아갔다. 왈칵 눈물이 솟구쳐 오를 때 안아줄 품을 거세당한 어린 소년이었던 나는 미소년이란 단어와 전혀 어울리지 않는 유년기를 보냈다. 미소년의 때 묻지 않고 환하고 밝은 동안의 이미지는 역경에 부딪히고 파란만장한 삶을 산 인물과는 결코 어울리지 않기 때문이다. 지금 내가 엄살을 부리고 있는 것 같은가. 누군가 나이도 어린 녀석이 인생 운운하며 같잖게 군다고 눈살을 찌푸릴지 모르겠다. 또 다른 누군가가 퍽 유난을 떤다고 비아냥거려도 할 수 없다.

아버지는 상처한 지 채 일 년이 못 돼 새장가를 들었다. 우리 형제들이 그렇게 고대하고 원했던 엄마가 생긴 것이다. 언젠가부터 새초롬한 표정을 짓는 새엄마에게 선뜻 다가가기 힘들었다. 포근한 품을 갈망하던 우리 형제들에게 새엄마는 왠지 낯설게 보였다. 새엄마는 우리가 무슨 말을 지껄여도 별 반응을 보이지 않았다. 그 앞에 서면 괜스레 멋쩍어져 몸을 비틀곤 했다. 엄마, 하고 부르며 몇 차례 품속으로 돌진할 때마다 새엄마는 약간의 시차를 두고 날 슬며시 밀어냈다. 그런 엄마가 섭섭하고 짜증스럽기만 했다. 내 성격이 무덤덤해 거리낌 없이 행동할 수 있었다면 엄마와의 관계가 가까워졌을지 모른다. 아이를 낳고 키운 경험이 없었기에 어린아이의 마음을 헤아리지 못한 것인가. 백번 양보해 곰살궂게 굴지 못한 것이 악의적인 속내를 감추고 가식적으로 행동한 것보다 낫다고 생각할 수도 있겠다. 또래 친구와 싸워 퉁퉁 부은 얼굴로 나타났을 때조차 눈썹 하나 까딱하지 않은 엄마였다. 새엄마에게 우리 삼형제는 그리 대단할 것도 없는 천덕꾸러기에 지나지 않았을까. 새엄마가 친구들의 엄마와 판이하게 다른 부류의 사람임을 본능으로 알아차린 순간, 내 마음엔 바위만 한 구멍이 생겼다. 새엄마는 우리가 말썽을 부려도 그저 멀뚱히 쳐다보거나 팔짱을 낀 채 눈을 지그시 감을 뿐 결코 목소리를 높이는 일이 없었다. 한결같이 서늘한 표정을 짓는 엄마는 뜨거운 피가 흐르는 생명체라기보다 냉혈인간처럼 보였다. 나는 엄마를 결코 좋아할 수 없었다. 사람에겐 옳고 그름보다 좋게 보이는가 그렇지 않은가 하는 것이 더 중요한 법이다. 무조건 자신을 품어 주고 인정해 주는 존재가 있으므로 무한한 행복을 느낄 것이다. 그래서 그랬을까. 죽은 엄마를 향한 그리움은 날이 갈수록 커졌고, 채울 길이 없는 그리움은 점점 깊어만 갔다. 나는 오랫동안 그리움앓이를 했다.

신입사원이 만든 고기전을 먹으며 나도 모르게 감탄사가 튀어나온다. 언젠가 먹어 본 맛이야. 흐음, 고향의 맛이랄까.
"준수 엄마 솜씨가 끝내주나 봐! 매일 이런 음식 먹을 수 있으면 복 받은 사람인데."
송 반장이 번들거리는 입술을 닦을 생각도 잊은 채 흐흐 웃음을 흘린다. 고기전을 허겁지겁 흡입하는 내 모습을 본 직원들이 손사래를 치며 한마디씩 한다. 누가 뺏어 먹지 않을게. 그려! 준수 총각 천천히 먹어……. 고기전으로 배를 채우고 나니 온몸이 나른해진다. 잠시 소파에 앉아 있는데 새로 입사한 중년의 여인이 내 쪽으로 걸어왔다.
"이름이 준수라고 했죠? 예전에 알던 친구 아들 이름이 준수였거든. 혹시 어느 동네에 사나요?"
부은 듯 푸석푸석한 얼굴에 두루뭉술한 몸집의 여인에게서 세월의 흔적이 느껴졌다.
"전 수원 토박이예요. 계속 고등동에서 살았어요."

"그럼 정 집사 막내구먼! 개구쟁이 준수가 이렇게 잘생긴 청년이 되다니……."

고기전을 만들어 온 사원이 어릴 때 우리 형제들을 곰살맞게 보살펴 주던 권사임을 알게 된 순간 내 마음에 훈기가 돌기 시작했다. 사랑의 열병을 앓던 사람이 우연한 기회에 첫사랑과 대면한 듯 내 가슴이 쿵덕거리는 게 아닌가. 첫사랑의 대상은 아무리 시간이 흘러도 나이를 먹지 않고 아무리 오랜 세월이 지나도 변함이 없는 법이다. 어느 작가가 말했듯 다시 만난다는 것은 너무나 큰 기쁨이다. 모든 기쁨과 즐거움의 비밀스러운 원천이 재회라고 했던가. 이십여 년의 애틋함과 그리움이 나의 가슴속으로 머리를 들이밀었다.

"준수 네가 자꾸만 눈에 밟혀 한동안 마음고생을 많이 했어. 한 번도 만나지 못하고 살았지만 가끔 네 생각이 나더라. 네 형들보다 준수 네가 날 많이 따랐는데……. 기억나니?"

한 개인의 삶이란 먼 과거로부터 이어져 내려온 것 아닌가. 뭘 어쩌겠다고 생각한 것은 아니지만 한 번만이라도 아줌마를 만나고 싶었다. 만나야 할 사람은 살아생전에 꼭 만나게 되나 보다. 어떤 특별한 인연의 끈이 끊어지지 않은 채 질긴 생명력으로 이어져 마침내 만나게 되는 것인지 모른다.

나는 흥분을 가라앉히고 마음 자세를 흐트러뜨리지 않으려고 무진 애를 썼다. 반년 남짓 직장 생활을 했지만, 그날처럼 마음이 설레고 퇴근 시간을 오매불망 기다린 적이 있었던가. 퇴근길에 아줌마를 근처 맛집으로 모시고 가서 맛있는 음식을 대접할 마음을 먹었다. 삼십 년의 나이 차에도 불구하고 아줌마와 나 사이엔 희로애락의 많은 추억이 겹쳤기에 어제 헤어졌다 만난 사람마냥 스스럼없이 대화가 이어졌다. 막역한 사이임을 증명하듯 끝없이 흘러나오는 사연들로 이야기꽃을 피웠다. 함께 보낸 두 시간이 어찌나 즐겁고 유쾌했던지 집으로 오는 동안 저절로 콧노래가 흘러나왔다. 살아오는 동안 구체적인 형체를 띠지 않은 불분명한 모습의 그리움이 한순간 내게 팔짱을 끼며 다가온 듯 느껴졌다. 홀로 견디며 보낸 외로운 시간. 그녀의 소중함을 깨닫게 된 지난 시간을 떠올려 보았다.

연인 사이에 느꼈던 다양한 감정을 물건 사용하듯 소비해 버리고 다른 상대를 찾아 부나방처럼 달아나는 게 요즘 세대들이다. 그런 관점에서 본다면 나는 젊음의 특권이나 취향이라고 할 만한 끝없는 도전과 용솟음치는 활력, 평범한 일에 쉽사리 싫증을 느껴 색다른 것들을 체험하려는 욕망 등을 갖지 못한 듯 여겨진다. 젖비린내 풀풀 풍기던 어린 소년이 까마득한 옛 시절에 느꼈을 친밀함과 떨림의 기억을 아직까지 간직하고 있다니…….

그녀와 헤어지고 걸어오는데 언젠가 읽은 시구가 떠오른다. 그녀의 허벅지를 끌어안고 칭얼대던 어린 녀석이 애틋한 추억을 간직한 채 버겁게 견뎌온 이십 년이란 삶의 시간이었다. 허허로움에 잠길 때마다 읊조리던, 결코 잊지 못할 한 단어를 되뇌어 본다. 엄마, 엄마! 오랜 시간의 몸부림. 내면으로부터 치받혀 오는 알 수 없는 열기에 튀어나오던 말. 그리움과 뒤섞인 사랑의 갈망으로 어머니라는 이름을 여러 차례 읊조린다.

어느 날 그녀가 묵직해 뵈는 보따리를 내게 건넸다. 그녀는 집에 가서 먹으라는 말을 남겼다. 그 물건이 무언지 궁금증이 불 일 듯했기에 업무를 끝내고 남은 자투리 시간을 틈타 탈의실에 들어가 보따리를 열어 보았다. 까만 찬합을 열자 알록달록 화려한 꽃이 눈을 즐겁게 만든다. 핑크와 노랑으로 화려한 색을 자랑하며 송편이 가지런히 놓여 있는 걸 보는 순간 행복감이 밀려든다. 사무실에 들어온 아줌마에게 식사를 함께하자는 메모를 건네자 집에 가야 한다며 어두운 얼굴을 드러낸다. 아쉬움을 누르고 아무렇지 않다는 듯 행동했지만 예쁜 송편을 보고 느꼈던 따스하고 감미롭던 마음이 자취를 감추고 서늘한 기분이 든다. 아줌마의 부재로 인해 느끼는 감정의 굴곡이 난감하기 그지없다. 내일 아침이 되면 출근하는 그녀와 온종일 회사에 있을 텐데 이렇게 마음이 뒤숭숭하고 심기가 틀어지다니. 못난 내 모습이 한심할 뿐이다.

다음 날 아침, 그녀의 출근을 확인한 후 비밀 연애를 하는 사내 커플인 양 디지털의 힘을 빌려 아쉬운 마음을 드러내고 저녁을 쏘겠다는 문자를 보냈다. 그녀와 한 끼의 식사마저 공유하지 못한다면 나 홀로 세상 밖으로 팽개쳐지기라도 할 듯이 마음을 졸였다. 눈이 마주치자 그녀가 살짝 입꼬리를 올리며 얼굴을 끄덕여 주었다. 오케이 사인을 받자 콧노래가 절로 나왔다. 환호하는 내 모습을 보며 나 자신의 감정에 혹시라도 불순함이 섞여 있지 않은가 헤아려 보았다. 퇴근 무렵 회사 근처에서 서성이다 그녀가 보이자 힘차게 손을 흔들어 주었다. 오늘 고생 많았죠? 귀한 선물을 받고 모른 척하면 예의가 아니겠죠?

4차선 차도를 건너 걷다 보니 카페가 눈에 들어왔다. 한 걸음 뒤처져 있던 아줌마의 팔을 낚아채 황급히 카페로 들어갔다. 차를 주문하고 소파 깊숙이 몸을 밀어 넣으며 주위를 둘러보았다. 테이블을 밝히는 색색의 부분 조명이 동심원을 그리며 퍼져 가는 모습이 아늑하고 감미롭다.

"오랜만에 눈이 호강한 거죠. 송편 얼마나 예쁜지 몰라요. 뭐로 만든 거죠?"

어색함과 만족스러움이 한데 뒤섞여 잠시 기분이 얼떨떨해진다. 보고 싶었다고 말하려다 타인을 의식해 떡 이야길 꺼내다니.

"그 정도로 놀라긴……. 솜씨가 얼마나 무궁무진한지 진짜 보여 줄까? 준수 심장마비로 쓰러지게."

두 사람 모두 소리 내어 활짝 웃었다.

"핑크색은 백년초를 넣은 거고, 노랑은 단호박 가루와 치자를 섞은 거야. 단호박만 쓰면 색깔이 안 예뻐."

"그 떡, 입에 넣기 무지하게 아깝던데. 떡 선물, 감동받았어요. 식구들 칭찬이 대단하던걸요."

내 입에서 식구란 말이 나오자 그녀가 무심해 미안하다며 우리 가족들의 안부를 물었다. 소중한 시간을 가족 얘기로 쓰고 싶지 않아 대충 얼버무렸다.

"큰형은 장가가서 아들 둘을 두었고, 작은형은 군대살이 삼 년이 성에 차지 않는지 아예 군대 짱박았고."

"맞아, 네 아빠가 직업군인이었어. 요즘엔 먹을 게 지천이지만 그땐 간식거리가 별로 없었지. 넌 떡만 보면 사족을 못 썼어. 밥보다 떡을 더 좋아했을 거야. 떡집에 취직하든지 아예 떡집으로 장가보내야 한다고, 엄마가 농담하곤 했지. 참, 새엄마는 건강하니?"

잠시 말문이 막혀 우물쭈물하고 있는 날 보며 그녀가 슬며시 속내를 드러낸다.

"새엄마가 어떤 사람인지 금세 알아봤어, 엄마 없이 산 너희들을 넉넉히 품어줄 여자가 네 엄마가 됐더라면 좋았을 텐데. 네 엄마가 속 빈껍데기인 게 눈에 보이더라. 그걸 어떻게 알았냐고? 네 아빠가 우리 부부를 초대한 적이 있단다. 명절 뒤끝이라 음식들이 꽤 푸짐했을 거야. 기분 좋아 뵈는 네 아빠와 달리 새엄마는 기분이 착 가라앉아 있더구나. 준수가 안간힘을 쓰며 반찬을 집으려고 애쓰는 모습이 눈에 들어왔어. 왠지 네 옆에 앉은 새엄마는 눈길조차 주지 않더라. 그녀의 행동을 보면서 가슴에 돌덩이가 얹힌 것 같더구나. 섬세함이나 따스한 마음 씀씀이 같은 건 눈 씻고 봐도 보이지 않더라. 무표정하다고 할까. 평온한 얼굴로 제 음식 먹기에 열중해 있는 모양새가 꼴사납게 보였어. 집에 와서도 체기가 맺혀 있는 것처럼 답답했어."

그녀가 새엄마에 관해 아무것도 모른다고 생각했는데 잠시 식사를 한 것만으로 속속들이 엄마의 실상을 알고 있었다니. 나의 속눈썹이 파르르 떨린다.

"이제 와서 그런 이야길 하면 뭐 달라지나. 영양가 없는 그런 이야기 말고 아줌마 얘기나 들려줘요. 두 누나 모두 결혼했겠네……."

"큰애는 결혼했고 작은애는 시집갈 생각이 도통 없나 봐. 바쁘게 돌아다니다 집에 와도 제 방에 콕 박혀 있으니 속에서 천불이 나지. 준수 같은 듬직한 아들이 있었으면……."

"부러우면 지금 이 시간부터 내가 아들 하면 되겠다."

그녀는 내 말에 피식 웃더니 곧 말머리를 돌렸다. 이층집의 안주인으로 마음고생 모르고 살던 그녀가 어쩐 연유로 두부 공장에 다니게 됐는지 궁금하기 짝이 없었다. 마음 착하고 음식 솜씨 일품인 그녀. 그녀가 입사한 후 회사 직원들 사이에 웃음이 끊이지 않았다. 희나리를 고르고 콩을 불려 뜨거운 열기 속에서 두부를 만들어 포장하는 일이 결코 쉽지 않았다. 한여름의 찜통더위 속에서 두부를 생산하다 보면 한증막의 열기는 신선놀음인 양 느껴질 정도이기 때문이다. 나이 어린 직원이 슬그머니 말을 놓아도 싫은 내색 한 번 짓지 않고, 여기저기 쑤시고 피곤할 텐데 인상을 쓰는 법이 없으니……. 완벽하게 제 할 일을 해내는 그녀 모습을 보며 그녀가 일찌감치 생활전선에 나와 고된 일에 종사했음을 짐작할 수 있었다.

그녀는 예전보다 약간 통통해진 몸매에 턱살이 조금 올랐으나 여전히 온화하고 부드러운 모습을 간직하고 있다. 그런 그녀의 품에 안겨 어리광을 부리고 싶어 하는 소년이 있다. 오랫동안 처절한 외로움으로 가슴앓이를 했던 소년……. 이제야 깨닫게 되다니. 단 하나의 존재가 감미로운 음악처럼 날 사로잡고 나 자신보다 더 중요한 존재로 느껴지면 그것은 사랑 아닌가. 그녀를 향한 그리움으로 살아온 나날들. 오랜 시간이 흐른 뒤 그녀를 만났을 때 그녀와 한 공간을 공유하며 숨을 쉴 수 있다는 것만으로 가슴이 벅차올랐다. 유년의 아름답고 소중했던 기억을 일깨우는 사람과 다시 만난 것이 더할 수 없는 큰 위안으로 다가왔다. 그녀의 출현은 나의 어두운 상처를 어루만졌고, 사방으로 꽉 막혔던 나의 삶을 생동감 있게 바꿔 놓았다. 어느 날 그녀에 대한 절절한 마음—가슴을 콩닥거리며 뛰게 한 기억과 꿈속으로 스미던 그리움—을 털어놓기로 결심하기에 이른다.

겉으로 볼 때 멀쩡해 보이는 이들도 인생 역정을 속속들이 들여다보면 그렇지 않다. 그가 어떤 상대로 인해 목숨을 잃을 정도로 열병을 앓을 수도, 참담한 상황 밖으로 탈출하기 위해 인간으로서 해서는 안 될 끔찍한 일을 계획할 수도 있다. 목숨을 내던져야 할 만큼 극한의 치욕을 느끼거나 복수심에 빠질 수도 있고, 사랑의 감정을 숨긴 채 엉뚱한 짓을 벌일 수도 있다. 작가 이승우가 지적했듯 나는 한낱 벌레일지 모른다. 그는 '당신 속에 있는 것 그것이 당신이다'라는 말을 했다. 표면이 멀쩡하고 매끄러운 복숭아 안에 벌레가 있는 걸 보고, 벌레가 어떻게 과일 속으로 들어간 거냐고 묻지 말라는 얘기였다. 밖에서 안으로 들어갔다고 생각하지 말라고 했다. 열매가 되기 전 복숭아는 열매 이전의 상태 곧 꽃이었고 벌레 역시 벌레 이전의 상태인 알의 형태로 꽃 속에 견고하게 달라붙은 것이다. 근원부터 함께 있었기에 복숭아와 벌레는 상대를 결코 타자로 느끼지 않는다. 그녀를 한 번도 남이라고 생각하지 않았다. 그녀는 나의 자아가 싹트기 전 유년의 설레는 기억과 행복감을 제공한 원천이었고, 삭막하기 그지없던 어린 시절을 견딜 수 있게 해 준 사람이었다.

엄마라는 존재는 보일 듯 보일 듯 보이지 않는, 잡으려고 다가가면 멀리 달아나는 허상일 뿐이다. 새엄마로 인한 애정 결핍은 날 심각한 정서장애아로 만들고 한동안 애정을 쏟아 주던 아줌마를 향해 자기 나름대로의 이미지를 구축했을 것이다. 정상적인 성장에 장애를 초래했을 모성 결핍은 아줌마를 타인이 아닌 엄마를 대신할 소중한 존재로 미화시키지 않았을까. 소중한 존재였던 아줌마마저 사라졌을 때 나를 엄습해 오던 지독한 어두움. 말로 할 수 없는 실망감과 무력함. 뜻하지 않은 곳에서 아줌마를 만난 순간 마음 깊이 쟁여놓은 추억과 그리움이 환한 햇살 속으로 튀어 올랐다. 그것은 한편으론 기쁘고 다른 한편으론 난감했던 이율배반적인 느낌 같은 것이었다. 그녀와의 재회는 오랜 소망이 실현됐음을 뜻한다. 결코 닿을 수 없는 과거의 시간 속으로 달아나 머나먼 곳에서 흐릿하게 위안을 주던 존재가 내 앞에 나타나다니. 나의 행복감은 말로 표현하기 힘들다. 바람이나 안개처럼 잡을 수 없는 그 무엇을 잡았다고 생각한 순간 손 사이로 빠져나가는 게 그리움이었다. 잡을 수 없는 그리움을 만나 내 품에 안을 수 있게 되다니…….

은은한 노래가 흐르는 카페에서 아줌마와 마주 앉는다. 그날 아빠의 재혼에 대한 새로운 사실을 알게 된다. 내 엄마는 보기 드문 미인이었고 세 아들의 미래를 위해 억척같이 돈을 모으는 일에 온 힘을 쏟았다고 한다. 일상생활에 꼭 필요한 물건조차 구입하길 꺼릴 만큼 구두쇠 노릇을 했음을 전해 듣는다.

"밥을 먹는 엄마 모습을 우연히 보게 됐어. 구운 김 하나로 밥을 먹는 걸 보고 내가 쓴소리를 했을 거야. 이건 독한 게 아니라 멍청한 거야. 내가 살아야 부귀도 누리고 자식 효도도 받는 거지. 네 엄마한테 제 몸 챙기며 좀 지혜롭게 살라고 했지. 그렇게 제 입에 들어가는 것도 무서워하다가 사십도 못 돼 하늘나라로 간 거야. 네 엄마의 사랑이 얼마나 대단한지 내가 잘 알아. 원래 결혼으로 맺은 부부지간엔 결혼 기간만큼의 긴 세월 동안 단단하게 켜를 이룬 믿음 같은 게 있거든. 네 엄마가 허망하게 가지 않았더라면 네 가족은 누구보다 행복했을 거야. 채 일 년도 안 되어 아빠가 재혼할 거라는 소문이 퍼졌어. 어린 너를 봐서라도 아빠가 결혼하는 건 잘하는 거라고 생각했지. 네 아빠를 길에서 만나 물어봤어. 결혼할 여자분, 마음이 따뜻한 분이냐고. 그 순간 아빠가 당황하더구나. 말을 더듬기까지 했단다. 누구 소개로 만났냐고 묻자 아빠가 흥분을 감추느라 무진 애를 쓰며 말하더라. 그 사람이 서른다섯이 되도록 선도 보지 않고 날 기다렸더군요. 한동네에서 알고 지낸 고향 동생이죠. 준수 엄마와 결혼하고 정말 한 번도 만난 적이 없어요. 선희가 날 못 잊어 시집도 안 가고 있는 걸 알게 됐으니까. 소식을 전해 준 고향 친척이 우리 둘을 다시 이어 준 셈이지요. 그런 말을 하더라, 네 아빠가."

새엄마의 첫사랑이 아빠였다니… 도무지 다시 만날 것 같지 않던 두 남녀가 다시 만나 부부의 연을 맺게 되는 일은 불가사의한 일이란 생각이 든다. 그녀와 헤어질 무렵 마음 깊이 눌러 놓은 소망이 불시에 툭 하고 입 밖으로 튀어나온다.

"부탁 하나 들어줄래요. 둘만 있을 때 엄마라고 불러도 되죠?"

잠시 거북해하던 그녀가 방금 전의 익숙한 모습으로 돌아온다. 나는 그녀의 눈을 지그시 쳐다보며 엄마라는 단어를 힘주어 말한다. 엄마란 말을 내뱉은 순간 세월의 산과 바다를 넘어온 오랜 그리움이 나를 에워싼다. 너무나 깊어 감히 그 속을 헤아릴 수 없는 바다처럼 그녀를 향한 깊은 그리움을 '엄마'란 말에 담아 본다. 보이지 않아도, 볼 수 없어도 만날 날이 올 것을 믿고 기다렸어요. 간절히 찾는 자가 만날 것이란 성경 구절도 있잖아요. 움직임을 멈춘 입술을 대신해 내 눈에 뜨거운 마음을 담아 속으로 중얼거린다. 그녀와 헤어질 때 한 가지 약속을 한다. 주말 동안 만나지 못하는 대신 문자를 보내겠다고, 답변을 꼭 해 달라고.

  그녀와 함께 있길 원했지만 그녀의 손길을 필요로 하는 가족들 때문에 나의 소원은 언제나 희망 사항에 머무른다. 경제적으로 무능한 데다가 병까지 든 남편의 수족이 돼주고 밀린 일들을 처리하고 일가친척의 경조사를 챙기는 일 모두가 그녀의 몫이었다. 일요일 아침 혹시나 하는 생각으로 설렘이 가득 차 있다가 오후로 접어들며 무겁고 억울한 심정이 된다. 그녀의 사랑을 받는 존재가 되고 싶지만, 다시 혼자가 돼 외로움에 젖는다. 그녀의 우선순위에서 떠밀린 존재가 됐다는 쓸쓸함을 떨치기 힘들다. 아무튼 그녀의 있는 그대로의 모습, 곧 중병이 든 남편이 있는 유부녀라는 현실을 받아들여야 하는 일이 힘들고 죽을 맛이다.

    그리움의 무게는 얼마나 될까
    너를 향한 내 마음처럼
    세상의 모든 빛깔을 품은
    저 바알간 눈부심 // (…)

세상의 무거운 것들은
아래로 아래로 떨어지는데
내 그리운 것들은
바람처럼 멀리 사라져버린다[11]

  그 옛날 어린 내게 보여 준 그녀의 관심과 애정 어린 보살핌은 엄마의 부재로 인해 허전했던 나를 위로해 주었다. 그녀의 애정 가득한 눈동자와 친절한 태도는 전처의 자식들이 무슨 일을 당하더라도 아랑곳하지 않겠다는 듯이 평정을 유지했던 새엄마와 너무도 다르게 느껴졌었다. 그녀를 만나는 월요일 아침이 되길 마음을 졸이며 기다리는 것이 내가 할 수 있는 일이다. 월요일 출근한 그녀는 여느 날보다 한층 피곤해 보인다. '힘들었죠.' 그 말 한마디를 건네며 내 마음의 벽에 미세한 실금이 그어진다. 가족을 부양하기 위해 고달픈 노동을 감당했던 그녀가 주말 동안 만사를 제쳐두고 쉴 수 있다면 좋으련만. 내가 무슨 말로 위로를 건넨다 해도 그녀에게 별 도움이 되지 않음을 알기에 안타깝다. 그 상황에서 무기력한 내 모습을 확인할 수 있을 뿐이다. 작업이 끝날 때면 땀으로 후줄근한 그녀를 위해 팥빙수를 사주거나 시원한 물을 건네는 일밖에 할 수 있는 게 없어 쓸쓸하다.

  터져 나오는 울음을 삼킨 채 을씨년스러운 밤바람을 맞으며 서 있던 그녀의 모습이 떠오른다. 가끔 그녀에게 큰 불행이 다가오지 않을까 엄습해 오는 불안감이 들곤 했다. 하지만 예감했던 그 일이 그처럼 빨리 일어날 줄 짐작할 수 있었을까. 선선한 바람과 한낮의 뙤약볕이 열기를 더해 가던

---

[11] 강순덕의 시, '그리움의 무게'에서 발췌

어느 9월, 점심 식사도 거른 채 넋 나간 듯 가방을 주섬주섬 챙기는 그녀가 눈에 들어왔다. 김 대표에게 고개를 까닥하고는 쏜살같이 뛰어나가는 그녀의 뒷모습을 멍하니 쳐다보았다. 왠지 심상치 않은 느낌이 들었으나 하는 수 없이 업무에 집중하고 있는데 대표의 침울한 목소리가 들려왔다.

"미연 씨 남편이 황당한 일을 당했구먼. 병원에서 연락이 왔네. 남편이 의식을 잃기 전 미연 씨 전화번호를 알려준 게 그나마 다행이지……."

나는 그 말을 듣자 온몸이 뻣뻣해지며 소름이 돋아났다. 그녀와 연관된 서늘한 사고 소식이 칼바람처럼 내 가슴을 파고들었다.

퇴근 후 김 대표와 함께 병원으로 달려갔다. 냉기를 머금은 세찬 바람이 응급실 유리창을 후려쳤다. 슬픔과 절망으로 숨 막힐 듯한 응급실. 잠시 할 말을 잊은 방문자들이 서 있는 걸 보자 그녀가 다가왔다.

"어쩌겠어요. 이미 벌어진 일인데. 이런 기막힌 일을 당해 뭐라 위로할 말이 없네요. 결과 나왔어요?"

김 대표를 망연히 바라보는 그녀가 왠지 더 작게 보였다. 마른 나뭇잎마냥 바싹 말라붙은 입술을 여는 것조차 힘겨워 보였다.

"온몸에 든 피멍은 시간이 지나면 괜찮을 거래요. 이마가 많이 부어 사진을 찍었는데 뇌 손상이 너무 심하다고……."

슬그머니 입을 닫은 그녀. 백지처럼 창백해진 그녀가 풀썩 무너져 내렸다. 그녀를 의자에 앉히고 김 대표가 준비해 온 돈 봉투를 건넨 후 자리를 떴다.

그리운 단 한 사람이 날벼락 같은 일을 당해 넋이 빠져 있는 모습을 보는 것만으로 내 마음이 고통스럽다. 누군가 내 마음에 먹물을 끼얹은 것 같다. 굳어 있는 그녀. 그녀를 보며 마음 아파하는 나와 그녀 사이에 긴 침묵이 흐른다. 그 어떤 말도 위로가 되지 않는 상황에서 그저 그녀 옆에 있어 주는 것 외에 뾰족한 수가 없다. 크게 울부짖으며 중환자실 쪽으로 들어온 그녀의 딸로 인해 침묵이 깨진다. 이제껏 참고 있던 그녀의 눈에 눈물이 가득하다. 종일 굶은 그녀를 먹이기 위해 따끈한 죽을 사러 밖으로 나온다. 시간이 흐른 뒤 그녀의 딸은 신음조차 내지 않은 채 바위처럼 바닥에 붙박여 있다. 그녀를 부축해 병원 로비로 나오자 담담한 표정을 지으며 그제야 사건 경위를 들려준다.

간경화로 인해 오래 투병 생활을 하던 그녀의 남편에게 남은 유일한 소일거리는 산책이었다. 그 산책 습관이 그의 인생에 종지부를 찍도록 만들 줄 전혀 알지 못했단다. 가볍게 동네 한 바퀴 돌리고 집 앞 골목으로 나갔을 때 불량스럽게 보이는 학생들이 담배 피우는 걸 보게 되었다. 원체 잘못을 보면 참지 못하는 성격이라 그는 담배가 해로우니 피우지 말라고 점잖게 타일렀단다. 그녀는 늘 신신당부를 했다고 한다. 제발 부탁이니 나라 걱정일랑 다른 사람에게 맡기고 당신 몸이나 챙기라고. 잘못을 깨달았더라면 좋았으련만, 세상에 무서울 것 없는 애들이 달려들어 인정사정없이 주먹을 휘둘렀단다. 그 와중에 머리를 크게 다친 남편은 골목에 쓰러졌고, 지나가던 주민이 신고를 해 병원으로 실려 온 것이었다.

"뇌 손상이 너무 심해 의식이 돌아올 가능성이 적다고 하네. 남편이 원망스러워. 내 마음을 조금이라도 알아주어서 몸조심했더라면 이런 일이 안 생겼을 텐데……."

그녀의 얼굴이 허물어져 내린다. 로비는 바늘 떨어지는 소리마저 들릴 정도로 적막하다. 그 기운에 제압당한 듯 어둠의 무게에 짓눌린 밖의 짙은 어둠이 호시탐탐 병원 내부를 훔쳐보는 듯 느껴진다.

날마다 퇴근 시간이 되길 기다렸다가 병원을 향해 달음질친다. 무능했던 그녀의 남편이 이제 의식을 잃고 누워 있다. 그런 남편을 짐스러워하거나 귀찮다 하지 않고 순정의 외길을 걸어온 참한 그녀. 그녀의 지난날의 청춘은 무엇으로 보상받을 수 있을까. 적막하기 그지없는 그녀의 인생이 언젠가 환하게 빛날 수 있기나 할는지……. 인생이란 드라마의 주인공이 돼 스포트라이트를 받기엔 그녀의 어깨를 짓누르는 슬픔의 무게가 너무 무겁지 않을까. 가슴을 뛰게 할 행복의 고지가 바로 눈앞에 있지만, 어쩌면 이미 벌써 너무 힘을 써버려서 그곳까지 도달하기에 늦어버린 건 아닐까.

밤하늘을 바라볼 때 머나먼 우주 속으로 빨려드는 듯한 느낌을 받은 적이 있다. 내가 바라보는 별이 어느 순간 나를 응시하는 듯 느껴질 때 무언의 교감이 이루어진다. 수많은 사람들과 스쳐 지나고, 그들과 피상적으로 부딪히며 살아가건만 그 모든 사람과 행복감을 나눌 수는 없다. 그녀는 이제껏 살면서 가슴으로 느끼고 아련한 그리움에 젖게 만든 사람 중 하나였다. 그런 그녀는 시시각각 다가오는 남편의 마지막 시간을 마주하고 있었다. 그저 괴로운 마음으로 그녀를 바라볼 뿐 나는 슬픔과 체념 속에 있는 그녀를 지켜보며 아무런 위로도 건네지 못했다. 충혈된 눈으로 창밖을 쳐다보는 그녀에게 눈을 고정시키고 있느라고 옆에 사람이 온 것조차 알지 못했다. 가쁜 숨소리에 고개를 돌리니 그녀의 딸, 수희가 눈에 들어왔다.

"엄마, 오늘 밤 준수와 내가 아빠 곁을 지킬게. 집에 가서 누웠다가 낼 아침 교대해요."

수희 누나는 죽은 듯 누워 있는 아비의 병상을 지켰다. 집에 가지 않겠다고 고집을 부리는 누나의 등을 밀어내길 수차례 했었다.

"피 한 방울 안 섞인 남인데 피붙이보다 더 의지가 돼. 준수, 너 인간성 하나는 캡이구나."

엄지를 치켜드는 수희 누나에게 뭐 이 정도쯤이야 하는 표정으로 어깨를 으쓱해 보였다.

"뭐 대단한 걸 했다고. 어쨌든 누나가 내 진가를 알아주니 좋긴 하네."

그날 밤, 누나와 많은 이야길 나누었다.

내가 엄마를 닮아 자존심 하나로 버티는 타입이거든. 아빠가 동업자한테 사기를 당해 무일푼이 되자 아빠가 잘나갈 때 형님 아우 하며 각별하게 지냈던 사람들이 약속이나 한 듯 동시에 발길을 끊더라. 아빠는 배신당한 충격으로 정신이 약간 이상해졌어. '예정에 없던 일'이란 말을 수백 번, 아니 수천 번 지껄였을 거야. 아빠의 유일한 낙은 담배였어. 건강이 나빠졌어도 담배를 끊지 못해 괴로워했으니까.

누나의 말을 들으며 우리 인간은 모순투성이란 생각이 들었다. 자신도 끊지 못하는 담배를 해롭다는 이유를 들어 학생을 훈계하고 금연을 부르짖다가 허망한 일을 당하다니.

"살아야 하니까 억척스러워진 거야. 처음엔 밑천이 없어 노점 장사를 했어. 양말과 속옷을 팔다 수입이 좋다는 말을 믿고 포장마차도 했지. 언젠가 양아치들에게 칼침을 맞기도 했어. 엄마 다리에 아직도 흉터가 있어. 이런 얘기, 엄마한테 말하면 큰일 나. 웬만한 여자였다면 오래전에 도망갔을 걸. 엄마니까 버틴 거지. 죽을 만큼 피곤해도 아빠 좋아하는 거 만든다고 새벽까지 부엌에서 뚝딱거렸거든. 엄마는 내게 불가사의한 존재야. 그런 엄마가 정말 안쓰럽고 존경스러웠는데 참 이상하지. 자꾸 짜증만 부리게 되는 거야. 그동안 엄마 마음을 많이 섭섭하게 했어."

누나가 애써 덮어 두었던 힘든 가정사를 서슴없이 털어놓는 동안 둘 사이에 느껴지던 어색함이 사라지고 내 마음이 한결 편안해졌다.

수희 누나가 나지막하게 말했다.
"야심가는 외골수에다 목표 지향적이잖아. 나는 그런 사람이 싫어. 완벽해지려고 아등바등하는 사람이 질색이야. 그런 사람은 일이 제대로 풀리지 않으면 시무룩해 있거나 곁에 있는 이들을 힘들게 해. 예전부터 완벽주의자를 싫어했어. 준수, 너는 어떤 여자를 좋아하니?"

누나의 질문에 대답하지 않고 머뭇거리고 있는데 어처구니없게 눈물이 핑 돌았다. 카메라 플래시가 터지듯 어둠에 묻혀 있던 기억들이 생생하게 되살아났다. 한동안 가슴 밑바닥에 간직했던 행복한 추억들이 날갯짓을 하며 눈앞에 어른거렸다. 권사 아줌마가 우리를 위해 만들어 준 맛있는 음식들이, 땅에 주저앉아 엉엉 울던 나를 안아 깨끗이 씻겨 준 일이, 아줌마가 선물한 곰돌이 인형을 안고 잠들던 일이……. 멍하니 있는 나를 채근하듯 쳐다보는 누나의 얼굴을 의식한 순간 낮게 가라앉은 음성으로 대답했다.

"나는 남에게 일을 맡겨도 전혀 불편하지 않아. 누나가 알고 있듯이 너무 어릴 때 엄마가 돌아가셨어. 아주 어렸을 때부터 나의 일을 스스로 해야 했어. 응석 부리고 어리광 부릴 처지가 아니었거든. 남들보다 일찍 철이 들었을 거야. 기대치를 낮춰야 만족할 수 있다는 걸 알게 됐어. 내가 할 수 없는 일이나 자신의 약점을 빠르게 인정하는 편이야. 누나가 어떤 사람을 싫어하는지 대충 짐작이 가. 자신만이 최고로 잘할 수 있다고 믿는 사람들을 혐오하지?"

수희 누나는 자연스럽게 자신이 좋아하는 남자에 대해 말했다. 불완전함을 견디는 남자, 쉽게 만족하는 남자를 좋아한다고 했다. 그런 남자는 기대 수준이 높지 않기에 자기 여자에게 스트레스를 주지 않을 거라고 말했다. 힘든 상황에서도 기죽지 않고 생기를 간직한 누나가 보기 좋았다. 그뿐만 아니라 제 생각을 똑 부러지게 말하는 그 영민함이 묘한 매력으로 다가왔다.

그녀의 남편은 응급실에 실려 온 지 6일 만에 숨을 거뒀다. 사경을 헤매는 남편의 얼굴에 뺨을 댄 채 흐느끼던 그녀. 그녀의 들릴 듯 말 듯한 울음소리가 귀에 들리는 듯하다. 이마 위에 진땀이 맺힌다. 직장에 출근했지만 마음은 그녀 옆에 가 있다. 삼일장을 마친 그녀가 입원비를 댄 김 대표에게 감사 인사를 전하기 위해 회사에 들렀다. 잠시 서성거리던 그녀가 매일 병원으로 출근하다시피 한 내게 각별한 감사를 표시했다. 흘낏, 그녀와 눈이 마주친 순간 그녀의 얼굴을 뚫어질 듯 쳐다보았다. 오열의 흔적마저 사라진 그녀의 짓물러진 눈가에 언뜻 슬픔이 내비쳤다. 그녀의 건조한 눈빛을 보며 알 길 없는 무언가가 내 마음 깊이 일렁였다. 흔적 없이 사라진 행복한 웃음을 되돌려 주고 싶다는 열망이 나를 지배했다. 그녀를 생각하느라 일이 전혀 손에 잡히지 않았다. 힘들고 고통스런 시간이 지나갔건만 그녀에게 지워진 어미의 의무가 여전히 두 어깨를 옥죄고 있을 것이다. 떨쳐낼 수 없는 책임감과 어미로서 감내할 희생을 묵묵히 짊어지고 생활할 그녀가 안타깝다. 나는 앞으로 살아갈 동안 그녀가 흉포한 사람들로부터 괴롭힘을 당하지 않기를 진심을 다해 빌었다. 누군가 남편 없는 여자라고 그녀를 모욕할 때 흑기사 역할을 할 남자가 있어야 하지 않을까. 그 생각이 미치자 그녀의 행복을 위해 그 역할을 하고 싶다는 마음이 들었다.

삼우제를 지내고 그녀가 출근했다. 그녀에게 배어 있던 고통과 슬픔의 그림자가 한결 옅어진 듯 보였다. 그날 점심에 직원들을 위한 특별 음식이 제공되었다. 그간의 마음 쓸쓸이에 대한 답례 차원으로 그녀가 손수 만들어온 갈비찜이 사람들의 마음을 훈훈하게 만들었다. 식탁에 놓인 푸짐한 음식 앞에서 모두 아이처럼 신이 나 웃음꽃을 터뜨렸다.

높은 하늘과 울긋불긋 제 나름의 색깔로 물든 나뭇잎들이 완연한 가을을 느끼게 했다. 어느 날 퇴근 무렵 그녀가 내게 다가와 은근한 미소를 지으며 잠시 망설이다가 묘한 말을 내뱉는다. 조금 지나면 좋은 일이 생길 거라고 했다. 그 말이 무얼 뜻하는지 도무지 알 수 없었다. 그녀가 손짓해 부르더니 내게 따라오라는 눈짓을 한다. 황급히 걷는 그녀 뒤를 따라 한 카페로 들어간다. 전에 그녀와 와 본 적이 있는 카페다. 저 멀리 수희 누나가 손을 흔들어 아는 체를 한다.

"지금 이 표정 무척 헷갈리네. 좋아하는 것도 같고 조금 실망한 것도 같은 이 표정. 엄마, 중매를 하려거든 똑 부러지게 해야지. 이게 뭐야······."

그녀의 고독과 슬픔까지 사랑할 수 있다고 믿은 나. 그녀와 관계되는 모든 것들을 사랑할 준비가 돼 있는데, 그녀가 사랑하는 막내딸과 사귀는 것쯤이야······. 나는 그보다 더한 일도 마다하지 않을 참이었다. 환하게 웃는 누나를 보며 언젠가 그녀가 했던 말이 떠오른다. 수희는 인간성 좋은 남자를 만난다면 그 밖의 조건은 아무 문제도 되지 않는다고 하더라. 그제야 모든 상황이 정리된다. 그녀는 결혼의 꿈을 접은 딸에게 그녀의 아픔을 함께 나눌 수 있는 사람이 있다고, 그 사람과 진지한 만남을 가져 보라고 청했겠지. 엄마에 대한 죄책감과 그동안의 불효를 자책하던 누나가 엄마의 청을 모른 척할 수 없어 이곳에 나온 것임을 알게 된다.

그녀를 위한 최고의 위로는 무엇일까? 수희 누나와의 결혼으로 우리 세 사람이 한 가족이 되는 것이다. 누나는 나의 품속에서, 나는 그녀의 변함없는 따스한 품에 안겨 행복을 만끽하게 될 것이다. 결혼이란 의식을 계기로 우리 세 사람은 단단히 결속될 것이다. 특히 그녀와 나는 장모와 사위라는 대단히 특별하고 각별한 관계 속에서 죽음이 둘을 갈라놓는 순간까지 애틋하고 자연스럽게 행동하게 될 것이다. 아주 사소한 이야기를 나누고 미미한 일들을 주고받는 동안 그녀와 나는 가까워질 테니. 수희 누나의 얼굴이 홍조로 물드는 걸 보며 나는 괜스레 난감하고 멋쩍어진다.

단편

05

떼소로 미오

진아는 오랫동안 열망했던 로마를 둘러보며 축제의 현장에 있는 듯 마음이 달아올랐다. 그녀 자신이 살아 있음을 느꼈고, 역사의 현장을 온몸으로 체감하며 뿌듯한 느낌에 감싸였다. 시스티나 천장화를 볼 동안 그림 속으로 빠져들었다. 자신이 감상자의 위치가 아닌 그림 속 피사체가 된 듯한 감정을 느꼈다. 그림에 집중하던 중 한순간 강렬한 눈길을 깨닫고 고개를 돌린 순간 한 남자가 그녀의 눈에 들어온다. 그 남자가 선글라스를 쓰고 있는 것이 이상하게 느껴졌다. 키가 큰 남자는 잠시 당황한 듯 어찌할 바 몰랐다.

무수한 세월이 지나며 덧칠과 복원 과정을 거쳤을 그림이건만 그림 속 인물들은 살아 움직이듯 역동적으로 보였다. 앉아 있는 아담이 왼팔을 내리뻗어 신의 손과 접촉하는 모습으로 표현된 점이 신선하게 다가온다. 그 아래쪽으로 대로한 신이 두 손을 쳐들고 야단을 치는 모습과 급히 몸을 숨기는 아담의 등판이 눈에 들어온다. 기쁨의 원천이자 행복을 준 여인, 그 여인이 건넨 과일을 무심코 받아먹었을 뿐인데 불순종의 흠결로 인해 동산 밖으로 추방당한 아담의 모습이 처절하게 다가온다. 사람은 견딜 수 없는 혹독한 상황을 만나면 자신의 현실을 부정하게 된다. 비참한 일이 결코 일어나지 않았다는 억지 믿음을 품게 된다. 아담이 벌거벗은 수치를 감추려고 옷을 입은 것처럼 우리는 죄인이기에 피할 수 없는 수치와 부끄러움을 감춘 채 살아야 하는 존재임을 발견하게 된다.

두 사람은 그림 〈최후의 심판〉 앞에 섰다. 중앙에 심판자 예수가 오른팔을 올린 채 서 있다. 다양한 인물들이 온갖 포즈를 취하고 있는 그림을 뚫어질 듯 쳐다본다. 인터넷 검색을 마친 미희가 그림에 대해 자세하게 설명을 덧붙인다. 등장인물이 나체였는데 그걸 본 사람들이 경악하는 바람에 주요 부분을 덧칠해 가렸다가 근래에 와서 원래의 모습으로 복원한 거라고 한다. 거대한 뱀이 신화 속 인물 미노스의 몸을 칭칭 감고 있고, 그 옆에 나체의 아담과 이브가 보인다. 그 반대편에 긴 칼을 든 천사가 아담과 이브를 겨누고 있다. 미희가 그림 속에 전해 내려오는 일화에 관해 들려준다. 중앙에 가죽 형상을 손에 들고 있는 노인은 피부를 벗기는 형벌을 당한 사도 바르톨로메오다. 이 성인의 얼굴과 그가 들고 있는 얼굴 가죽이

전혀 다르게 보인다. 그 얼굴은 바로 이 그림을 그린 미켈란젤로의 얼굴이기 때문이라고 한다. 시스티나 성당 밖으로 나오며 미희가 속삭였다.

"어떤 남자가 우리를 계속 지켜보더라."

진아는 어이없다는 표정으로 되받아쳤다.

"우리가 너무 예쁜가 보네."

미희가 피식, 웃음을 터트리며 중얼거렸다.

"맞아! 몸매 좋지, 얼굴 되지, 동양 여자가 매력적일 거야."

민박집으로 오는 동안 미희가 낮게 중얼거렸다. 피곤해서 그런가. 계속 이상한 느낌이 들어. 진아가 무슨 일이 있느냐고 묻자 미희가 사방을 두리번거리더니 들릴락 말락 하게 말했다.

"아까 시스티나 성당에서 한 남자가 우리를 계속 주시하는 것 같았어. 너는 몰랐어?"

진아는 미희가 아픈 자신 때문에 과잉 신경을 쓰느라 예민해진 것이란 생각이 들었다. 진아는 미안한 마음이 앞서 새 제안을 내놓았다.

"우리 오늘 저녁에는 밖에 나가자. 시장 구경도 할 겸."

미희가 오케이 사인을 건넸다.

그날 오후 두 여자가 쇼핑을 하고 싶다고 하자 민박집 여주인 카롤리나가 늦게까지 문을 여는 가게 이름을 알려주었다. 가장 규모가 큰 시장에 도착하자 두 여자는 흥겨운 얼굴로 수다를 떨며 인파 속을 헤집고 다녔다. 진아는 장지갑을 구입했다. 여행 경비에 보태라며 딸에게 선뜻 목돈을 내

준 엄마를 모른 체할 수 없었다. 돌아다니다가 얼굴을 하얗게 분장한 여인들을 우연히 만났다. 집시족으로 알려진 그들은 많은 인파 속에서도 뚜렷한 존재감을 드러냈다. 두 여자는 발이 아프도록 시장을 돌아다니다가 저녁 무렵 숙소로 돌아왔다.

다음 날 진아의 표정이 핼쑥했다. 심상치 않은 기운이 감돌았다. 미희가 걱정스러운 얼굴로 뭔 일이 있냐고 물었다. 아무래도 여권이 보이지 않아. 여권을 잃어버렸나 봐. 진아는 정신없이 배낭과 가방 속을 뒤집어 놓고 샅샅이 확인해 보았건만 여권을 찾지 못했다. 민박 주인 김 씨에게 이 사실을 알리고 도움을 청했다. 김 씨가 이탈리아 주재 대한민국 대사관의 전화번호를 알려 주었다. 이탈리아 말을 할 수 없는 진아를 대신해 김 씨가 분실 신고를 했다. 잃어버린 장소를 말해야 했지만, 어디에서 잃었는지 전혀 짐작조차 할 수 없어 미칠 지경이었다. 안전한 곳이 숙소인데, 왜 그걸 들고 나갔을까. 허망해하고 멍청하게 행동한 자신을 꾸짖는 진아에게 주인 부부가 위로의 말을 건넸다. 임시 여권을 발급받으면 돼요. 더 나쁜 일이 일어나지 않은 것만으로도 감사해야지요. 자책을 멈추지 않는 진아에게 김 씨가 말했다. 경찰서에 민박집 전화번호를 남겨 놓았다고, 기다리면 무슨 연락이 올 거라고. 당차고 씩씩하게 생활하던 진아는 참담한 기분에 빠져 종일 침대에 엎드린 채 한숨을 토해냈다. 낯설던 로마가 친숙하게 여겨지려는 순간, 복병처럼 나타나 그녀를 고꾸라뜨린 사건. 이방인 침입자를 노리던 어두운 손길이 그녀로부터 여권을 훔치는 사이 희희낙락했을 자신의 모습이 떠오르자 그녀는 자신과 함께 이 도시에 대한 강한 모멸감을 느끼게 되었다. 침대에 누워 있다가 벌떡 일어나기도 했고, 무슨 말인가 중얼거리기도 하며 불안한 모습을 보였다. 진아는 낯선 곳에서 원하는 목적지로 데려다줄 마지막 버스를 눈앞에서 놓친 여행자의 심정이 바로 자신의 것임을 실감하게 되었다. 눈앞이 하얘지고 식은땀이 흘러나왔다. 그렇게 여권을 분실한 충격으로 멍해진 채 반나절을 보냈다. 믿을 수 없는 사건 때문에 앞으로 겪을 끔찍한 상황을 그리며 몸서리를 쳤다. 잠시 후 그녀가 부정적인 생각을 떨쳐내려는 듯 고개를 내저었다. 한국을 떠날 때의 설렘이 사라진 지금 진아는 곤경에서 탈출하기 위해 안간힘을 쓰다가 즐거웠던 며칠 전 일을 떠올렸다. 그 기억들에 의지해 휘청거리는 자신을 잠시 지탱해 두려는 듯이.

진아는 우리나라 반대편에 위치한 이탈리아로 가기 위해 여고 동창생인 미희와 함께 비행기에 올랐다. 진아는 자기의 좌석이 창가인 걸 확인하고는 미소를 지었다. 기체의 울렁거림이 마치 대양의 속살을 간지럽히는 파도처럼 그녀에게 전해진다. 활주로에 있던 비행기가 수초 후 강하게 진동하며 이륙을 시작한다. 활주로를 전속력으로 달린 비행기가 이윽고 이륙하자 기체 아래쪽으로 뿌연 운무가 나타난다. 구름의 농담이 만들어 낸 하늘이 얇고 가늘게 구획을 나눈 듯 보인다. 귀청을 울리는 느낌과 함께 양쪽 고막에 이물감이 느껴진다. 잠시 먹먹해져 있다가 정신을 가다듬고 창밖을 바라보니 흰 물감을 풀어놓은 듯 하얗고 긴 실구름이 펼쳐진다. 낯선 공간에서 보낼 7박 8일간의 여행으로 마음이 몹시 설렌다. 뺨이 상기된 걸로 봐서 옆자리에 앉은 미희도 비슷한 생각을 하는 것 같았다. 고교 동창인 두 사람은 수다를 떠느라 지루할 틈조차 느끼지 못했다. 미희가 눈을 가늘게 뜨며 꿈꾸듯 중얼거렸다. 나중에 또 유럽에 갈 거야. 다음엔 남편과 함께 가고 싶어. 미희가 말했다. 진아는 요정 에코가 하듯 마지막 말을 따라 했다. 남편들도 함께하겠지, 아마도.

  로마에 도착한 두 사람은 가이드북과 인터넷에 의지해 관광지를 샅샅이 훑기로 했다. 그들의 여행은 조금 불편하겠지만 설렘으로 가득 채워질 것이다. 로마 공항에 내린 후 예약해 둔 테르미니역 근처 숙소에 도착하니 이미 어두컴컴했다. 둘째 날, 후덥지근한 공기 속에서 온종일 돌아다녔다. 몸은 피곤했지만 고색창연한 역사를 간직한 명소를 돌아보며 역사의 무게를 체험할 수 있었다. 누군가 말하지 않았던가. 옛 로마는 최고의 우아함과 혐오스러운 야만이 공존했던 제국이었노라고. 진아는 인류의 문화유산으로 보존된 거장들의 작품 앞에서 세상을 호령했던 인물들을 상상해 보았다. 초인적인 권능자로 숭배받았던 오현제. 그녀가 가장 열의를 갖고 빠져들던 하드리아누스와 마르쿠스 아우렐리우스가 떠올랐다. 자신의 심장에 붉은 표시를 한 채 생활했다는 하드리아누스. 그 황제는 죽음의 순간 고통이 지속되는 걸 원하지 않았고, 최고의 사냥꾼으로 알려진 한 이방인에게 최후의 일격을 부탁했다고 전해진다.

  베네치아 광장에 서자 백색의 건물이 눈에 들어왔다. 타자기 모양을 한 비토리오 에마누엘레 기념관의 외양이 진아의 눈에 꽤나 개성적으로 느껴졌다. 광장 모퉁이 쪽으로 다가가 말하는 조각상을 구경했다. 억울한 사연이 있는 백성들이 통치자에게 보내는 편지나 격문을 써서 '마다마 루크레치아' 조각상 옆에 갖다 놓았다고 한다. 샌드위치로 시장기를 달랜 두 사람은 민박집 주인의 도움으로 벤츠 봉고를 이용해 관광할 수 있었다. 역대 황제들의 궁이 있었다는 팔라티노 언덕은 바닥에 누운 기초석과 폐허가 된 집터만이 남아 있었다. 과거의 위용과 영화를 전혀 찾을 수 없는 폐허를 바라보며 화려했던 제국을 상상하기 어려웠다. 그나마 가장 큰 성당이었다는 막센티우스 바실리카가 그나마 기억에 남는다. 어마어마한 위용을 자랑했을 성당은 커다란 아치 세 개만이 남아 있었다. 최고로 악명 높았던 황제, 카라칼라를 기리는 개선문 앞에 서며 역사는 이해할 수 없는 아이러니로 가득하다는 생각이 들었다. 그는 황제 자리에 오른 후 동생을 죽이고, 반란을 일으킨 동생의 지지자 수만 명을 살해한 황제였다. 많은 것을 누린 황제는 피바람을 일으키고 반란자들의 비명을 들으며 만족할 수 있었을까. 살인을 통해서만이 겨우 가라앉힐 수 있는 그 구제불능의 굶주림.

콜로세움은 언제나 그렇듯 사람들로 붐볐다. 진아와 미희는 원형경기장 안으로 걸어가며 2천여 년 전으로 돌아간 듯한 착각에 잠겼다. 검투사들의 몸싸움과 그들이 싸우며 창칼이 부딪치는 쇳소리, 귀청을 찢을 듯한 군중의 환호성이 들리는 것 같았다. 고풍스러운 모습 속에 오래전 역사 속으로 사라진 초기 기독교도들의 수난이 오버랩 된다. 멸시받아 마땅한 새로운 신, 노예들의 종교로 여겨진 기독교 신앙은 로마의 질서를 뒤흔드는 독이었다. 기독교도들을 투옥하고 고문한 후 경기장에 풀어놓은 맹수들의 밥으로 내준 로마인들. 고문으로 불탄 살덩어리가 역겨워 먹으려 하지 않는 맹수들을 비난하며 굶주린 맹수들을 풀어놓으라고 소리친 군중들. 진아는 과거의 역사를 떠올리며 인간의 깊은 곳에 자리 잡은 야수성을 인정할 수밖에 없었다.

콜로세움을 보고 난 후 진아가 말했다.
"초기 교회 공동체는 로마 전역에 흩어져 있었어. 워낙 수가 적어서 결코 영향력을 미칠 수 없었겠지."
미희 역시 같은 생각을 하고 있었던 듯 맞장구를 쳤다.
"그랬을 거야. 황제 숭배는 로마를 지탱하는 힘이었어. 그걸 거부하는 기독교도들은 체제를 전복시키는 악한 세력으로 비난받았지."
진아가 자기 의견을 드러냈다.
"황제에게 제물을 바치면 증명서를 발급받아. 그걸 받지 못한 그리스도인들은 죽임을 당해야 했대. 그랬던 사람들에게 콘스탄티누스 황제는 가뭄 속 단비 같은 존재였겠지. 마음껏 예배를 드릴 수 있게 됐으니까."
진아는 병든 인류에게 신의 자비가 필요함을 깨닫는다. 신을 찬양하고 영광 돌리는 이들뿐 아니라 죄의식으로 허우적대는 사람에게도……. 뭇 영혼들을 지켜보는 신의 눈길과 안타까운 마음이 그녀에게 전해진다.

한국 남자가 경영하는 민박집에서 밤을 보낸 후 다음 날 스페인 광장을 둘러보기로 했다.
"트레비 분수는 꼭 봐야 해. 동전 던져야지."
"로마를 찾는 사람들에겐 필수 코스지."

광장을 에워싼 고풍스러운 느낌의 건물들이 이곳이 세계 최고의 관광지임을 대변하고 있었다. 옛 황제 도미티아누스가 세운 거대 경기장이 있던 곳이라고 미희가 덧붙였다.

"나도 그 황제가 얼마나 잔인한 사람인지 알고 있어. 자신을 황제라고 부르지 않고 '임페라토르'라고 부른 사촌을 잔인하게 죽였대. 불에 달군 날카로운 칼로 죽였대."

"이 경기장이 3만 명 이상의 관람객을 수용했대."

두 여자는 대화를 나누며 '무어인의 분수' 쪽으로 다가갔다.

"사람의 몸이 참 아름답구나! 이걸 오래전에 만들었다니!"

미희가 감탄하는 진아에게 다른 분수도 구경하자고 말했다. 조금 더 걷자 방금 전에 보았던 인체 조각들과는 상이한 조각상들이 눈길을 끌었다. 거대 문어와 싸우고 있는 넵튠이 진아의 눈을 사로잡았다.

"나도 얼마 전 안 사실이야. 로마 제국이 그리스를 정복하고 나서 그리스에 있던 조각들을 로마로 옮겼어. 로마 시대의 모든 건축물에 조각상을 세워 놓는 것이 유행이었대. 하지만 수요와 공급 사이에 불균형이 나타났다고 하네. 조각을 원하는 사람들이 폭증했지만, 그리스의 원본 조각은 턱없이 부족했겠지. 그래서 무슨 일이 생겼을 거 같아?"

미희가 잠시 숨을 고르는 걸 보며 진아가 당연하다는 듯 대답했다. 급조해서 만든 조각품들이 수요를 채웠겠지.

숙소로 돌아온 후에도 콜로세움의 잔영이 진아의 뇌리에 남아 있었다. 행사가 끝난 후 짐승들의 피로 흥건해졌을 콜로세움이 눈앞에 그려진다. 로

마을 상징하는 건물을 떠올리며 그녀는 폭력 욕구에 대해 생각하게 된다. 깊숙이 자리 잡은 폭력 욕구는 스스로 억누를 수조차 없을 뿐 아니라 그 욕구를 해소시킬 대리 경험이 인간에게 필요해진다. 지극히 자연스런 이 욕구를 방치할 경우 더 큰 폭력을 불러일으킬 뿐이다. 희생자는 위협이 되지 않는 대상 중에서 선택되는 법이다. 그렇게 해야 희생자의 가족이나 친척, 친구들이 공격해 오는 것을 피할 수 있을 테니까. 전쟁 포로나 노예는 위협적이지 않은 희생자였기에 제국의 원형경기장에 서게 되었을 것이다. 황제 숭배를 거부한 기독교도 역시 제국의 질서를 뿌리부터 뒤흔드는 독소로 여겨졌고, 그걸 제거하는 일은 바람직한 행위로 받아들여졌을 것이다.

거대한 유적지 판테온은 웅장했다. 지은 지 2천여 년이 넘은 거대한 옛 건축물 앞에 서자 역사의 뒤안길로 사라진 제국의 영광과 로마 제국의 무수한 사람들의 바람이 진아에게 전해지는 듯했다. 미희가 진아를 바라보며 얼굴 가득 웃음을 지었다.
"너 좋아하는 황제, 하드리아누스가 남향의 판테온을 북향으로 개조했어. 로마의 건축기술은 대단한 것 같아."
진아는 미희의 설명을 들으며 마음속으로 그 이름을 조용히 되뇌었다. 하드리아누스! 신전을 세우고 거대한 조각상으로 그곳을 채운 사람. 선대로부터 내려온 최선의 것들을 후대에 계승하려고 애쓴 인물. 그는 불확실한 실체를 눈앞에 구현시키는 일에 기쁨을 느끼고 미소년 안티노에게 변함없는 애정을 드러낸 사람이었다. 노년에 이르러 자살을 실행하려다 생각을 바꾼 인물이기도 했다. 하드리아누스는 스스로 택한 죽음이 자신을 아끼고 공경하던 이들에게 망은이 된다는 걸 깨달았다. 진아는 그리스와 로마의 신들을 기리는 거룩한 장소였던 판테온을 바라보며 불사조처럼 되살아난 하드리아누스에 대한 상념 속으로 빠져들었다.

잠시 후 현실로 돌아온 진아가 생기 있게 말했다.
"오늘 트레비 분수를 보기로 했잖아."
친구 미희가 손바닥을 활짝 펴 진아와 하이파이브를 한 후 씩씩하게 소리쳤다. 좁은 골목을 헤치며 빠른 걸음으로 걸어가자 어느 순간 분수대가 눈앞에 나타났다. 분수 주위에 동전을 던지는 사람들이 보였다. 등 뒤로 동전을 던지는 이들을 쳐다보다 분수대 중앙에 자리 잡은 조각상으로 눈길을 돌렸다. 말의 형상을 한 조각상이 앞발을 쳐든 채 포효하는 느낌이 들었다. 궁금증을 이기지 못한 진아가 모르는 것이 없는 미희에게 물었다.
"이쪽에 있는 말과 저쪽의 말이 전혀 다르게 보이네."
"조용히 있는 말은 잔잔한 바다를, 일어서서 저항하는 말은 파도치는 성난 바다를 뜻하는 거야. 그 옆에 뿔고둥을 불고 있는 건 바로 저기, 가운데 있는 포세이돈의 아들이야. 바다의 신인 아버지의 뜻을 전하려고 고둥 나팔을 부는 거야."
두 여자는 다른 관광객들이 하듯 동전을 꺼내 분수를 향해 힘껏 던졌다. 진아는 로마에 다시 올 수 있기를 기원했다. 우리 한 번 더 던지자! 미희가 진아의 손바닥에 동전 하나를 놓아 주었다. 이곳 로마에서 멋진 남자를 만나게 해 달라고, 그녀는 간절히 기도했다.

오드리 헵번이 걸어 내려오던 영화 속의 계단. 스페인 광장의 계단이 진아의 눈에 들어온 순간 왠지 알 수 없는 행복감이 밀려온다. 군데군데 모여 담소를 나누거나 어딘가를 바라보는 사람들의 모습이 들떠 보인다. 그곳에 모여 있는 다양한 인종들과 국적의 사람들이 한 공간을 차지한 채 시간을 보낸다는 것만큼 지구촌의 의미를 실감하게 하는 일은 없을 것이다. 광장에 자리 잡은 배 모양의 분수대가 두 사람을 사로잡는다.
"미희야, 이곳이 스페인 광장으로 불리는 게 이해가 안 되네."
진아는 미희와 고등학교 때부터 한데 붙어 다녔지만, 이번처럼 밤낮을 함께했던 적이 없었기 때문에 이번 여행이 갖는 의미가 대단하게 생각됐다. 습관적이고 형식적인 우정이 더욱 돈독해지는 계기가 된 것임을 부인하기 힘들다. 미희가 당연히 알고 있다는 듯 고개를 끄덕였다.
"부근에 스페인 대사관이 있어서 그렇게 부르게 된 거야. 이곳이 과거엔 스페인 영토여서 아무나 돌아다닐 수 없었대."
진아는 로마를 불멸의 도시로 만들려는 열망에 불탔던 하드리아누스를 떠올렸다. 영혼과 유령의 존재에 대해 흥미를 느끼던 황제는 어느 날, 제물을 봉헌하려고 산꼭대기에 오른다. 그곳에서 벼락이 내리쳐 제물과 사제가 단번에 목숨을 잃는다. 그 순간 벼락이 신의 검이 돼 제물을 죽이는 걸 보며 진귀한 체험을 하게 된다. 하드리아누스는 그 일을 통해 죽음이 봉헌의 최후 형태임을 깨달았노라고 하지 않았던가.

커피를 마시며 걷는 동안 미희가 진아에게 물었다.
"아직도 만나니? 철민 씨, 잘 있지?"

진아는 두 사람의 애정 전선이 뜨겁지도, 그렇다고 냉랭하지도 않다고 대답했다. 친구 미희에게 그와의 상황이 어떤지 더 이상 말하고 싶지 않아 진아는 입을 다물었다. 두 살 연상인 철민과 만난 지 일 년이 지나는 동안 크게 다툰 적은 없으나 가벼운 논쟁과 의견 다툼을 피할 수 없었다. 철민에게서 가부장 사회를 동경하는 듯한 언행이 가끔 보였지만 크게 문제 삼지 않았다. 그에겐 여섯 살 어린 여동생이 있는데 직장에 다니는 엄마를 대신해 가끔 상을 차렸다는 말을 들었다. 그 얘기를 듣고 진아가 어린 동생이 상을 차리다니! 그런 일이 자주 있나 봐, 라고 했다. 끼니를 챙기는 건 나이 많은 오빠가 하는 게 더 합리적인 거 같아, 라고 말하자 철민이 보인 반응이 놀라웠다. '계집애가 그 정도는 해야 하지 않나?'

그가 평상시 자기 여동생을 마구 대하고 있음을 짐작할 수 있었다. 어엿한 인격을 가진 동생의 이름 대신 계집애라고 하대하고 경멸하는 철민에게 실망을 금치 못했다. 그 실망은 어느 순간 절망으로 변하게 된다. 진아는 마음의 준비를 전혀 하지 못한 상태에서 철민의 엄마와 대면하게 되었다. 그의 엄마가 아들이 만나는 여자를 꼭 한번 보고 싶다며 진아를 집으로 초대했다. 자기 엄마가 소녀 같다고 일러주었기에 장미 꽃다발을 들고 그의 집을 방문했다. 그의 엄마와 화기애애한 분위기 속에서 저녁을 먹었다. 식사를 마친 후, 진아는 철민 엄마의 뜬금없는 질문에 어쩔 줄 몰랐다. 아가씨, 혹시 교회 나가나? 진아가 그렇다고 말하자 그의 엄마가 인상을 찌푸리며 싫은 내색을 보였다.

"교회 다니는 여자, 싫은데. 교회에서 만나는 많은 남자들과 함께 지내다 보면…… 아휴! 생각만 해도 정떨어져."

진아가 무안해서 어쩔 줄 모르고 있는데 2차 질문이 이어졌다. 부모님이 뭐 하시냐고 묻자 진아는 있는 그대로 대답했다. 아버지는 직업군인이시고 엄마는 오래전부터 장사를 했다고. 그의 엄마가 기분이 나쁘다는 듯 경멸 가득한 어조로 말화살을 던졌다.

"여자가 밖으로 나돌면 살림 꼴이 말이 아닌데. 새벽부터 한밤중까지 매달려 있으면 집구석 꼴이 말이 아닐 텐데."

철민의 엄마는 무례하기 짝이 없었다. 교양이라곤 찾아보기 힘든 그의 엄마와 한 공간에 있는 동안 진아는 기운이 다 빠져나간 듯 어지럼증을 느꼈다. 슬며시 몸을 일으켜 인사한 후 도망치듯 그 집을 빠져나오던 일을 생각하며 진아는 자신도 모르게 깊은 한숨을 쉬었다.

그러자 옆에 있던 미희가 무슨 안 좋은 일이 있냐고 물었다.

"사실 로마에까지 와서 우울한 얘기 하긴 싫었는데……."

진아의 어두운 표정을 살피던 미희가 자세히 말해 보라고 다그쳤다.

"사실 얼마 전에 철민 씨 엄마를 만났어."

진아의 말에 미희가 호기심 가득한 눈빛으로 물어보았다.

"어땠어?"

"날 좋아하지 않는 거 같았어. 나도 짜증이 나서 힘들더라. 한 시간 있었는데 정말 그 시간이 길게 느껴졌어."

한국의 중년 여인들이 치유 불가능한 병에 걸려 있다는 말을 들은 적이 있다. 자기 아들이 최고라는 착각과 그로 인해 아들에 대한 과도한 사랑과 애착을 품게 되는 증상으로 나타나는 질병에 관해서. 진아는 이제까지 생각하지 못했던 문제들이 나타나는 걸 보며 여자에게 시어머니라는 존재가 얼마나 큰 역할을 하는지 실감하게 되었다. 여름 휴가철이 시작되기 전, 팀원들이 끝내야 할 작업들이 생겨 밤낮없이 그 일에 매달려 있던 어느 날 철민의 엄마가 불쑥 진아에게 전화를 걸었다. 몇 차례 무시하다가 숨을 돌릴 여유가 생겨 전화를 받았다. 일단 사과를 하며 무슨 일인가 용건을 묻자 무조건 이번 주말에 집으로 오라고 했다. 이번 주말에도 특근을 해야 한다고, 다음에 방문하겠다고 말하자 철민의 엄마가 언성을 높이며 화를 냈다. '어른이 말하면 따라야지. 많이 배운 게 벼슬이라도 되니?' 진아는 철민의 엄마가 했던 말을 곱씹게 된다. 그의 엄마와 만나는 것이 꺼려지고 그녀와 함께 지내는 일이 대단한 인내를 필요로 할 것임을 예감하게 된다. 잘난 여자에 대한 편견과 뭇 여성들을 비하하는 그의 엄마와 잘 지낼 수 있을까. 진아는 자신에게 수없이 질문을 던지며 고민에 고민을 거듭하다가 철민에게 알리지 않고 로마로 날아왔고, 이제 귀국하면 그에게 작별을 고하기로 결심하기에 이르렀다.

비행기로 12시간 이상이 걸리는 먼 곳에 와서 진아는 자신의 엄마를 생각한다. 시동생과 큰시누이, 막내시누이와 함께 살다가 그 셋을 모두 결혼시킨 엄마. 막내시누이가 결혼한 후 중풍으로 쓰러진 시아버지의 병치레가 시작되었다. 삼 년간 대소변을 받아 내다 시부가 돌아가신 후에도 성품이 까칠한 시어머니를 십여 년간 모셔야 했던 엄마. 언젠가 큰시누, 곧 큰고모의 딸이 출퇴근이 편한 우리 집에서 반년간 더부살이를 하게 되었다. 가정교육을 받지 못한 티가 역력했던 고모의 딸은 한 번도 제 방을 청소하지 않았는데 기어이 분란이 생기고 말았다. 욕실에서 머리를 감고 바닥에 널린 머리털을 그대로 놓아둔 채 나온 조카딸에게 엄마가 싫은 내색을 했다. 다음부턴 머리털을 주워 쓰레기통에 버리라고 짧게 훈계를 했단다. 그 일 때문에 큰고모로부터 비난과 쌍욕까지 얻어들어야 했던 엄마는 어느 날 예고 없이 사라졌다. 엄마가 없는 집구석은 나사 빠진 기계처럼 삐걱거렸다. 아무도 신경 써주지 않아 진아는 자주 지각을 했고, 오래도록 세탁을 하지 않아서 소금기가 드러난 체육복을 입어야 했다. 엄마의 한결같던 내조를 더 받을 수 없게 된 아빠는 출근할 때마다 성질을 부리거나 투덜댔다. 며칠이 지나 엄마를 가출하게 만든 원흉이 자신의 집으로 이삿짐을 옮기고 돌아간 후에야 엄마가 귀가했다. 언젠가 엄마가 한탄을 내뱉었다. 여자가 시집가면 이제껏 누리던 자유와 영영 이별하는 거라고. 남자가 중심이 돼 움직이는 사회에서 며느리로 산다는 건 자신의 존재 자체를 잃는 거라고. 대학에 들어가 밤늦게 귀가하는 진아에게 엄마가 했던 말이 기억난다.

"나만 그런 게 아니야. 시집간 친구들 대부분이 비슷하게 살아. 며느리가 친정에 자주 가는 것도 흉이 되던 시대를 살았거든. 지금도 마음에 맺혀 잊히지 않는 일이 있단다."

진아가 뭐냐고 묻자 엄마의 마음속 옹이가 세상 밖으로 꺼내어졌다.

"시아버님 간병 중에 친정엄마가 넘어져 허리를 크게 다쳤어. 네 아빠한테 친정에 다녀와야 할 것 같다고 말했지. 아빠가 허락할 줄 알았어. 한 이불을 덮고 자는 남편 속을 까맣게 모르고 살았던 거야. 집안의 어른이 누워 있는데 며느리가 집을 비운다는 게 제정신이냐고 성질을 내더구나. 그 순간 내가 이 집에 몸종으로 왔다는 걸 깨달았어. 나는 참을 수 없어 크게 소리를 쳤단다. 나도 친정에서는 귀한 딸이라고. 신씨 집에 종년으로 팔려

온 게 아니라고 항변했지. 친정집으로 갈 때 정말 이혼까지도 각오했단다. 며칠 후 친정엄마를 간병할 사람을 구하고 나서 집에 왔는데 네 아빠의 표정이 어찌나 싸늘하던지……. 나중에 네 아빠가 그러더라. 아버지 간병하느라고 죽을 똥을 쌌다고. 그래서 엄마가 말했단다. 삼 년간 간병한 나는 힘들지 않았겠냐고, 내가 슈퍼우먼이냐고 물었지."

대학에 들어간 후 참으로 오랜 시간 엄마와 이야기를 했다. 진아는 그때 비로소 자신의 집이 며느리인 엄마에게 끝없는 희생을 요구하고 결코 자비를 베풀지 않는 막장 시댁임을 깨닫게 되었다. 엄마의 눈물과 인내를 바탕으로 자신의 가족들이 편안히 살았다는 자책감이 밀려왔다. 진아가 엄마의 두 손을 슬며시 잡고 엄마의 얼굴을 조용히 응시하고 있을 때 엄마가 말했다.

"진아가 이제 엄마 말을 이해할 나이가 된 것 같구나. 본가 가족이 최고라고 생각하는 남자와 결혼하면 엄마처럼 살아야 돼. 옛 생각에 매여 있는 아빠 같은 남자 말고 다른 타입의 남자를 만나야 해. 너를 먼저 생각하고 너를 배려해 주는 그런 남자와 결혼하렴."

진아가 고국에 있는 엄마의 일생을 떠올리며 가만히 중얼거렸다. 산전, 수전, 공중전이라. 한 여자에게 결혼은 행복으로 이끄는 길이기보다 결혼의 또 다른 주체가 한 여자를 가부장의 권위로 억압하고 눈물과 한숨 속에 울화가 맺히도록 만드는 것인가. 인터넷을 검색해 시시각각 지구촌의 움직임을 살필 수 있는 시대인데, 결혼 제도와 결혼으로 이뤄진 구성원들은 변화를 거부한 채 요지부동의 태도로 옛 방식을 고집하고 있는 것일까. 아직도 변화를 달가워하지 않는 이들이 있지 않은가. 전통적으로 이어져 온 삶의 방식을 무비판적으로 받아들이고 분별 있는 충고에 두 귀를 막은 채 잘못된 의식으로부터 벗어나려고 하지 않는 뭇사람들이 그녀 곁에 있다. 미희가 툭 던지듯 한마디 말을 하는 바람에 진아는 현실 속으로 돌아왔다.

"누군가를 좋아하는 건 그나마 희망이 있는 거야. 너를 보면 그런 생각이 드는데……."

미희는 마흔을 앞둔 친척 언니가 남자를 만나고, 그 남자의 환심을 사려고 애쓰는 것들이 부질없어 보인다고 했던 말을 전해 주었다. 진아가 고개를 끄덕여 깊은 공감을 드러냈다.

"맞아, 한 남자와 결혼해 정성을 쏟고 일생을 헌신한 대가가 보잘것없게 느껴지기도 하거든. 엄마를 보면서 자주 그런 생각이 들었어."

진아는 오빠가 결혼하자 기다렸다는 듯이 이혼서류를 내밀던 엄마와 그런 엄마를 이해하려고 노력하기보다 분노를 멈추지 않던 아빠의 모습이 그려졌다. 엄마는 평온한 표정으로 말했다. 나는 단 한순간이라도 내 마음대로 살고 싶어. 삼십 년 동안 몸이 가루가 되도록 쉬지 않고 움직였어. 지난 시간이 너무 안타까워. 이제 누군가를 위해 살지 않을래. 나를 위해 소소한 행복을 누리며 살고 싶어. 이제 나를 아내의 굴레에서 자유롭게 해 줘.

널을 뛰듯 오르락내리락하는 생각으로 머리가 복잡해진 때문인지 진아가 이마에 손을 올리며 살짝 얼굴을 찡그렸다.

"너, 철민 씨와 헤어질 생각이니? 사귄 지 일 년 넘지 않았어?"

미희가 진아의 속마음을 보고 있기라도 하듯 정곡을 찌르는 질문을 던졌다. 진아가 잇새로 소리를 내며 고개를 흔들었다.

"여기 로마에 머무는 동안 그 사람 생각을 하긴 했어. 철민 씨가 얼마나 웃기는 사람인지 아니?"

진아는 미희가 궁금히 여긴 일들을 자세히 들려주었다.

"자기 조상이 영의정을 지냈다고 여러 번 말했어. 그 말을 하면서 어찌나 자랑스러워하던지……. 내가 아직도 양반 타령을 하느냐고 했더니 철민 씨가 눈을 희번덕거리며 곧장 내 말을 반박하더구나. 옛날 같았으면 양반을 업신여겨서 치도곤을 당했을 거라고."

그 말을 듣던 미희가 놀라서 중얼거렸다.

"아직도 그런 사람이 있다니! 냉동인간이냐? 철민 씨 본인도 많이 힘들겠다."

진아는 철민이 침을 튀기며 과거의 예법과 관행을 말하던 모습이 떠오른 순간 답답함을 이기지 못해 길게 한숨을 내쉬었다.

성 베드로 성당은 최고라는 찬사가 멈춰지지 않을 만큼 크고 화려했다. 완성되기까지 120여 년이 걸렸다니! 가장 기억에 남는 작품은 '피에타' 상이다. 죽은 아들을 품에 안은 마리아의 모습이 처절하게 아름답다. 인간의 슬픔을 정교하게 표현한 놀라운 작품 앞에서 그제나 이제나 사람들은 경악을 금치 못했나 보다. 이런 걸작품을 만든 사람의 나이가 25세였다는 사실을 믿지 못하게 된 사람들이 다른 사람의 작품일 것이라고 떠들었다고 한다. 격분한 천재는 마리아의 가슴에 자신의 이름을 새겨 넣음으로써 뭇사람들의 코를 납작하게 했다고 한다. 성당 밖 광장에 세워진 높은 첨탑을 올려다보며 진아가 감탄사를 토해냈다.

"화강암 덩어리로 이런 탑을 만들다니! 정말 옛사람들의 솜씨가 대단했나 봐."

진아가 감탄하자 미희가 동감한다는 듯 고개를 끄덕이며 말했다.

"언젠가 파리의 광장에서도 이와 비슷한 걸 본 적 있어. 저 맨 꼭대기에 예수가 못 박혔던 나무 십자가 조각이 보관돼 있대."

박식한 친구를 멀뚱히 쳐다보다가 둘이 함께 박물관으로 걸음을 옮겼다. 박물관에 들어서자 그리스의 조각상, 라오콘 근처에 사람들이 모여 있었다. 제사장 라오콘은 신전에서 아내와 사랑했던 일로 아폴론의 분노를 샀다. 신으로부터 저주를 받아 두 아들이 죽게 되자 초인적인 힘을 발휘해 아들들을 구하려 한다. 소멸될 육체에 혼신의 힘을 불어넣어 불멸의 작품으로 바꿔 놓은 조각상 앞에서 진아는 고대의 한 예술가를 향한 경외의 감정이 격하게 솟구쳐 올라 눈을 감는다. 고통의 순간을 형상화시켜 완전무결한 작품으로 빚어 놓은 무명의 예술가를 머릿속에 그려보며 황홀함 속으로 빠져든다. 완벽하게 조화를 이룬 육체가 잘 조율된 악기처럼 최상의 선율로 바뀌어 박물관의 공간 속으로 울려 퍼지는 듯하다. 진아는 그 조각상 앞에서 형체가 소리로 변하는 진기한 경험을 하게 된다.

관광지를 구경하다가 체력의 한계를 느껴서 진아가 힘들어한 적이 있었다. 그때 미희가 건넨 약과 위로의 말이 없었다면 관광을 접었을지도 모른다. 며칠 전 일을 떠올리고 있을 때 방문을 노크하는 소리가 들렸다. 문을 여니 상기된 표정을 한 김 씨가 소리쳤다. 세상에 이런 일이! 잃어버린 여권을 누군가 주웠나 봐. 어서 경찰서에 가 봐야지. 믿을 수 없다는 표정을 짓던 진아가 갑자기 소리를 질렀다. 두 팔을 벌리며 환호하던 진아의 눈에 눈물이 내비쳤다.

"여권을 찾아준 사람에게 무엇으로 감사 표시를 해야 되죠? 고맙다는 말 한마디로는 부족하지 않을까?"

조금 전의 의기소침했던 모습은 간데없고 명랑함을 되찾은 그녀가 고조되는 흥분으로 두 뺨이 발그레해졌다.

김 씨의 차에 올라 경찰서로 가는 동안 혼잡한 도로 위에 한참 멈춰 있어야 했지만, 진아의 마음은 무지갯빛으로 변했다. 방금 전 우중충했던 현실의 풍경이 한순간 밝아진 기분이 들었다. 여권을 되찾게 됐다는 기쁨으로 콧노래를 흥흥대는 진아를 보자 김 씨가 로마의 부정적인 현실을 적나라하게 되짚어 주었다.

"자동차 도난 사고는 말할 것도 없고 교통 혼잡도는 아마 세계 최고일 거야. 진아에게 말하지 않았지만 폭력 조직들 간에 분실 여권이 높은 값에 거래된다는 말을 들었거든."

경찰서에 도착하니 담당자를 알려 주었다. 담당 경찰 앞쪽 의자에 앉아 있는 잘생긴 남자가 그들의 눈에 들어왔다. 그 남자는 제복의 남자들 속에서 빛이 나는 듯 느껴졌다. 동서양을 막론하고 잘생긴 사람은 빛나는 외모로 인해 눈길을 끄는 법 아닌가. 확인 작업이 끝나고 여권을 돌려받은 진아의 손이 바르르 떨렸다. 김 씨가 멋진 외모의 남자를 가리키며 그가 여권을 주워 온 사람이라고 설명해 주었다. 진아는 더듬거리는 이탈리아어로 감사를 전했다. 그라치에, 그라치에. 악수를 청하며 이렇게 시간을 내줘서 고맙다고 말했다. 김 씨가 두 사람의 말을 통역했다. 감사의 표시로 차를 대접하겠다고 하자 김 씨가 남자에게 그 말을 전달했다. 남자는 환하게 웃으며 그녀의 호의를 받아들였다. 남자가 웃을 때 드러난 고르고 하얀 치아를 보며 진아는 감탄을 아끼지 않았다. 어쩜! 웃는 모습도 멋지구나.

가까운 카페에서 커피를 마시는 동안 잘생긴 이탈리아 남자가 계속 '우노'란 말을 반복했다. 김 씨에게 뭐라고 하는 거냐고 묻자 그 남자가 커피 한 잔으로는 부족하다고, 한 시간만 자기와 데이트를 할 수 있느냐고 계속 간청하는 것임을 알려주었다. 김 씨와 그 남자는 한참 대화를 했고, 진아는 둘 사이에 어떤 이야기가 오가는지 두 귀를 기울였다. 진아가 궁금히 여기자 그동안 주고받은 대화 내용을 김 씨가 말해 주었다.
"진아의 여권이 길에 떨어졌나 봐. 마침 그곳을 걷던 이분이 그걸 보게 됐대. 무심코 주운 것이 여권이라서 놀랐대. 여권을 들춰 먼 곳에서 온 한국 여자의 사진을 보며 그녀가 당황할 모습을 떠올리자 모른 척할 수 없었다고 하네."
진아가 여권을 발견하고 왜 곧장 경찰서로 가지 않았냐고 묻자 그 남자가 대답해 주었다. 급하게 처리할 용무가 있었다고. 낯선 곳에서 처음 본 남자와 단둘이 다니는 것이 꺼림칙하고 마음이 놓이지 않았기에 진아가 절충안을 내놓았다. 김 씨가 동행해 준다면 한 시간 정도 시간을 낼 수 있겠다고. 김 씨가 남자에게 의견을 전달하자 남자가 만족스럽다는 듯 환하게 웃었다.

진아가 두 남자 사이에 낀 채 걷기 시작했다. 진아는 샌드위치 데이트를 하는 동안 자신이 남을 위해 시간을 쓰거나 손해를 감수한 적이 없다는 생각이 들었다. 만일 자신이 길에서 여권을 발견했다면 이 남자처럼 수고를 무릅쓰고 경찰서로 갔을 것인가, 하고 반문해 보았다. 그동안 모르는 사람을 위해 시간과 마음을 쓰는 것이 불필요하다고 여기며 살아왔다. 그런데 처음 만난 남자로부터 전혀 예상치 못한 환대를 받게 되다니! 이탈리아어를 구사할 수 있다면 그에게 할 말이 많았을 테지만 언어의 굳건한 장벽 앞에 하고픈 말을 삼켜야 했다. 함께 걷는 동안 불안했던 마음이 사라지고 그녀 옆에 있는 미남자를 향한 거북한 느낌이 차츰 엷어졌다. 그 남자가 자신의 이름을 말했는데 그 이름은 발음하기가 조금 어려웠다. 그라놀라! 진아는 남자의 이름을 조용히 되뇌어 보았다. 진아가 자기 이름을 말하자 남자가 반갑다는 표정을 지으며 '지나! 진!'이라고 말했다. 진아가 영문을 몰라 왜 그러냐고 김 씨에게 물었다.

"이탈리아 여자 이름에 '진'이란 이름이 있거든. 그래서 반가워하는 거야."

그라놀라는 '떼소로 미오, 지나!'라는 말을 여러 번 되풀이했다. 남자는 단골인 듯 여겨지는 한 가게로 들어가 로마노 치즈를 샀다. 헤어질 무렵, 그라놀라가 포장된 치즈를 진아에게 내밀며 하얀 이를 드러냈다. 놀라워하는 진아에게 그가 선물이라는 말을 덧붙였다.

"씨 뿌오 비지따레?"

그라놀라가 묻자 김 씨가 통역했다.

"우리 민박집 주소를 알려달라고 해서 말해 줬어. 진아 씨와 한 번 더 만나고 싶다고 하네."

그라뇰라와 헤어져 숙소로 돌아오는 차 안에서 '떼소로 미오'가 무슨 뜻인지 김 씨에게 묻자, '내 사랑'이란 대답이 돌아왔다. 이탈리아 남자들은 마음에 든 여자에게 그 정도 사랑 표현은 아무렇지 않게 한다고 설명해 주었다. 김 씨가 민박집 식구들에게 이제까지 일어난 일들을 장황스레 떠드는 동안 진아는 자기 방으로 들어와 내일 귀국할 미희와 이제껏 못다 한 이야기를 나누었다. 그라뇰라와 의사소통이 힘들다고 털어놓자 스마트폰에 번역 앱을 까는 방법을 알려주었다. 탁자 위에 올려놓은 치즈 봉투가 눈에 들어와 무심코 포장을 뜯자 치즈 덩어리와 엽서가 들어 있었다. 이탈리아어로 쓰인 엽서를 보며 진아의 가슴이 요동치기 시작했다. 그때 미희가 활짝 웃으며 말했다. 진아야, 잃었던 여권을 다시 찾고, 거기다 멋진 남자까지 만나다니! 이탈리아 여행이 네게 오래 기억될 거 같구나. 친구 미희의 말에 진아가 그라뇰라를 떠올리며 살며시 미소 지었다. 낯선 만남은 불안하고 놀라움을 주지만 처음 본 이국의 남자가 그다지 싫지 않았고 짧은 만남이 강렬하게 느껴지는 게 스스로도 신기했다. 진아는 여주인 카롤리나에게 여권을 찾았으니 한턱내겠다며 선물받은 치즈를 건넸다.

진아가 김 씨에게 다가가 엽서를 내밀며 귓속말을 건넸다. 주방 옆 소파로 가 이탈리아 말을 읽은 후 그걸 한국말로 번역했다.

'떼소로 미오, 지나(내 사랑, 진아).
쏘노 그라또 알라 데아 델라 포르뚜나, 뻬르께 미 아 다토 운 죠이엘로 꼬메 떼(당신을 내게 주신 행운의 여신께 감사를 드리오).
볼리오 우쉬레 꼰 떼(당신과 데이트하고 싶소)!'

엽서의 내용을 알고 난 후 진아의 얼굴이 발그레해졌다. 전후 사정을 살피지 않고 무조건 목표를 향해 돌진하는 남자. 그 이름조차 발음하기 힘든 이탈리아 남자의 자신감은 어디에서 기인하는 것일까. 그녀 앞에 나타난 미남자, 그라뇰라를 생각하는 동안 진아는 자신이 햇살 가득한 벌판에 서 있는 기분이 들었다. 어두운 터널을 빠져나온 순간 눈앞에 펼쳐지는 망망한 풍경을 보는 듯한 안온한 느낌 속으로 빠져들었다. 진아는 아득한 기분에 잠겨 있다가 퍼뜩 현실로 돌아왔다. 회사로 복귀하려면 늦어도 일요일 오전에 출발하는 항공기를 타야 했다. 항공권을 문의하니 마침 빈 좌석이 남아 있어 표를 예약할 수 있었다.

그날 밤, 그라뇰라와 텔레파시가 통한 듯 진아의 꿈속에 그가 나타났다. 옛 유적지의 기둥과 지붕이 보인다. 망각 속에 잠겼던 수천 년의 시간을 뚫고 한 귀인이 그녀 앞에 서 있다. 갑옷 속에 감춰져 있던 붉은 칠로 표시된 심장이 선명하게 드러난다. 그 표식만으로 그가 하드리아누스임을 알아본다. 그가 진아에게 말문을 연다.
"늙은 왕이 여기 팔라티움 언덕에 도시를 세웠지. 나 또한 이곳을 불멸의 장소로 만드는 데 기여했어. 언젠가 군대도 사라지고 명예로운 호칭과 권력마저 무의미해질 거야. 가장 중요한 것, 죽을 때까지 추구해야 하는 것이 무얼까. 그것은 후마니타스(인성), 펠리시타스(행복), 리베르타스(자유)야! 너를 사로잡는 얼굴, 그 얼굴이 너를 행복으로 이끌어 줄 거야. 내가 그랬듯이."
황제의 눈길이 닿는 곳에 한 남자가 서 있다. 안개의 휘장을 뚫고 서서히 남자의 모습이 가까워진다. 쌍꺼풀진 선한 눈매와 끝이 뭉툭한 매부리코의 남자를 보자 진아가 짧게 탄식한다. 그라뇰라! 당신이구나.

다음 날 새벽, 진아는 몇 차례 뒤척이다가 다시 깊은 잠 속으로 빠졌다. 오래 누워 있던 탓에 허리가 저려 끙, 소리를 내며 상체를 일으켰다. 여권 때문에 불안했던 마음이 사라져 오랜만에 숙면을 한 듯싶다. 잠든 진아가 깨지 않게 조용히 귀국한 미희에게 고마움과 미안함을 느끼며 샤워를 마쳤다. 식당으로 가니 신문지에 머리를 박고 있는 김 씨가 보였다. 친구가 나가는 것도 모르고 죽은 듯 잤어요. 근심거리가 사라진 덕분인지 식사를 거른 위가 요동을 치기 시작했다. 우유를 마신 그녀가 빈둥거리고 있는데 민박집 유선전화가 울렸다. 전화를 받는 김 씨의 눈길이 진아를 향해 끊임없이 움직였다. 진아는 예민한 촉이 발동해 전화 상대가 그라뇰라임을 짐작할 수 있었다. 통화를 끝낸 김 씨가 기분이 좋은지 한동안 싱글벙글거리더니 웃음을 터뜨리며 말했다.

"그라뇰라야. 그 남자 당신에게 훅 갔구먼. 오늘 이곳으로 올 거야. 진아에게 점심을 대접하겠다네. 자기 차로 함께 관광지를 다니며 가이드를 해주겠다고 했어."

진아는 진실해 보이는 그라뇰라를 의심하는 것은 아니지만 걱정이 밀려와 불안한 표정을 지었다. 그런 진아에게 김 씨가 자신의 생각을 드러내며 조언을 건넸다.

"이탈리아 남자들은 연애의 달인이야. 일단 모험에 뛰어드는 거야. 사방을 막아 놓고 아무 행동도 하지 않을 거면 로마에 왜 왔어? 방어적인 태도가 언제나 최선은 아니거든. 그라놀라에게 신분을 증명할 물건을 내놓으라고 해. 사진이나 명함이나, 아니면 집 주소나 전화번호를 알려달라고, 그걸 나한테 맡겨."

진아는 여행 가방 속에서 접혀 있던 원피스를 꺼냈다. 옅은 보랏빛 원피스는 여행 내내 가방에 고이 보관돼 있던 티가 났다. 다림질을 급히 해서 접힌 자국을 없애고 입었다. 선크림과 립글로스로 대충하던 평소의 화장과 달리 더욱 꼼꼼하게 정성껏 화장을 마쳤다. 땀내가 물씬 풍기는 모자 대신 딱 하나 가져온 화려한 헤어핀을 머리 한쪽에 꽂았다. 민박집에 나타난 그라놀라는 여자의 로망을 알고 있는 듯 보였다. 앙증맞은 꽃송이를 본 순간 진아의 모든 의구심이 사라졌기 때문이다. 현관 앞에 서 있던 남자가 정중한 태도로 한 팔을 내밀며 상체를 숙여 미소를 지었다. '떼소로 미오, 지나!' 그 앞에 선 진아는 자신이 여왕이 된 듯 마음이 부풀어 올랐다. 정신을 차린 진아가 모바일의 번역 앱을 작동시켰다.

"잠시 기다려요. 당신을 믿게 해 줘요. 당신의 신분을 증명해 줄 수 있나요?"

그라놀라는 잠시 생각하다가 품 안에서 사진 한 장을 꺼냈다. 진아 앞으로 내민 사진 속에 우아한 포즈를 한 중년 여인이 그와 함께 있었다. 그가 '엄마'라고 말하는 순간 진아가 놀란 표정으로 그를 쳐다보았다. '코레아노?' 그녀가 묻자 그라놀라가 고개를 끄덕였다. 그의 엄마가 한국인이라니? 진아는 감격으로 말문을 잇지 못했다. 그의 엄마에 관해 묻고 싶었지만 말없이 그의 차에 올랐다. 그의 모습이 익숙하고 낯설지 않아 이상하게 여겼는데, 그의 반쪽이 한국인임을 알게 되자 그동안의 의문이 풀렸다. 그라뇰라는 기분이 좋은지 쾌활한 어투로 단어를 더듬거렸다.

"우리 엄마! 좋아요. 지나…좋아요."

그라뇰라가 안내한 레스토랑에서 코스 요리를 먹었다. 마늘빵과 파스타를 먹는 동안 그의 엄마에 대해 궁금한 것들을 묻고 싶었다. 하지만 음식을 먹으며 번역 앱을 이용하는 것이 번거롭게 느껴져 나중에 묻기로 마음먹었다. 파스타를 먹은 후 잠시 식당 안을 바라보는데, 직원이 다가와 고기와 생선 중 어느 것을 주문하겠냐고 물었다. 그녀가 대답했다. 아이 프리퍼 피쉬 투 미트(소고기보다 생선을 더 좋아해요). 그가 손을 올리며 말했다. 미 투. 식사를 마칠 무렵 그가 물었다. 어느 곳을 보고 싶으냐고. 지하 공동묘지 '카타콤'을 보고 싶다고 하자 그가 손을 내저었다. 카타콤베, 낫 카타콤(카타콤베라고 해야죠. 카타콤이라고 하지 말아요). 그라뇰라는 카타콤베로 가는 동안 계속 노래를 흥얼거렸다. 그가 많은 말을 했으나 나폴리에서 태어났다는 것과 공장을 운영하고 있다는 사실을 겨우 알아들을 수 있었다. 진아가 무엇을 만드냐고 묻자 파스타를 만든다고 대답했다.

아피아 가도를 따라 이어진 지하묘지를 살피는 동안 이 도로가 로마제국과 제국의 동쪽 변방을 연결하는 길임을 알 수 있었다. 초기 기독교도들이 수차례 박해를 당하며 많은 이들이 죽어 갔고, 그들의 유해가 이곳에 안치된 것을 알게 되었다. 가장 규모가 큰 '살 칼리스토 카타콤베'를 둘러보며 거기 묻힌 이들 중 어린이들이 다수 포함돼 있는 것과 그 아이들은 살아생

전 묘지 밖으로 한 번도 나가 보지 못했다는 사실을 전해 들었다. 죽어 간 아이들이 꿈속에서나 그려 보았을 하늘을 생각하며 그녀의 마음이 먹먹해졌다. 묘지 밖으로 나와 그라뇰라와 함께 아피아 가도를 따라가는 동안 언젠가 읽었던 노예군의 이야기가 문득 떠올랐다. 반란을 일으켰다가 사로잡힌 노예들. 수많은 노예들이 이곳 가도에서 산 채로 십자가에 못 박힌 옛일이 진아의 감정을 건드렸다. 몇 날 동안 발과 손에 못을 박느라 쿵쿵 울렸을 망치 소리. 처참한 형벌을 당한 후 십자가 위에 못 박혀 최후의 순간까지 울부짖었을 그들의 신음이 환청처럼 들려왔다.

진아가 말없이 생각에 잠겨 있자 그라뇰라가 물었다. 컨디션이 좋지 않느냐고. 진아는 그제야 밝은 표정을 지으며 말했다.
"아임 오케이!"
그제야 그라뇰라의 얼굴이 밝아졌다. 그는 모바일 폰을 꺼내 번역 앱을 눌렀다.
"처음 당신을 보고 몸을 움직일 수 없었어. 진아, 당신이 내 눈을 사로잡았어. 한 번 본 여자를 사랑하게 됐어."
진아가 도중에 되물었다. 나를 처음 본 곳이 어딘가요? 그가 대답했다. 시스티나 성당이라고. 그라뇰라의 말이 이어졌다.
"당신을 보고 싶었어. 계속 당신 뒤를 따라다녔어. 두 남자가 당신들을 뒤쫓더니 한순간 여권을 낚아챘어. 그 녀석들을 뒤쫓아 갔어. 어르고 달래다가 결국 주먹질을 하게 됐어. 당신의 여권을 건네받은 거야."
그라뇰라는 어깨를 으쓱거리며 환하게 웃었다. 진아는 어느 순간 자신의 운명 속으로 들어온 그라뇰라에게 무한한 고마움과 만족감을 느끼며 그를 향해 엄지를 치켜 올렸다.

"유 아 퍼펙트(당신은 완벽하고 매력적이야)."

진아는 그의 엄마 사진을 한 번 더 보고 싶다고 말했다. 그가 사진을 건네자 진아가 사진 뒷면을 뒤집어 보게 되었다. 그곳에 한국어로 써진 글이 있었다. '엄마가 매일 기도할 게. 내 아들이 운명의 여자를 만나 사랑에 빠지기를.' 그녀의 눈길이 사진을 떠나지 못한 채 한참을 머무르고 있을 때 그라뇰라가 물었다.

"위 해브 어 굿 타임(즐거운 시간을 보냈어요). 윌 위 밑 어게인(다시 만날 수 있을까요)?"

진아는 그에게 말해야 할까 망설이다가 대답했다.

"아이 해브 투 체크인 앳 디 에어포트 투모로 모닝(내일 아침 공항에서 체크인해야 돼요)."

민박집에 도착하기 전 근처에 차를 세운 후 그라뇰라가 진지한 표정으로 되물었다.

"이즈 잇 오케이 투 콜 유(당신에게 전화해도 괜찮나요)? 렛 미 노우 유어 폰 넘버(당신 전화번호를 알고 싶어요)."

진아는 한참 동안 망설이다가 메모지에 자신의 모바일 폰 번호를 적어주었다. 그라뇰라는 두 손을 쳐들며 기쁨을 표시한 후 그녀의 손등에 가볍게 키스를 했다. 진아는 작별 인사를 한 뒤 총총걸음으로 민박집으로 돌아왔다.

진아는 민박집 이 층의 방으로 돌아와 움직임을 멈춘 채 그라놀라를 생각한다. 그 남자만큼 자신을 원하는 남자가 있었는가. 노련한 연애 경험자가 아닐지라도 그와 있는 동안 그가 자신을 진심으로 좋아한다는 걸 느낄 수 있었다. 생각에 잠겨 있던 그가 내뱉은 말—진아를 위해 최선을 다하는 남자가 되겠다—이 그녀의 마음을 건드린다. 열정적으로 자신을 응시하던 그의 강렬한 눈빛이 떠오른다. 그와 이방인 진아가 자유롭게 나누지 못한 말, 침묵 속에 흘려버린 말이 무엇일까, 진아는 그 생각에 빠진 채 가만히 앉아 있었다. 내일 공항에 언제 나오냐고 묻던 그라놀라. 그저 단 하루 반나절 만났을 뿐인데 그가 의미 있는 사람이 될 리 없다고 생각하여 그 시간을 알리지 않았다. 그의 관심과 호의는 어쩌다 이방의 여인에게 품게 된 일시적인 감정에 불과할 것이다. 시간이 지나면 그의 호감 어린 감정은 눈 녹듯 사라질 것이다. 그녀는 조용히 혼잣말을 했다. 나는 그처럼 멍청하지 않아. 낯선 남자와 시간을 보내고 그때 느낀 즐거움을 사랑으로 착각할 만치 어리석지 않다고 생각했다. 왠지 잠자리에 누웠으나 잠들 수 없었다. 그와 함께 있고 싶다는 열망이 연기가 피어오르듯 점점 강해졌다. 하지만 그라놀라와 함께하고 싶은 욕망과 동시에 그로부터 멀리 가야 한다는 마음이 일렁거린다. 그의 전화번호를 받아 둘걸……. 머릿속을 헤집는 온갖 상념들에 빠져 허우적대느라 그녀의 몸에 땀이 배어났다.

다음 날 아침, 진아는 김 씨 부부에게 감사 인사를 건넸다. 마법에 걸린 듯 행복한 시간을 보냈다며 작별을 고했다. 김 씨가 기차역까지 배웅해 주겠다며 따라나섰다. 테르미니역에서 공항으로 출발하는 기차에 오를 때,

흥분과 설렘으로 마음이 부풀어 오르던 일주일 전이 떠올랐다. 수없이 많은 사람들이 태어나고 죽음의 순간을 맞이했을 이방의 도시가 그녀에게 친근하게 느껴졌다. 그녀의 마음 깊이 아로새겨진 라틴 남자, 그라뇰라를 떠올리며 그와 만난 일이 경이롭게 여겨졌다. 공항에 도착한 후 출국 수속을 위해 2층으로 올라갔다. 진아는 예정보다 수속을 빨리 마치게 돼 공항 로비에 앉아 잠시 눈을 감았다. 탑승하기 전 로마에서 보낸 일주일 동안을 음미하고 되새기고 싶었다. 그녀 앞에 누군가 서 있는 듯한 기척을 느껴 황급히 눈을 뜬 순간, 싱글벙글 웃고 있는 그라뇰라가 바로 앞에 보이는 것이 아닌가. 놀라 당황한 표정을 짓자 그가 진아를 포옹했다.

"올 겨우울, 로오마로 와요."

천천히 한국말을 하는 그라뇰라를 보며 그녀가 놀라워했다. 그가 건넨 종이가방이 묵직했다. 그 안에서 온갖 종류의 파스타가 나왔다. 어안이 벙벙해진 진아에게 그가 몇 장의 사진을 펼쳐 보였다. 그의 한국인 엄마와 머리가 희끗한 인자한 모습의 아버지가 함께 있는 사진과 나폴리의 공장을 배경으로 찍은 듯한 그라뇰라의 사진이었다. 자신이 얼마나 대단한지 돈과 권세를 휘두르며 과시하는 뭇 남자들 속에서 행복하게 웃고 있는 자기 부모의 사진과 평범해 보이는 자신의 사진 두 장을 건넨 이 남자는 너무도 자신감으로 충만해 있었다. 하늘을 뚫을 듯한 자신만만함을 느끼며 절로 웃음이 나왔다. 이탈리아가 존재하는 한 그들은 쉬지 않고 파스타를 먹어댈 것이고, 그걸 만드는 공장이 문을 닫을 일은 결코 없을 것이란 생각이 들었다.

"씨 뿌오 비지따레 소울?"

번역 앱을 작동하자 '서울을 방문해도 되나요?'라는 말이 흘러나왔다. 진아는 아니라는 말이 튀어나오려는 걸 초인적 의지를 발휘해 막았다.

출국장으로 들어가라는 방송이 나오자 진아는 그라놀라에게 작별 인사를 건넸다. 환승 통로로 걸음을 옮기던 그녀가 뒤를 돌아보았다. 그가 손을 흔들며 말했다. 떼소로 미오 지나! 황홀감을 느끼게 했던 도시, 로마는 그라놀라로 인해 피상적인 공간에서 생생한 현실의 공간으로 바뀌었다. 진아는 그라놀라를 떠올리며 이루 말할 수 없는 기쁨을 느꼈다. 그에 대한 감동이 탕진될 미래의 어느 순간, 그와 꿈같은 재회가 이뤄질 수도 있지 않을까. 진아는 그라놀라의 이름을 여러 차례 되뇌어 본다. 잔잔한 소리가 흘러가는 물결처럼 그녀의 머릿속을 건드린다. 소리의 파동은 화음을 이루며 흘러가다가 그녀를 깊은 잠 속으로 이끈다.

단편

06

아득한 꿈

 강의를 끝내자 아무 데나 주저앉고 싶을 정도로 맥이 풀렸다. 교수란 직업에 이력이 붙을 만도 한데 여전히 강의하는 일이 힘들었다. 느릿느릿 걸음을 옮겨 교수실에 들어와 소파에 비스듬히 누웠다. 사회 조직이란 그 어느 곳이나 관행과 전통이란 이름으로 불리는 것들이 위력을 떨친다. 관행과 전통은 맞서는 것만으로도 숨이 막히는 일이고, 형체가 없지만 사람을 옥죄는 불가항력적인 힘을 갖고 있다. 지난 연말 회식 자리에서 노교수의 덕담을 경청하지 않고 말허리를 자르던 시간 강사가 떠오른다. 노교수에게 밉보인 그 강사는 이번 학기에 수업을 배정받지 못했다. 전부터 아부를 늘어놓던 그 강사는 회식 때 잠시 분별력을 잃었는지 오버해서 계속 경탄의 말을 토해내는 바람에 분위기를 더 썰렁하게 만들었다. 도를 넘는 아첨에 드디어 노교수의 자제력이 한계를 드러냈다. 고차원의 아부라는 것이 상대가 의식하지 못할 만큼 교묘하고 매끈하게 구사하는 것임을 신출내기 강사는 미처 체득하지 못했던 모양이다.

 오늘은 포스트구조주의를 이끈 철학자 미셸 푸코에 대해 살펴보기로 하지. 푸코는 실천하는 스타일의 철학자야. 참여 지식인의 모델을 몸소 보여 준 GIP운동과 진실 말하기에 대해 중점적으로 다룰 거야. GIP운동은 감옥정보그룹이라고 불리는데 수감자, 그의 가족, 의사와 변호사, 사법관들이 겪은 일들을 기초로 정보를 모으고 그 정보를 전단이나 신문에 실어 사람들에게 알렸어. 이 운동을 통해 푸코는 수감자들을 침묵에서 해방시켰지. 이 운동은 폭동을 일으켜 감옥을 파괴하거나 탈주를 조장하려는 의도는 없었을 테지만 GIP운동은 유감스럽게도 법무부 당국자들에게 반체제 단체로 매도당했지. 이 운동이 나타난 시점에서 짚고 넘어갈 사건이 있다면 교도소의 수감자들을 돌본 정신과 의사의 발언이야. 의사 에디트 로즈는 권력에 속해 있었음에도 대단한 용기로 권력의 치부를 폭로했어. 에디트는 한 남자가 스무 살에 회복할 수 없을 만큼 망가지는 것을 도저히 받아들일 수 없었다고 했지. 또 그녀의 말을 경청하는 모든 사람은 방관자가 되지 말고 이 일에 개입할 것을 촉구한다고 말했어. 1970년대에 투쟁을 시작한 푸코는 활동 범위를 넓혀 소련의 반체제 인사들과 외국의 감옥에 갇힌 수감자들에게 지지를 표시했어. 푸코에 의해 촉발된 저항의 물결은 일반 교도소와 군대 구치소에서 폭동과 연좌시위로 나타나게 돼. 푸코는 고발의 용기가 참여 지식인의 윤리임을 강조했고 몸소 행동으로 보여 주었어.

파르헤지아란 직언이나 개인적 확신을 갖고 진실을 말하기쯤으로 해석할 수 있지. 푸코는 그 누구도 말하지 않는 진실을 세상에 드러내려면 용기가 필요하다고 했지. 푸코는 '진실된 삶은 스캔들을 일으킨다'고 하며 견유주의자 디오게네스의 삶을 예로 들어 설명했어. 디오게네스는 모욕과 구걸을 용인하고 더러움과 추함을 미덕으로 여겼어. 알렉산더 대왕을 풍자한 유명한 일화를 떠올려 보도록. 견유주의자는 그 어떤 것에도 집착하지 않기에 진실을 말할 수 있다고 보았지. 푸코가 생각했듯이 우리가 몸담은 사회에 대해 의문을 던짐으로써 기존 제도나 규칙의 가치를 새롭게 평가하는 일의 중요성을 간과하지 않아야겠지. 집단적인 동조 현상에 휘둘려 살아가는 우리에게 푸코와 같이 질문을 던지고 생각하게 만드는 사람이 절실히 필요하다고 생각해. 다음 시간엔 '감시와 처벌'에 나타난 권력 장치와 기술에 대해 공부하겠어. 푸코의 책 「광기의 역사」를 읽고 소주제별로 발표할 시간을 주겠어. 사전학습이 이뤄지지 않으면 강의를 이해하기 어려울 거야. 성실한 발표자에겐 시험 점수와 무관하게 A학점을 주기로 약속하지.

푸코에 대한 두 번째 강의를 시작했다.

"근대 이전과 이후의 권력 작동방식이 서로 달라. 근대 이전의 방식이 물리적 폭력으로 신체를 억압했다면 근대 이후는 개인을 세심히 돌보고 길들이며 관리하는 방식으로 바뀌었어. 이 시기에 권력의 작동방식이 전보다 더 촘촘해졌지. 그래서 권력과 맞서는 일이 더욱 힘들어졌다고 할 수 있어. 「성의 역사」에 나타난 성 관념을 살펴보겠어. 푸코는 몇 가지 예를 들어 성 관념이 보편적이지 않음을 드러냈어. 성과 권력 사이에 작용하는 복잡한 상호관계에 초점을 맞추었어. 권력은 아래에서부터 작용하고 저항 없이는 권력이 힘을 가질 수 없다고 주장했어. 인간관계를 만드는 기본 원칙이 권력이라고 했지. 그런 주장 때문에 푸코의 입장이 비평을 받고 있어. 권력의 여러 작용에 대해 불평하는 건 무의미하다고. 푸코는 인터뷰에서 이런 말을 했어. '그리스의 윤리는 남성다운 사회와 연결돼 있고, 이 사회에서 여성의 성생활은 아내라는 지위에 의해 결정돼야 한다'고 했지. 푸코는 부적절한 행위로 여겨져 변태 성욕자로 규정되던 동성애가 19세기 이후에는 특정 개인의 정체성을 뜻하는 말로 바뀌었다고 주장했어."

지난 시간에 말한 대로 발표할 기회를 주겠어. 앞사람이 발표한 내용과 중복되지 않아야겠지. 학생들이 서로의 눈치를 살피느라 강의실이 조용해졌다. 도록도록, 눈동자 굴리는 소리만이 들리는 듯했다. 그때 침묵을 깨고 낭랑한 목소리가 울렸다. 교수님 제가 발표해 보겠어요. 얼굴이 흰 여학생이 손을 들었다. 그 학생은 참새가 지저귀듯 생동감 가득한 음성으로 말하기 시작했다.

"우리는 역사의 뒤안길로 사라진 억압당한 이들을 기억해야 한다고 생각합니다. 권력을 가진 지배계급에게 패해 치욕을 당한 이들 말입니다. 그들은 기득권 세력에 의해 부끄러운 이름을 뒤집어쓴 피해자일 것입니다. 누군가 나서서 그들이 자신의 자유로운 생각과 신념을 따르다가 고난받고 정통의 경계 밖으로 내몰린 존재임을 알려야 한다고 생각합니다. 푸코를 공부하며 푸코의 논점과 이론들이 그 기초를 제공했음을 알게 되었습니다. 먼저 광인의 특징에 대해 조사했습니다. 광인은 자신도 알지 못하는 어떤 메시지를 소지하고 사회가 용납한 한계를 뒤죽박죽으로 만듭니다. 광기의 세계는 조만간 그 세계를 파괴할 어떤 힘에 의해 고통을 당합니다. 또 광기는 합리적으로 만들어진 기존 질서의 경계선을 무너뜨리려고 위협하는 행위입니다. 다음으로 감금에 대해 살펴보기로 하겠습니다. 푸코는 소외를 만들어내는 진원지가 감금이라고 했는데 감금된 장소에서 비인간적 취급을 당한다고 했습니다. (…)"

비상한 노력으로 준비한 발표가 진행되는 동안 학생들의 술렁거림이 경탄으로 바뀌었다. 어지럽고 난해한 용어와 개념들이 난무하던 철학 시간이, 따분하고 지겹던 강의가 흥미진진한 것으로 느껴졌다면 나 혼자만의 착각일까. 진지한 표정을 담아서 자신 있게 발표한 한 여학생으로 인해 수업이 활기차게 바뀌었다. 뒤를 이어 광인의 본성과 감금의 대상이 된 이들에 관한 발표가 이어졌다. 또 다른 학생이 17세기 중엽의 '대감호' 사건과 그 이후에 만들어진 정신병원에 대해 설명했다. 그날의 수업은 학생들이 단지 학점을 얻기 위해서가 아니라 순수한 열의와 탐구심으로 충만했었다. 스위치를 켜자 나타난 물체처럼 지성의 빛을 받아 반짝거리던 여학생의 모습이 나의 뇌리 깊이 각인되었다.

캠퍼스 바깥의 사람들은 교수들 간에 학문적이고 고상한 토론이나 대화가 이루어질 것이라고 생각할 테지만 실상은 그렇지 않았다. 최고 엘리트라고 여기는 교수들의 자부심은 하늘을 찌를 만큼 대단했지만……. 학문의 세계란 몰입할수록 주눅이 드는 까닭에 그에 대한 반작용으로 우쭐해지는 것일지 모른다. 동료들끼리 나누는 대화 역시 형식적이고 의례적인 질문과 예상 가능한 답변들이 대부분을 차지했다. 교수들 사이에서는 서로 논쟁을 벌이는 것을 금기시했고 간혹 체제 도전적 발언을 해대는 신참들의 기상을 부러워했다. 그랬던 신참들도 시간이 흐르면 교수 사회의 무기력 속으로 빠져들었다. 학문의 상아탑으로 쌓은 듯 보이는 교수들의 내면도 꽉 찬 듯 보이긴 했으나 실제로 대면하면 속이 텅 빈 것처럼 허황되기 그지없었다. 학문한다며 학문 못 하는 사람들이 들끓는 곳이 바로 대학 사회라고 한다면 너무 냉소적인가. 나는 교수들과 최소한의 체면치레는 하며 가급적 상대방과 적당히 거리를 두고 지냈다. 경조사가 생기면 형식적으로 잠깐 얼굴을 보일 뿐이었고 업무 이외의 시간에도 서로 교제하거나 하지 않았다. 속내를 감춘 채 교수 사회의 관행을 방패 삼아 어영부영 지냈다. 어쩌다 술에 취해 동료들의 허위와 가면을 벗기고 싶은 욕구가 솟아오르면 의도적으로 깍듯이 존댓말을 했다. 위선을 반복하다 보니 허위의 굳은살이 두꺼워져서 자신의 진실한 모습을 알지 못한 채 살았다.

솟구치는 젊음을 혁명의 구호로 외치던 새내기 시절, 나는 두려움을 알지 못했다. 84학번인 나는 캠퍼스의 낭만을 외면한 채 의식화 교육에 빠져들었다. 사상의 바리케이드가 이기적 가치관과 자기 영달을 꾀하는 수구 꼴통 기득권의 세력으로부터 보호해 주리라 믿었다. 나는 민중이 주인이 되는 유토피아를 건설하려는 이상 속에서 시대의 고통을 감당하기로 마음먹었다. 기성 권력을 타도하고 혁명을 쟁취하려는 열망으로 불타던 수뇌부를 보며 뒤처지는 자신이 부끄러웠지만 방학을 반납한 채 철거민촌을 찾아 봉사활동을 하며 구슬땀을 흘렸다. 춘투가 벌어진 어느 날 데모하다 끌려가게 되었다. 조서를 받기 전부터 고통으로 울부짖는 사람들의 소리로 인해 극도의 공포감에 사로잡혔다. 요원들의 험악한 분위기에 반쯤 정신이 나간 나는 데모를 주동한 수뇌부의 이름을 줄줄이 토해냈다. 그 후로 운동권 모두가 똘똘 뭉쳐 나를 적대시했고 투명인간마냥 본체만체했다. 나는 계속되는 왕따를 견디지 못해 결국 휴학계를 내고 군에 입대하게 되었다.

건너편 교수실 밖으로 호탕한 웃음소리가 들려왔다. 그 소리에 옛 기억으로부터 빠져나올 수 있었다. 대학에 적을 둔 지 이십여 년이 흘렀건만 동료들은 나의 불행한 결혼 생활을 눈치채지 못했다. 문과대 학장을 지낸 우 교수로부터 나를 사위로 삼고 싶다는 말을 들었을 때 농담인 줄 알고 웃었던 일이 떠오른다. 어찌어찌하다 마지못해 우 교수의 딸과 결혼식을 올리게 된 후 나는 비빌 언덕 하나 없는 여러 교수들로부터 부러움과 질시를 받으며 승승장구했다. 전임강사들 중에서 최고 평가를 받아 교수가 되었음은 두말할 필요도 없다. 그 과정에 막강한 장인의 비호와 영향력이 개입되었음은 당연한 일 아닌가. 선배들이 엄정한 심사를 하는 동안 누가 신임교수로 선택될지 궁금해 피가 마를 즈음 장인으로부터 전화가 왔다. 확실한 출처를 통해 알게 된 것인데 이제 축하받을 일만 남았다고 했다. 그 순간 온 세상을 얻은 듯 기뻤고 온갖 역경을 헤치고 승리자가 된 기쁨을 만끽했다. 교수란 직함이 지식 노동자로 보낸 수많은 시간을 영광스럽게 만들어 주었다. 시골에 계신 홀어머니께 가장 먼저 기쁜 소식을 알렸던 것 같다. 어머니는 시장통에서 비린내를 풍기며 생선을 팔았다. 이쯤 되면 나를 못마땅해하는 동료 교수들이 어떤 쑥덕공론을 나눴을지 짐작할 수 있을 것이다. 원래 놀던 물이 달랐다며 날 경원시하던 사람들이었다. 그들은 자신과 어울리지 않는다고 판단한 순간 안면을 바꾸는 카멜레온 같은 인간들이다. 변신의 대가 카멜레온을 연구한 어느 학자의 말이 생각난다. 카멜레온은 동족끼리 의사소통을 하기 위해 변신한다던가. 사람들의 외식과 위선도 같은 맥락에서 이해해야 할까. 나를 비웃던 이들이 언젠가 알게 될 것이다. 그들도 나처럼 자신의 실수에서 배우게 될 테니.

    황홀했던 신혼 시절이 아련한 그리움으로 떠오른다. 시간 강사로 지내는 동안은 늘 시간에 쫓겼다. 이 대학에서 저 대학으로 옮겨 다녀야 했다. 빼곡한 스케줄 속에서 자투리 시간은 쪽잠을 자기 위해 남겨 놓아야 했다. 아내를 빨리 안고 싶어 몸이 달아오르던 귀갓길의 행복했던 순간이 생생한 기억 속에 남아 있다. 첫아이를 임신하고 좋아하던 아내. 보름달처럼 환하게 웃던 아내는 원치 않는 사고로 아이를 유산한 후 달라졌다. 서서히 아내의 의무를 팽개치고 잡다한 가사 일들을 제쳐놓더니 어느 날 모든 움직임을 멈췄다. 나는 절망에 휩싸여 무기력해진 아내를 처음에는 이해했지만, 시간이 점점 지날수록 아내를 향한 원망과 불평이 커져 갔다. 종일 손 하나 까딱 않는 아내로 인해 집 안은 잡동사니가 쌓였고 먼지 덩어리들이 굴러다녔다. 집 안에 죽음 같은 적막감이 깔려 있었다. 의료 폐기물이 돼 사라진 아이의 원혼이 아내를 옥죄는지 아내는 매일 울다 중얼거리다 흐느껴 울기를 반복했다. 아내를 병원으로 데려가 의사에게 보였다. 의사는 나의 무식과 무심함을 비난했다. 나는 산후우울증이란 병이 있는 줄도 몰랐다. 아내의 소식을 듣고 달려온 장모를 본 순간 냉기가 내 등을 타고 흘러내렸다. 까무러치기 직전의 장모 앞에서 나는 할 말을 잃었다. 무심했던 사위에게 분노를 쏟아내던 장모와 사색이 된 얼굴로 서 있던 장인의 모습. 우리에게 도움을 청하게나. 무얼 알아야 도움을 줄 게 아닌가. 장인의 말을 듣는 순간 죽음과 대면한 듯한 기분이 들었다. 아내는 세로토닌을 늘려 준다는 약을 처방받아 먹으며 가족들의 쏟아지는 관심 속에서 병원 생활을 했다. 퇴근해 병실에 들어가니 깊이 잠든 아내가 보였다. 아내는 거의 한 달여 만에 숙면을 취한 듯싶었다. 달포가 지났을 때 집으로 가고 싶다며 수줍게 미소 짓는 아내를 보며 예전의 아내로 돌아온 것을 실감케 되었다. 아내는 왕비 대접을 받던 병원 생활을 접고 퇴원했다. 나는 전임 생활을 마감하고 부교수가 되었다.

지난 발표 시간에 두각을 나타낸 학생은 국문학과 학생인데 부전공으로 철학을 수강하는 것임을 알게 되었다. 자크 데리다를 강의할 때였을 게다. 데리다는 '유령의 존재론'이란 독특한 방식으로 이 세계를 설명했다. 그는 모든 것은 과거에 존재했다가 사라진 어느 존재의 흔적에 불과하다고 말했다. 강의 중 문학적 글쓰기와 문학과 민주주의와의 연관성을 다루었다. 광기에 사로잡힌 언어에 대해 설명하며 데리다가 언급한 한나 아렌트를 예로 들어 강의를 진행했다. 한 기자가 '나치주의에도 불구하고 독일어에 충실한 이유가 무엇이냐?'고 묻자 아렌트가 대답했다. 어쨌든 미쳐버린 것이 독일어는 아니라고. 데리다는 광기의 가능성에 열려 있는 모국어에 대한 지적을 빠뜨리지 않았다. 유대인 학살을 자행한 나치로 인해 독일어가 한 민족의 학살을 정당화하는 데 사용되었음을 분명히 밝혔다. 강의 중 질문을 받을 때였다. 지엽적인 질문들이 쏟아지는데, 지난번 그 여학생으로부터 질문을 받는 순간 잠시 머릿속이 하얗게 되는 듯했다.

"제가 인상적으로 느낀 부분을 메모해 봤는데요. 데리다는 자신이 말하고 싶지 않거나 말할 수 없는 것, 금지된 말, 침묵 아래 흘려버린 말을 해석해 내는 게 중요하다고 했더군요. 말을 글이란 단어로 고쳐 읽어 보니 걸작의 속성을 가리키는 말로 이해되더군요. 데리다의 말처럼 걸작은 독서 불가능성으로 인해 매혹적인 것이 된다면 과연 독서 불가능성이란 무엇을 뜻하는지 궁금해지네요. 설명해 주세요."

질문을 받는 순간 학생들에게 잊히지 않을 명강의를 하고픈 욕구가 꿈틀거렸다. 군더더기 없는 깔끔하고 세련된 언어로 질문자가 만족할 만한 답변을 제시해야 했다.

"아주 좋은 질문이야. 데리다는 읽어 달라고 요청하는 동시에 읽히지 않으려고 저항하는 걸작에 대해 설명했어. 독서 불가능성이란 문학이 환영과 허구의 세계를 다루기에 갖게 되는 속성이야. 내 생각엔 보르헤스의 단편 「모래의 책」이 이 요소를 모두 갖고 있는 작품인 것 같은데 내용을 소개해 볼게. 지독한 악취를 풍기는 한 인도 남자로부터 진귀한 책을 구입한 어떤 사람의 이야기야. 모래처럼 시작도 끝도 없는 내용이라서 이런 이름을 갖게 된 책이지. 책을 소유한 남자가 진귀한 책을 도둑맞을지 모른다는 생각으로 공포에 시달리지. 그 책은 펼칠 때마다 새로운 페이지가 나타나는데 시작이 없는 책이기 때문이지. 무한한 책을 아무도 모르는 곳에 숨기려고 결심한 남자가 어느 도서관에 들어가 수많은 책더미 속에 모래의 책을 묻어버려. 데리다는 새뮤얼 콜리지의 시 '쿠블라 칸'을 예로 들어 독서 불가능성을 설명했어. 콜리지와 교제한 사람들이 언급했듯이 콜리지는 쾌락을 얻으려고 아편을 복용했지. 유명한 시의 한 구절인 '감로를 먹었고'와 '낙원의 우유를 마셨으니'란 부분이 아편을 뜻하는 말이라고 주장하기도 해. '얼음의 동굴이 있는 양지바른 환락궁'이란 구절이 환영의 세계를 묘사하는 것으로 볼 수 있지. 환락궁을 묘사하는 얼음과 '양지바른'이라는 단어가 현실에서 결코 만날 수 없는 허구의 세계를 가리키니까. 데리다의 의미심장한 말을 소개한 다음 수업을 끝마치기로 하지. 데리다는 유용성을 수치로 따지는 현대 사회가 본질적이고 중요한 것을 필요하지 않게 여겨 폐기하는 현상이 나타난다고 했어. 그런 사회를 안타까워했지. 데리다와 맥이 통하는 한 평론가의 말을 소개해 볼게. 몇 해 전 작고한 한국의 문학평론가가 이런 말을 했어. '문학은 써먹을 데가 없기에 유용한 것이다. 모든 유용한 것은 유용성 때문에 인간을 억압하지만, 문학은 써먹을 데가 없기에 인간을 억압하지 않는다. 그 대신 억압에 대해 생각하게 만든다'라고. 문학을 철학이란 말로 바꾸면 우리에게 왜 철학이 필요한지 알게 될 거야."

나의 불행은 예고된 것인지 모른다. 아내는 예전의 불안정한 모습으로 되돌아갔다. 사람들이 미신이나 잘못된 길로 빠지는 이유가 사람의 뇌에 있는 '믿음 엔진' 때문이라 했던가. 그것을 가동해 모든 인과관계를 설명하고 싶어 한다고. 그렇다면 아내의 이상한 행동은 아내의 뇌 속에 있다는 어떤 엔진의 부품이 고장 났기 때문인가. 아들 훈이가 사춘기에 접어들 무렵 아내의 상태는 더 나빠졌다. 아내는 한 가지 일에 꽂혀 오랜 시간을 보냈다. 아침부터 저녁까지 샤워만 하는 날도 있었고 어느 때는 소파에 앉아 고양이를 쓰다듬으며 하루 종일 시간을 보내기도 했다. 그런 아내였기에 아들을 보듬고 애정을 표시하거나 아들이 원하는 것을 채워줄 수 없었다. 자신조차 추스르기 힘든 아내에게 자기 부정과 희생이 요구되는 엄마 역할을 강요할 수 없었다. 아들은 무심한 엄마로부터 벗어나 자유를 만끽했다. 또래 아이들과 어울려 다니다 늦게 귀가한 아들을 가볍게 책망한 순간 아들은 입술을 잘근잘근 씹다 침을 퉤 하고 뱉었다. 아들은 잘못 건드리면 터질 것처럼 위태롭게 보였다. 까마득히 멀어진 아들을 옆으로 끌어오려고 온갖 방법을 다 썼지만 아들의 마음을 얻는 것이 생각만큼 쉽지 않았다. '자식하고 불알은 무거운 줄 모른다'는 속담이 빈말인 듯싶다. 아들 생각만 하면 속에서 천불이 치솟으니 말이다. 문제는 예기치 않은 곳에서 풀렸다. 생각지 못한 어느 때 아들 때문에 생긴 이마의 깊은 주름이 펴지게 되었다. 성실하지만 조금 수다스러운 게 흠인 과대표가 사무실에 들어와 단체미팅을 했다며 웃음꽃을 피웠다. 연두―철학 수업에서 모든 이들의 주목을 받은 여학생의 이름이 연두였다―가 다리를 놓은 덕분에 국문학과 여자애들과 미팅을 했는데 하나같이 미색을 갖춰 과 남자들이 환호했다며 너스레를 떨었다. 교수님 큰일인데요. 연두에게 좋은 알바를 구해 주겠다고 큰소리쳤거든요. 과대표가 멋쩍게 웃으며 뒷머리를 긁적였다. 그동안 속으로 끙끙대던 골칫거리 아들 문제를 드러낸 후 연두를 과외선생으로 쓰겠다고 하자 과대표의 얼굴이 환해졌다. 내 가족의 일을 발설하지 않는다는 조건을 걸고 연두를 아들의 가정교사로 채용했다.

땅속 깊은 곳에 있던 마그마가 거대한 에너지를 이기지 못해 대지의 틈으로 분출되듯 연두 안의 충만한 열정이 그녀로부터 넘쳐흘렀다. 연두로 인해 집 안 가득 생기가 넘치기 시작했다. 아른한 햇살 속에서 보랏빛 재스민 꽃잎이 흐드러지게 피었다. 빛바랜 커튼이 드리워졌던 칙칙한 거실에 꽃향기가 진동했다. 활기찬 생명력이 어둠의 장막을 뚫고 사방으로 퍼지는 느낌을 받았다. 뇌쇄적인 재스민 향기가 공허함을 몰아내는 듯했다. 연두란 이름이 신기한가 보죠? 이름이 특이해서 누가 지어 준 이름이냐고 물으니 연두가 왕방울 눈을 만들며 말했다.

"따스한 봄볕이 내리쬘 때 돋아나는 보드랍고 여린 새싹을 보고 엄마가 지은 이름이래요. 밀림의 푸르름은 어린잎으로부터 시작된 것이잖아요. 치열하게 광합성을 한 나무들이 없다면 숲을 볼 수 없게 되는 거죠."

연두의 실력이 대단함을 인지했지만 그토록 빠르게 속도를 낼 줄 미처 몰랐다. 아들은 연두가 싫지 않은지 대체로 지시에 따르는 듯 보였고 몇 달이 되지 않아 달라지기 시작했다. 공부라는 목표가 생기자 초점 없던 동태눈이 반짝거리는 눈으로 변했다. 연두가 어떻게 아들로부터 숨은 재능을 뽑아냈는지 알 수 없지만. 음정조차 잡지 못하던 아들이 적절한 도움을 받은 후 패배감을 떨치고 어느 순간 능숙한 울림으로 자신의 인생이란 악기를 연주하는 것이 아닌가. 연두에게 놀라움을 표시하고 근사한 저녁 식사를 냈다. 연두는 당돌하고 거침이 없었다. 연두와 대화를 나눈 후 그녀가 설렁설렁 적당히 공부하지 않고 시퍼렇게 날 선 독기로 날밤을 새운 뒤에야 가까스로 대학의 문을 연 것을 알게 되었다. 연두가 말했다.

"우리 사회는 아직도 가부장의 권위가 위력을 떨치는 곳이죠. 여자가 살아나가는 방법이 몇 가지 있긴 하죠. 하나는 철밥통마냥 튼튼한 직장을 가진 남자와 결혼하는 것이고, 다른 하나는 실력을 갖춘 싱글이 되는 것이죠. 그렇게 되려면 남자들이 감히 이의를 달지 못할 만큼 우월한 능력을 가져야 하지만."

 사람들은 평범한 일상에 권태를 느낄 때 놀라운 일을 만나면 전설을 만들어 내고 그 전설을 경외하게 되는 것 같다. 내 경우가 그랬다. 연두와 시간을 보내며 무심히 흘러버린 젊은 날의 낭만과 내밀한 꿈들이 피어올랐다.

 건강이 좋지 않은 아내를 위해 장모가 손수 음식을 만들어 우리를 초대했다. 모처럼 활기를 찾은 아내가 친정에 더 머물러 있고 싶어 했다. 나는 시험을 준비해야 하는 아들 때문에 집으로 돌아왔다. 기말고사를 치를 아들에게 연두의 도움이 간절히 필요했기에 연두를 호출했다. 밤 깊도록 공부에 열중한 아들을 뿌듯한 마음으로 바라보았다. 아들 덕분에 구석에 밀쳐둔 전공 서적을 펼쳐 읽었다. 인간에겐 자신도 어쩌지 못하는 심연이 있음을 느낀다. 거스를 수 없는 운명에 이끌리기도 하고 금지된 사랑을 얻으려고 마음을 졸이는 깊은 심연. 마음의 심연에 기록된 것들은 사라지지 않고 있다가 어느 순간 밖으로 표출될 것이다. 아내로 인한 고통과 생활의 권태감은 그림자처럼 나를 따라다녔다. 고통을 누그러뜨리고 권태를 몰아낼 존재가, 나를 위로하고 영혼을 좀먹는 공허로부터 나를 끌어낼 어떤 존재가 필요했다.

 방문을 노크하는 소리가 들려 문을 여니 살포시 미소 짓는 연두의 얼굴이 보였다.

 "훈이에게 일단 잠을 자야 한다고 했어요. 숙면을 취해야 기억 장치가 작동돼 공부한 내용들이 날아가지 않고 기억된다고 했으니까. 어머, 벌써 두 시가 넘었네. 집으로 가기는 너무 힘들고 교수님 집에 있다가 곧장 학교로 가야겠다."

 늦은 밤 아내가 없는 집에 어린 여자와 함께 있다는 사실이 어색했기에 연두가 무얼 물어도 심드렁하게 대했다. 그걸 눈치챈 듯 연두 역시 저 자신에게 말하듯 낮고 작은 목소리로 중얼거렸다. 술이라도 먹었으면 좋겠다. 너무 피곤하고 힘들어. 계속해서 술타령을 해 대는데 버틸 재주가 없어서 내가 다짐하듯 말을 건넸다. 약하게 조금만 먹어야 돼. 연두에게 칵테일을 만들어 내밀었다. 연두는 술이 들어가자 요술에 걸린 듯 헤아릴 수 없을 만큼 깊고 오묘한 생각을 풀어놓기 시작했다.

 "살아오면서 말이에요. 그렇게 많이 살지는 않았지만 꽤 여러 가지 일을 겪은 것 같아요. 뭐가 가장 중요한 경험일까요? 인생에서 중요한 게……."
 "극한으로 이끄는 경험이 가장 중요한 것이라고 하던데."
 "그게 뭐냐니까요?"
 "섹스와 사랑, 신체적 고통을 받는 것이 극한 경험이라고 할 수 있겠지. 프랑스의 탕아, 사드가 한 말이야."
 "그런 경험을 겪게 되면 뭘 얻게 되죠?"
 "사드는 인간의 진정한 모습을 알게 된다고 했을 게야."
 연두는 내 말을 들으며 냉소적인 표정을 지었다.
 "웃기는 말이네. 왠지 모르지만 불쾌해지는데요. 사드란 사람은 여성을 욕구의 대상으로 보고 학대했던 사람 아닌가요? 그런 사람이 인간에 대해 떠들다니 정말 우습네. 사드는 수녀였던 처제마저 농락한 파렴치범이라고요. 사회적 지위를 가진 여자에겐 폭력을 자제했지만 하찮은 창녀들에겐 학대를 일삼았던 비열한 놈이라고요. 지금 눈앞에 있다면 침이라도 뱉을 거예요."

연두가 사드에 대해 상세히 알고 있다는 것이 놀랍기만 했다. 연두는 술기운이 오른 때문인지 어린 여자의 것이라곤 할 수 없는 성숙한 표정을 지었다.

"넌 보통 여자와 다른 것 같아. 연두에겐 특별한 무엇이 있어. 딱 부러지게 표현할 수 없지만 매력이 있어."

"그렇게 말해 주니 기분 최곤데요. 난 일단 마음먹으면 갈등 같은 건 하지 않아요. 속마음을 알려고 이리저리 떠보는 건 질색이니까. 곧장 들이대는 게 내 타입이죠. 미적대거나 망설이지 않고 행동으로 옮기는 게 마음에 드니까요."

"넌 어느 땐 순수해 보이지만 어떨 때 보면 계산이 빠르지."

"모든 여자들에겐 요부 기질이 있다고 하던데요. 왠지 그 말은 기분이 나쁘니 치명적 매력 정도로 바꿔보죠."

연두는 끊임없이 조잘대다가 내리 하품을 했다. 그녀가 주방에 딸린 방으로 들어가는 것을 보고 침실로 들어왔다.

철학 교수란 직업 때문인지 어떤 사상이나 이념의 주의 주장에 관한 기억력은 남보다 뛰어난 반면 사람의 얼굴은 잘 기억하지 못하는 편이다. 얼핏 본 사람을 기억해 낼 수 없어서 낭패를 본 일도 있다. 하지만 연두의 모습은 또렷이 기억한다. 희고 갸름한 얼굴, 풍성하고 볼륨 있는 머리털, 반달 모양으로 뻗어 관자놀이까지 희미하게 이어진 눈썹이 정말 매력적이다. 살짝 끝이 올라간 작은 코와 적당히 도톰한 입술이 귀엽다. 그날 이후 연두의 모습이 내 뇌리에 깊이 둥지를 틀었다. 삐걱거리던 생활 속에서 아내의 부재가 원인이 돼 새로운 여자에게 끌리게 된 것인가. 정신적으로 불안정해 돌봄이 필요한 아내. 분별력이 있지만, 예측 불가능한 행동으로 팽팽한 긴장감을 갖게 되는 연두. 나는 두 여자에게 상이한 감정을 품게 된다. 아내에게는 안타까움을, 연두에게는 연애감정을. 연두를 평생 곁에 둔다면 우울해할 겨를이 있을까. 나는 그지없이 양순한 아내보다 도도하고 다소 반항적인 연두가 뿜어내는 매력에 사로잡혔다. 아내는 내 발등의 불이었다. 나는 제 발등의 불을 끄는 일이 급선무였지만 업무를 끝낸 후에도 귀가하지 않고 학교에 남아 있었다. 고르디아스의 매듭마냥 나를 압박하는 아내로부터 떨어져 있기를 원했다. 아내는 들고 가기엔 무겁고 버리기엔 아까운 그런 존재였다.

학교에서 등기우편으로 온 아내의 편지를 받았다. 제법 부피감이 있어 보이는 봉투를 황급히 뜯었다.

> 대학 졸업을 앞둔 어느 날 한 남자에게 사랑을 느꼈어. 짝사랑이지만 그 남자를 열렬히 사랑했어. 사랑을 고백한 어느 봄날 보기 좋게 거절당했지. 그 충격으로 이명을 앓게 되었어. 우연한 기회에 그 남자가 내 사랑을 받을 수 없는 처지인 걸 알게 되었지. 이미 결혼해 아내가 있던 남자였으니까. 유부남에게 미쳐 정신을 차리지 못하는 딸을 보는 부모의 심정이 어땠을까. 어느 날 아버지가 나를 방에 가뒀어. 집안의 수치가 되느니 차라리 죽는 게 낫다고 역정을 냈어. 나는 곡기를 끊고 죽으려고 했어. 내 딸 이렇게 만

든 놈 면상을 올려붙이고 싶지만 그렇다고 분한 마음이 풀리겠냐. 사람 버려 놓은 그놈을 잊거라. 떨리는 목소리로 날 위로하던 아버지. 아버지는 금쪽같은 딸을 몰아붙여 하마터면 사람 잡을 뻔했다며 한숨을 쉬었어. 아버지가 밤새 뜬눈으로 지내는 걸 알게 된 후 나는 고집을 꺾었어. 얼마 후 급조된 결혼식이 치러졌고 하객들은 자신들이 결혼 쇼에 엑스트라로 참석한 것을 전혀 눈치채지 못했어. 당신을 사랑하려고 노력했지만 잘 되지 않았어. 억지로 사람을 사랑하는 것만큼 힘든 일도 없으니까. 첫아이를 잃고 우리 결혼이 잘못된 것이란 생각을 했어. 지나간 십오 년은 서로의 빈 껍질을 부여잡고 산 시간이었어. 그러다가 거짓말처럼 첫사랑과 대면했어. 아내를 병으로 잃고 쓸쓸하게 생활하는 남자를 본 순간 감정의 찌꺼기들이 살아나는 걸 느꼈어. 내가 원한다면 새롭게 시작하고 싶다고 고백한 첫사랑을 붙잡기로 했어. 당신이 나란 여자를 섬뜩하게 느끼도록 만들어 제풀에 나가떨어지게 해야 했지. 확실하지만 다소 무모하게 보이는 방법을 썼어. 미친 척 연기하는 것. 그동안 내가 한 이상 행동들은 모두 의도적으로 꾸며낸 쇼였어. 병원에 입원한 나를 보고 너무도 마음 아파하던 엄마에게 모든 사실을 털어놓았어. 충격받아 하얗게 질린 엄마가 사태를 알아채는 데 시간이 걸렸지만, 어찌 됐든 엄마는 비밀을 지켜 주었지. 날 마음껏 저주해. 사람들이 당신을 비난할까 두려워? 사람들의 관심과 비웃음은 시간이 가면 사라져. 입도 뻥긋 못하고 사느니 잘못된 관계를 청산하는 게 더 좋겠어. 체면이나 관습보다 사랑하는 사람과 사는 게 더 중요하니까. 우리 이제 끝내자. 이혼 절차를 진행해 줘.

편지를 읽고 나니 날 세운 종이에 손이 베인 듯 아팠다. 믿었던 상대에게 뒤통수를 맞은 기분이다. 다소곳하고 평범한 아내를 집어삼킨 욕망에 대해 생각했다. 영민하고 매력적인 연두에게 연정을 느끼느라고 아내에게 무심했던 내게 아내의 편지는 치명적 일격이 되었다. 한 방의 펀치에 정신이 혼미해졌다. 주도권을 빼앗긴 자의 허망함이 밀려왔다. 내가 배제된 상황에서 주도면밀하게 진행되었을 현 상황을 인정하려니 나 자신이 처량하고 한심해 보였다. 비겁한 기회주의자였던 나. 우 교수가 나를 사위 삼고 싶다고 했을 때 교수의 입신을 보장해 주는 미끼를 물기 전 이해득실을 따져봐야 했다. 막강한 선배 교수의 힘을 떠올리며 머릿속이 복잡해졌다. 공손하게 그 제안을 받아들이는 순간 내 목덜미가 꼿꼿하게 곤두서는 기분이 들었다. 달착지근하고 황홀했던 짧은 신혼과 한없이 이어진 무미건조했던 결혼 생활. 아내가 나를 성가시게 하거나 괴롭게 한 것은 아니지만 그렇다고 열정적으로 대해 준 것도 아니었다. 집이란 공간을 나누어 각자 제 일을 하다가 필요에 따라 섹스를 하고 다시 무감각한 일상 속으로 들어갔다. 아내의 낯선 편지가 많은 것들을 알게 해 주었다. 편지란 형식을 빌려 가슴 속 깊은 사랑의 대상이 내가 아닌 다른 남자임을 밝힌 아내가 원망스러웠다. 서로 소통하지 않아도 사는 데 아무 지장이 없는 결혼의 아이러니. 정상이 아님을 보여 주기 위해 끊임없이 노력했을 아내를 생각하니 두려웠다. 나를 속이고 흡족해했을 아내가 무섭다. 완벽에 가까운 연기를 보여 준 아내는 내가 아는 아내가 아니었다. 불가능하다는 것을 알고 포기했던 사랑. 아내는 지나간 사랑으로부터 무엇을 얻으려고 하는 것인가.

곰곰이 생각하니 작년 가을부터 이상해진 아내로 인해 당황스러웠던 적이 많았다. 멍하니 생각에 잠기거나 술에 취한 듯 상기한 얼굴로 끊임없이 돌아다녔다. 동료 교수들과 술을 마시고 늦게 귀가했을 때 난장판이 된 집 안 꼴을 보고 적잖게 놀랐다. 방에 들어가 잠이 들었다가 심한 갈증으로 눈을 떴는데 불을 켜니 어두운 방 안에 우두커니 앉아 있는 아내의 실루엣이 눈에 들어왔다. 당신 뭐 해. 잠도 안 자고. 정신을 차리니 아내의 손에 날이 선 번쩍이는 가위가 들려 있었다. 나는 반사적으로 가위를 빼앗았다.

십오 년의 세월을 함께 한 아내였기에 배신감의 강도는 이루 말할 수 없었다. 그렇다고 내가 불성실한 남편이었다고 추측하지 말기를. 가정이란 성채에 무수한 실금이 그어졌지만 위태로운 상황을 그 누구도 알아채지 못했다. '우리에게 어떤 것을 금지해 보라. 그러면 바로 그걸 우리가 원하게 될 것'이라고 영국의 시인 초서가 지적했듯이 모름지기 남자란 결혼의 테두리를 벗어나 아내 아닌 다른 여자와의 일탈을 꿈꾸는 존재가 아니던가. 남자들이 바람을 피우고 자기 씨를 여기저기에 뿌리는 행위가 태곳적부터 내려온 수컷들의 생존본능임을 여자들이 이해할 수 있을까.

　고상한 행실로 존경받은 추호에 대한 이야기가 떠오른다. 이 에피소드를 읽기 전에 추호가 사람의 이름임을 추호도 몰랐다. 옛날 중국 진(陳)나라 대부 자리에까지 올랐던 인물, 추호는 혼인한 지 5일 만에 성공을 위해 아내 곁을 떠난다. 온갖 우여곡절 끝에 세자의 스승이 돼 부귀영화를 누리다가, 십여 년이 지난 어느 날 금의환향하게 된다. 추호는 고향 땅에 이르러 절세가인을 만나는 행운을 얻게 된다. 음욕이 끓어올라 여인에게 온갖 수작을 부렸지만, 여인은 꿈쩍도 하지 않는다. 몸이 단 추호가 금덩이를 보이며 유혹했으나 실패한다. 여인을 포기하고 집으로 온 추호는 방금 전에 만난 여인이 자기 집에 나타나자 혼비백산했다. 자신이 음심을 품었던 여인이 바로 자기 아내임을 알게 된 추호는 놀라 어쩔 줄 모른다. 추호의 아내는 정절을 위해 올곧게 살아온 지난 세월이 헛됨을 느낀다. 자신의 한결같은 사랑을 비웃고 모욕감을 안긴 남편이 원망스럽다. 행복한 재회를 꿈꾸던 그녀는 자신이 원치 않은 방식으로 버림받은 걸 깨닫는다. 시정잡배처럼 비열하게 굴던 남편을 생각하며 상실감으로 잠을 이루지 못한다. 밤을 뜬눈으로 지새운 여인은 누가 말릴 틈도 없이 강물을 향해 달음질쳐 투신한다. 추호는 못난 자신을 위해 고결한 죽음을 택한 아내의 주검 앞에서 큰 깨달음을 얻게 돼 이후로 여색을 탐하지 않고 후회 없는 여생을 살았다고 전해진다. 남자의 내면에 도사린 이중성을 이처럼 생생하게 보여 준 인물이 있을까.

최후통첩을 알리는 아내의 편지에는 차가운 냉소가 배어 있었다. 내 속의 양심―교수로서의 자기보존을 위해 지켜온 마음의 파수꾼―이 민감성을 잃게 되자 될 대로 되라는 의식이 나를 사로잡았다. 입퇴원을 반복하다가 아예 병원을 주거지로 삼은 아내는 이혼을 차일피일 미루는 내게 시위하는 듯 보였다. 나는 아들의 공부를 핑계로 연두를 호출하는 횟수가 잦아졌다. 연두에게 느끼던 연애감정을 겉으로 드러낼 절호의 기회가 왔다. 지난번 기말고사에서 월등한 성적을 냈던 아들이 2학기 중간고사에서 두각을 나타냈다. 전교에서 열 손가락 안에 드는 성적표를 본 순간 잘난 자식을 둔 부모만이 아는 그 뿌듯한 감격을 느꼈다. 그날의 감격을 도저히 말로 표현할 수 없다. 아들로 인해 오랫동안 상처 난 자존심을 부여잡고 끙끙거렸던 나였기에.

연두에게 특별 보너스라며 두 달치 과외비를 건네며 근사한 곳에서 저녁을 사겠다고 약속했다. 며칠 후 격조 있는 레스토랑에서 저녁을 함께했다. 밖으로 나오자 연두가 새초롬한 표정을 지으며 다가와 팔짱을 꼈다. 돈은

음침하고 지혜는 교활한 것이지만 젊음은 하늘에 날리는 꽃가루라고 했죠. 연두가 읊조린 로맨틱한 시 때문인가. 한 발짝 물러서 있던 젊음을 만끽할 수 있었다. 헤어지기 싫다며 응석을 부리던 연두가 집에 가기 싫다고 한마디 툭 던졌다. 함께 집으로 가도 되죠? 연두의 당돌한 말에 나는 고개를 설레설레 흔들었지만 도발하듯 내 팔을 간질이는 그녀의 손을 뿌리치지 못했다. 전부터 선생님의 서재를 구경하고 싶었는데, 허락하실 거죠? 약간은 무례한 연두의 제안에 당황했지만, 그녀의 도발적인 모습에 마음이 움직였다. 아들은 주말을 이용해 친구들과 멀리 여행을 갔기에 내 집에 연두를 들이는 일이 아무런 거리낌도 없었다. 서재에서 무르익던 사제 사이의 대화는 연두의 한마디 말로 인해 분위기가 바뀌었다. 얼마나 힘들었을까, 우리 교수님. 연두는 잠시 침묵하다 속삭이듯 낮게 말했다. 사랑은 독차지해야 되는 건데. 오늘 밤 당신의 여자가 되고 싶어. 연두가 슬그머니 말을 놓더니 뒤쪽으로 와 나를 안았다. 그녀의 깍지 낀 손에 힘이 느껴졌다. 그 순간 그녀를 떼어낼 수 있었을까. 연두를 거부하고 내 집에서 떠나도록 할 수 있었겠지만 나는 그렇게 하지 않았다. 나는 이미 그녀에게 사로잡혀 있었다. 괜찮겠니? 나의 입 밖으로 튀어나온 말은 그랬다. 연두는 말없이 옷을 벗었다. 샤워를 하려고 욕실로 들어가는 연두의 뒷모습을 보며 내 가슴은 두방망이질을 치기 시작했다. 연두의 유혹적인 몸보다 당당한 그녀의 태도가 나를 흥분시켰다. 그녀를 안으며 내 속에 숨죽이고 있던 열정이 솟구쳤다. 빨려들 듯 깊이 들어온 그녀의 혀가 내 혀를 빨기 시작했다. 그동안 잊고 있던 열락을 기억해 낸 내 몸이 나를 이끌었다. 오르가슴에 도달한 순간 무수히 떨어지는 꽃가루가 몸을 간지럽히며 환희의 송가가 울려 퍼졌다.

연두와 사랑을 나눈 후 나는 곧바로 저녁 운동을 시작했다. 연두에게 단단한 남자로 인정받고 싶었다. 어찌 됐건 나이든 티를 내기 싫어서 흐트러지려는 마음을 다잡고 운동에 몰두했다. 집 근처 공원에서 일단 몸을 푼 후 조깅을 했다. 그날은 왠지 장소를 바꿔 운동을 하고 싶어서 근무하는 대학교로 가려고 마음먹었다. 체육관에서 운동하는 어린 학생들 속에서 부대끼며 젊음의 활기를 느끼고 싶었을 것이다. 잘 입지 않던 트레이닝복을 꺼내 입었다. 밤바람이 차가워 후드티에 달린 모자를 깊숙이 눌러썼다. 학교 정문을 지나는데 낯익은 얼굴이 눈에 들어왔다. 연두였다. 연두는 핸드폰을 들고 수다를 떠느라 정신이 없는 듯 보였다. 몰래 다가가 깜짝 놀라는 모습을 보고 싶어 발소리를 죽여 조용히 다가갔다.

"내가 누구니? 나한테 걸리면 상황 끝이지. 보이헌팅의 일인자니까. 나 교수? 나를 따먹었다고 좋아할걸. 내 참 기가 막혀서. 이제 보니 개털이야. 범털인지 알고 얼마나 공을 들였는데."

연두의 씁쓸한 표정을 본 순간 그녀에게 가졌던 환상과 호감들이 무너져 내렸다. 산산조각이 난 생각의 파편들을 피하려는 듯 내 몸이 휘청거렸다.

단편

07

진혼의 노래

나는 누더기 법의를 걸친 채 하늘을 지붕 삼아 살았지요. 궁핍의 그림자는 순례길의 돌무더기처럼 내 곁을 따라다녔지요. 번개가 세상을 비추면 속마음을 들키기라도 한 듯 기겁을 했고 새벽이슬을 맞으며 벌레처럼 몸을 움츠리곤 했지요. 풍찬노숙하던 신세였지만 원체 구린 구석이 많아 별일 아닌 일에도 지레 겁부터 먹는 소심한 망나니가 바로 나였으니까. 그러던 어느 날 악마의 꼬드김에 넘어가 도둑질을 하게 되지요. 그 일로 인해 고통스럽고 마음이 심란해져 정처 없이 세상을 떠돌아다녔어요. 자연스레 땡중 패거리들과 어울리다 트렌토에서 우연히 만난 건달 녀석과 함께 수도사를 추종하는 무리에 휩쓸려 들어갔지요. 우리 패거리의 우두머리는 진정한 사내이자 아름다운 이목구비를 갖춘 돌치노였어요. 돌치노는 어두운 그늘에서 음울한 표정을 지은 채 죽지 못해 연명하던 허접쓰레기들이 기이한 열정과 생생한 흥분 속으로 빠져들도록 이끌었답니다. 그는 잡초에 불과한 우리들이 신의 은총을 깨닫도록 이끌어 주었어요. 무력한 인생들이 거룩한 지도자를 의지해 소원을 빌면 하늘의 보고가 열릴 것이란 믿음을 심어 주었답니다. 불쌍한 무지렁이들은 그에게서 한 줄기 희망의 빛을 보았지요. 비참한 처지를 슬퍼하지 않고 견딜힘과 구차한 목숨을 보존할 어떤 깨달음을 얻게 해 준 이가 바로 돌치노였어요. 우리들은 이성이 없어서 세상이 어찌 돌아가는지, 진짜 도둑놈이 누구인지 모른 채 살았지요. 한데 돌치노가 마땅히 쳐부숴야 할 적이 누구인지 알려 주었고 우리는 그를 영웅으로 떠받들었답니다.

이제부터 명성이 자자했던 돌치노의 이야기를 들려주겠어요. 돌치노가 첫 설교를 했던 트렌토에서 일어난 일부터 이야기하렵니다. 돌치노가 도착하기 몇 시간 전부터 수도사의 소문을 들은 시민들이 구름처럼 몰려들어 연단 주위가 발 디딜 틈이 없을 정도였어요. 연단 위에 올라선 돌치노는 포효하듯 쩌렁쩌렁한 목소리로 설교를 시작했는데, 수도사의 큰 키와 수려한 용모는 여인들의 눈길을 단번에 사로잡아 찬탄의 말들이 여기저기에서 튀어나왔지요. 바람에 날리는 긴 수염은 사도 베드로처럼 위풍당당하더군요. 길게 물결치는 곱슬머리를 산들바람이 건드리자 기품 어린 얼굴이 드러났는데 그의 몸 전체에 엄장한 기품이 서려 있었지요. 열정에 사로잡힌 듯한 돌치노의 강렬한 눈이 군중들을 빨아들일 것처럼 조용히 응시하더군요.

"물 없는 샘 같고 광풍에 밀려가는 안개 같은 인생들이여! 영원히 예비된 캄캄한 흑암으로 돌아갈 영혼들이여! 참회하시오. 열매 맺지 못하는 인생들이여! 도끼가 나무뿌리에 놓였으니 찍어 불에 던지는 심판 날이 오기 전 속히 회개하시오. 바쳐진 십일조와 헌납된 토지로 배부른 사제들이여! 그대들의 재물에 좀이 슬 것이오. 천주님을 의지하라 가르치는 지도자들이 넘치는 재물만을 기뻐하는구려. 굶주린 이에게 자비를 베풀라고 가르치는 이들이여! 정작 배고파 우는 농민의 고통을 외면하는구려. 선한 사도의 길에서 떠난 사제들이여! 참회를 모르는 그대들을 하나님께서 언제까지 참으시리까?"

몰려든 인파 속으로 너울이 일렁이듯 흐느낌과 통곡이 넘쳐났지요. 어떤 이들은 땅에 주저앉아 가슴을 쳤는데 폭포 같은 참회의 물줄기가 모인 이들의 심령을 적셨고, 설교를 들은 이들이 곧바로 회심해 수도사를 추종하게 되었지요. 가정을 팽개치고 수도사를 좇기로 마음먹은 이들이 꽤 많았다고 하더군요.

돌치노의 가르침은 예전에 듣던 설교와 다른 새로운 것이었어요. 그의 영향력은 장대한 그의 몸집만큼 커져만 갔지요.

"주께서 계시로 말씀하십니다. '너의 어머니 되시며 나의 약혼녀인 성스러운 교회에 너를 보내노라. 나의 유일한 사도로 보내노라'고 말씀하십니다. 주님은 악한 짐승으로부터 백성들을 보호해 줄 충성된 일꾼을 찾으십니다. 주의 백성들이 고난의 순례길을 마칠 때 약속의 땅으로 인도할 목자를 찾으십니다. 주께서 내게 깨달음을 주셨습니다. 진정한 사도 돌치노와 그의 사도회에 영적 권능을 넘겨주셨다고 말하십니다. 주께 간구합니다, 구걸해 빵을 먹을지라도 주의 어린 백성을 보살필 힘을 주시기를. 주께 간구합니다, 죄를 사면하는 대가로, 면죄세란 이름으로 가난한 이의 재물을 뺏는 사제들을 벌하시길. 주께 간구합니다, 심판의 날 나의 노고를 아시고 귀한 상급을 허락하시길."

당시 교회는 죽은 망자들이 종부 성사를 못 받아 유령으로 떠도는데 그들을 위해 미사를 드려야 망자의 영혼이 정화된다고 가르쳤지요. 망자들은 그렇다 하더라도 고통스러운 현실에 부대끼는 대다수 민중들이 신앙에 의지하도록 돕지 못했답니다. 대중들의 요구조차 채우지 못하는 기성 교회와 달리 돌치노의 가르침은 벅찬 감동을 일으켰어요. 사람들은 부활한 사도를 만난 듯 열광했지요. 수도사는 우리를 휘어잡았고 혼을 빼놓기도 했고 숨은 죄악들을 뒤흔들어 놓았다가 제자리로 돌려놓곤 했지요.

그의 설교를 듣는 도중에 이전에 저지른 죄악들이 떠올라 회한에 잠겼던 일이 생각나네요. 몇몇의 망나니들과 공금을 가로챈 참사원의 집을 습격해 돈을 털어 나눈 후 각자 흩어진 일이 방금 전의 일인 양 생생하고 끈질기게 날 괴롭혔지요. 난 그날 밤 어둠 속에서 진심으로 그 일을 통회했답니다. 울적했던 기분이 신기하게 밝아지는 걸 느끼며 돌치노의 능력을 새삼 인정하게 되었지요.

환호하는 군중 속으로 돌치노의 모습이 보였어요. 잘생기고 당당했던 수도사는 범접할 수 없는 권위로 인해 사람들의 존경심을 자연스레 불러일으켰지요. 그가 하나님의 거룩한 가르침을 선포할 때 사도들의 행적은 죽어버린 과거로부터 되살아나 눈앞에서 일어난 일처럼 생동감 있게 다가왔어요. 그의 설교는 들으면 들을수록 새로웠는데 새로움은 늘 불길함과 통하는 말 같아요. 새로운 가르침은 교회로부터 이단의 꼬리표를 달게 되니까.

군중집회를 따라다니던 중 어떤 남자가 말을 걸어왔어요. 작은 눈이 교활해 보였는데 구리로 만든 단도를 허리에 차고 있더군요. 남자는 한눈에도 함부로 덤비지 못할 만큼 몸매가 다부지고 억세 보였는데 자신을 베노라고 소개했어요. 베노는 파르마 지역에서 활약했던 민중 설교가를 따라다녔다고 떠벌리더니 지난 일들을 대충대충 들려주더군요.

"게라르도는 하얀 법의를 걸치고 다녔어. 자기가 사도라도 되는 것처럼 굴었다네. 언젠가는 설교를 듣던 이들한테 돈을 한 움큼 뿌렸어. 모두 흩어진 돈을 집으려고 아귀다툼을 했지."

베노는 공돈이 생기자마자 자신이 무엇에 홀린 듯 도박판으로 달려가 돈을 몽땅 잃게 된 뒤에야 정신이 돌아왔다며 너털웃음을 지었지요.

"게라르도는 신비감을 조장하려고 무진 애를 썼어. 할례를 받은 것도 모자라 사도처럼 보이려고 머리를 길렀다니까. 시험 삼아 젊은 여자와 동침을 했는데 전혀 육욕을 느끼지 않았다고 자랑하는 걸 들었다네."

게라르도가 애를 쓴 덕분인지 여러 가지 직업을 가진 사람들이 모여 그를 신목으로 숭배하게 되는데, 벌판에서 노숙하며 때를 틈타 교회에 침입해 성직자를 몰아낸 일도 있었다고 들려주더군요. 베노와 같은 건달들, 무지한 농부들과 돼지치기 등이 모여 세력이 커졌다지요. 게라르도는 미사와 고해성사를 부인했는데 결국 이단으로 몰려 파르마의 주교에게 체포되었답니다. 그 역시 참혹한 형벌을 당해 한 줌의 재로 바뀌었다지요. 그의 뒤를 이어 지도자가 된 이가 돌치노였지요. 돌치노는 노바라에서 성직자의 사생아로 태어났답니다. 그런 일은 비일비재했고 불행하거나 부끄럽다고 말할 수 없을 정도로 내가 살던 세상은 그늘지고 어두운 틈새들로 가득했지요. 어느 사제가 그를 맡아 키우면서 글을 가르쳤는데 무척 영리했다는군요. 어느 날 기회를 엿봐 사제의 집을 털어 북쪽에 있는 트렌토로 도망치는데 그곳에서 게라르도의 설교에 교화돼 추종자가 되었다더군요. 신앙의 깨달음은 아린 상처와 죄악 속에서 섬광처럼 빛을 발하며 그를 거룩한 열정으로 사로잡았겠지요.

절세의 미인 마르게리타가 어떻게 돌치노의 여인이 되었는지 소설 같은 이야기를 펼쳐야겠네요. 돌치노를 본 남자들 대다수가 그의 카리스마에 굴복했다면 마르게리타를 본 남자들은 거의 전부가 머리가 아득해질 정도로 황홀해했다는 게 적당한 말이겠지요. 그녀는 명문가 집안의 여인으로 성품이 온유하고 아름다웠답니다. 흑마노 빛 머리칼은 윤기가 흘렀고 풍성했는데 길게 늘어뜨린 머리를 머리쓰개로 가렸지만 뛰어난 미모를 숨길 수 없었지요. 오똑한 콧날이 둥근 눈썹과 조화를 이루고 흑단 같은 눈동자가 그윽한 미소를 머금었지요. 미사나 종교 행렬 속에서 베일 너머의 그녀 얼굴을 본 이들은 정신이 몽롱해져 그날 밤 잠을 이룰 수 없었을 테지요. 활짝 핀 꽃송이가 눈길을 끌듯 남자들이 그녀를 본 순간 심장이 두방망이질했을 겁니다. 돌치노의 소문을 듣게 된 마르게리타는 어느 날 하녀와 함께 트렌토에서 열린 집회에 참석해 그의 설교를 들을 수 있었어요. 그의 설교에 마음이 움직인 여인은 수도사를 숭배의 감정으로 바라보았지요. 그녀는 돌치노의 열정적인 달변 설교를 들으며 무장 해제되는 자신을 깨닫고 작은 신음을 토해내는데, 그에 대한 호의를 간직한 채 총총걸음으로 집회장을 빠져나갔지요. 집에 돌아와 그녀는 꿈결 같은 행복감 속에서 수도사에 대한 자신의 감정들을 곰곰이 자문해 보았어요. 자신의 영혼을 사로잡을 남자가 누굴까 되물었지요. 그녀의 영혼 깊이 잠들어 있던 신앙을 깨운 수도사께 존경과 감사의 마음을 품으며 그걸 표현할 때가 오길 갈망했답니다.

마르게리타는 살아오는 동안 교회 사제들에게서 신앙적 감수성을 물려받게 되었지요. 순교 성인들의 삶과 죽음에 대해 듣게 됩니다. 또한 라틴의 영웅들 이야기에 호기심을 갖게 되지만, 그들이 죽음과 접촉한 불운의 날들을 떠올리고는 쓸쓸한 기분에 젖곤 했지요. 결국 질병과 노쇠, 전쟁으로 소멸되는 인생의 진실도 그녀를 우울하게 했어요. 죽음으로 분해될 육체에 공포와 허무한 생각이 들었지요. 마르게리타는 인기척을 느끼자 깊은 상념에서 깨어났지요.

방으로 들어온 전속 하녀와 귓속말을 나누던 마르게리타는 급히 외출복으로 갈아입고 마차에 올랐지요. 가까운 곳에서 돌치노가 설교한다는 소식을 전해 듣고 서둘렀던 거죠. 당시 일부 종교 운동가들은 제도권 교회를 공격하며 사람들의 호응을 받았지요. 교회의 부패에 반발한 이들이 새로운 가르침에 이끌리는 건 당연한 일 아닐까요? 돌치노는 연단 위에서 회개와 청빈을 부르짖었어요. 초대 교회로 돌아가야 한다고 목청을 높였지요. 마지막 때가 가까웠으니 그때를 준비해야 된다는 가르침에 마르게리타는 화들짝 놀랐답니다. 세상의 악을 제거하려고 돌치노의 사도회를 택하신 신의 뜻을 깨닫게 되었다는 게 적당한 말이겠네요.

 집회가 끝나고 그곳에 머무르던 그녀를 무심히 지나치는 건 불가능했지요. 소경조차도 알아차릴 수 있을 만큼 금세 드러나는 최고의 여인을 본 수도사의 눈이 화등잔처럼 커졌을 겁니다. 돌치노에게 반해 버린 마르게리타는 그와 대화를 나누는 동안 환희 속으로 빠져들었어요. 첫 만남부터 두 사람 사이에 불꽃이 튀었는데 그녀는 수도사가 자신에게 끌리도록 내버려 두었겠지요. 둘은 만남을 약속하며 헤어지는데 돌아오는 마차 안에서 자신의 미래가 돌치노에게 있음을 어렴풋이 느낀 그녀가 스스로 마음을 숨기지 않겠다고 중얼거렸답니다. 참 여러분이 궁금해하는 질문에 답하는 걸 깜박했군요. 제가 어떻게 그런 세세한 것을 다 아는지 궁금하겠지요. 느긋한 마음으로 기다리면 모든 의문이 풀릴 거예요.

 마르게리타는 피부 껍질에 지나지 않는 자신의 아름다움에 끌리는 남자들을 연민의 눈으로 바라보곤 했지요. 그녀 곁을 맴돌던 남자들 중에 자신을 사로잡을 사람이 나타나길 고대하면서……. 그러던 어느 날 그녀 앞에 자신의 영혼마저 꿰뚫을 그런 남자가 나타난 걸 믿을 수 없을 정도로 기뻐했지요. 그녀를 연모하던 한 사람이 기별도 하지 않고 저택을 방문했을 때 그녀는 침상에 앉아 보석을 만지작거리고 있었지요. 보석함을 열자 창을 통해 들어온 햇빛을 받아 보석들이 온갖 빛을 뿜어냈어요. 각각의 천사를 상징하는 줄마노, 자수정, 루비를 바라보며 환상 속으로 빠져들었지요. 그녀는 하녀들에게 둘러싸이면 보석에 대한 자신의 사랑을 드러냈어요.

"너희들, 성녀 세실리아의 화관에 대해 들어보았니? 그건 마음이 순결한 사람에게만 보이는 거야. 보석도 마찬가지야. 그 안에 깃든 덕을 느끼려면 마음이 순수해야 돼. 난 가끔 성모님의 아픔에 동참하곤 해. 겸손하신 마리아님의 영광과 은총을 입으신 그분을 생각했어. 홍마노는 성모의 고통을, 흑마노는 겸손을, 백마노는 성모의 영광을 나타내지. 보석을 볼 때마다 신의 은총과 자비 같은 걸 느끼게 돼."

로베르토는 성 세례요한의 수난축제에 함께 가자고 말문을 열었지요. 그는 키가 크고 호리호리한 몸매에 깐깐한 분위기를 풍기는 남자였는데 차분하고 내향적인 성격으로 인해 자신의 속내를 쉽사리 드러내지 못했어요. 로베르토는 오래전부터 사랑의 열병을 앓았는데 말없이 그녀를 지켜보기만 했지요. 그가 소란한 저택을 피해 마로니에 나무들이 만든 그늘 쪽으로 걸음을 옮기더니 심호흡을 하면서 속마음을 털어놓았답니다. 그녀에 대한 사랑으로 행복했다고 말하며 그녀의 손을 잡았지요. 그는 기갈난 사람처럼 자꾸만 입술을 훔치며 사랑을 고백하려고 애썼는데 마르게리타는 그런 그의 모습이 부담스럽게 느껴져 단호하게 구애를 거절했지요. 사랑하는 남자가 있다고, 자신에게 베푼 우정과 호의에 감사한다며 작별을 고했답니다. 풀죽은 모습으로 떠나는 남자를 보며 사랑은 구걸해 얻을 수 있는 게 아니라고 말했다더군요.

　그녀를 연모해 집을 드나들던 사람들 중에 밀라노에 대영지를 가진 후작의 아들이 있었지요. 그 남자는 쾌락을 추구하는 라틴 민족의 성품을 물려받아 열정적인 기질을 가진 사람으로 충직한 시종이 죽자 시종의 영혼을 위해 진혼미사를 드렸다는 소문이 퍼져 있었죠. 후작의 아들이 그녀의 집을 방문하기로 한 날, 귀한 손님을 맞이할 준비로 일찍부터 하인들이 바삐 움직였어요. 며칠 전부터 준비한 음식들이 만찬장을 수놓았지요. 소의 간을 넣어 만든 얇은 페가텔리, 구운 과일을 넣고 반죽으로 겉을 입힌 라비올리, 여러 가지 허브를 넣은 고기구이, 토르테 파이와 많은 종류의 과일들이 차려졌지요.

　마르게리타는 모친의 권유대로 초록빛 드레스 위에 흰 보디스를 걸치고 진주와 보석으로 장식한 머리쓰개를 얹은 우아한 모습으로 앉아 있었지요. 만찬이 끝나자 후작의 아들은 그녀의 부친에게 치하한 뒤 최고의 여인과 함께 시간을 보냈을 겁니다. 귀족의 긍지와 용모를 지닌 후작의 아들은 남성적 매력을 발산했는데 그가 거침없는 어조로 마르게리타를 향해 돌진했다고, 그 모든 일을 그녀의 하녀로부터 듣게 되었지요. 대머리산에 머물 때 만난 그녀의 하녀는 빈털터리에다 실없는 나 같은 놈을 좋아해 순 천사 같은 여인이었답니다.

　"얼마 전 순종 말을 하나 샀다오. 이름을 브루넬로라 불렀지. 그놈을 타고 달릴 때 한 몸처럼 움직이며 환희를 느꼈소. 난 다른 귀족들이 고상한 척 거드럭거리는 걸 참지 못한다오. 당신이 내게 관심이 있다면 그대의 연인이 되는 기쁨을 누리게 해 주길 바랄 뿐이오."

마르게리타는 그녀의 영혼 깊숙한 곳에 가둬 놓은 감정들을 억누르며 미소 지었겠지요. 후작의 아들은 자기가 믿고 싶은 대로 그녀가 자기와 결혼하게 될 희망을 품고 돌아갔지요. 그녀의 가족 역시 그녀가 장밋빛 미래가 보장된 후작의 아들과 결혼하길 바랐을 겁니다.

오묘한 신의 손길은 그녀를 돌치노에게 사로잡히게 만들고 헤어 나올 수 없는 지경으로 이끌었답니다. 세속의 음식을 거부하고 그리스도의 몸인 성체를 먹으며 황홀감에 취한 여인처럼 그녀는 수도사로 인해 몽환에 빠져들었지요. 그리스도와 합체된 듯 그를 만지며 열망으로 떨었고, 그를 받아들이며 무아지경을 경험했지요.

마르게리타의 부모는 수도사에게 몰입해 가는 딸을 설득하는 데 실패했어요. 그녀 역시 행복한 미래가 보장된 남자와 결혼할 꿈을 접게 되었죠. 그녀는 하녀에게 명해 옷과 필요한 물품들을 챙겨 짐을 꾸렸어요. 떠나기 전날, 저녁 식사를 마치고 가족들과 밤 인사를 나누는 그녀의 눈시울이 뜨거워지며 그들을 더 이상 볼 수 없다는 걸 깨닫고 목이 메었지만 내색하지 못했죠. 쥐 죽은 듯 고요한 저택을 빠져나온 두 여인은 마차에 올랐답니다.

트렌토에 머물던 사도파 형제단에 합류한 마르게리타는 가져온 보석들을 모조리 헌납해 형제들의 눈을 휘둥그렇게 만들었답니다. 소인배는 꿈조차 꿀 수 없는 그런 행동을 한 그녀가 자랑스럽고 멋져 보이더군요. 입만 살아 떠벌리던 내가 진심으로 존경한 여자는 마르게리타뿐이랍니다.

사도회 형제들은 회개하라고 외치며 인근 마을을 누볐지요. 나도 무리 속에서 신이 나서 소리쳤지요. 카리스마 넘치는 수도사를 따르는 이들 중에 부랑자들이 많았어요. 가짜 탁발승, 사기꾼, 무전 여행자, 건달, 걸식자, 전과자, 도박꾼, 주정뱅이와 소매치기 등 온갖 쓰레기들이 모인 것이죠. 우리들을 역겨워하던 이들을 향해 회개를 촉구하면서 기분이 우쭐해지더군요. 우리에겐 욕지거리가 더 친근했지만(우리 대다수는 입만 살아있던 망나니들이니까), 비겁하고 나약했던 무리들이 천주의 일을 한다는 것이 모양 좋아 보였기 때문이지요. 나를 만나면 툭툭 치면서 친근한 표시를 하던 베노와 둘도 없는 사이가 되었는데, 베노는 심심해지면 내게 땡중 노릇 하면서 돈맛 좀 보았느냐고 빈정거리기 일쑤였지요. 탁발승으로 근근이 목숨을 부지하며 온갖 예기치 못한 일들을 겪었답니다. 어느 마을에서 감언이설을 늘어놓으며 구걸하다가 자기 구역을 침범했다고 화를 내는 탁발승한테 밀려났던 일이 떠올랐지요. 많은 이들이 떠돌아다니며 탁발을 일삼았는데 교단에 속한 수도사들과 자청해서 탁발승 노릇을 하는 일반 신도들이 뒤섞여 있었지요. 작은 형제들이라고 불리던 이들이 가장 큰 인기를 얻었는데 그들은 놀라운 언변으로 사람들을 사로잡았답니다. 그 사람들은 성직자가 아닌 속인들이었는데 끊임없이 회심을 불러일으키며 대중들에게 영향을 끼쳤지요.

스스로 고해사제가 된 수도사는 교회의 권위에 정면으로 도전하게 되었지요.

"주께서 명하십니다. 너희 전대에 금이나 은을 넣지 말라고. 여행을 위해 두 벌 옷을 지니지 말라고 하십니다. 사도들은 주의 명령을 따라 청빈하게 살았습니다. 사도들과 비교해 보면 오늘날 지도자들의 모습은 너무나 차이가 납니다. 청빈을 실천할 마음조차 사라진 그들은 이제 사도의 길에서 떠났습니다. 사도의 자격을 잃은 이들이 어떻게 천주님의 축복을 빌어 줄 수 있는지요? 불의한 사제들이, 거룩한 백성을 인도할 수 있을까요? 신의 이름으로 선포하겠습니다. 천주님의 대리자가 될 자격을 잃은 사제들에게 순종하지 마십시오. 청빈을 행치 않는 지도자들에게 십일조를 바치지 마십시오. 십일조를 드리고 죄 사함을 받으려면 사도파한테 바치십시오. 이 시대의 진정한 사도는 사도회의 지도자들임을 믿으십시오."

돌치노를 따르는 이들이 우후죽순처럼 늘어나자 트렌토의 주교가 그를 위험인물로 여겨 추방했답니다. 사도회 무리들은 돌치노의 고향 노바라를 향해 먼 길을 떠나게 되지요. 가는 도중에 교회 개혁을 부르짖는 발도파 무리들을 받아들여 추종자들이 삼천여 명에 달할 만큼 많아졌어요. 수도사는 무리들에게 목청을 높였답니다. 부정과 부패로 가득한 시대가 끝나면 선한 사도들이 다스리게 되는데 그러기 위해 부패한 성직자들을 모두 쓸어버려야 한다고 말이지요. 시대의 모든 징조들이 마지막 때를 준비할 시점이 다가왔음을 깨우쳐 준다고 말했지요. 백성들이 고난에 찬 순례를 마치고 약속의 땅에 들어갈 텐데 그 일을 맡아 백성들을 인도할 이들이 사도회 형제들이라고 부르짖었답니다.

　고해와 성찬의식을 중요하게 여기고 그런 의식을 통해 삶의 진정성을 발견하던 사람들에게 여러 성사들을 가벼이 여긴 돌치노의 행적은 새로워 보였지요. 가톨릭의 전통에 익숙한 이들에겐 그런 행동이 금기를 깨는 불온한 것으로 여겨져 두려움을 갖게 했어요. 신의 율법을 저버리게 만든 여자들은 저주받아 마땅하다고 여겼는데 수도사 돌치노는 마르게리타를 자기의 대리인으로 삼을 만큼 놀랄 만한 행동을 보여 주었지요.

　사도회 형제들이 힘을 모아 불의한 관리들을 몰아내자 노바라의 주민들이 우리를 뜨겁게 환대했지요. 우리 패거리들은 장차 이 땅에 세워질 신의 왕국을 기다리며 마음이 설렜고 불행했던 지난 일들을 떠올리며 감격의 눈물을 떨구었지요. 돌치노는 자신을 사도회의 최고 지도자로 칭하고 예언의 권능을 받아 다가올 일들을 예언하기 시작했어요. 우리의 사도회가 세상 끝날 때까지 교회를 개혁할 것이라고 예언했고 창기와 같이 신앙의 정절을 버린 로마 교회는 영의 능력을 잃게 되었다고 말했답니다. 돌치노의 예언이 이루어지는 날, 충성을 맹세한 이들이 만국을 다스리게 될 것이라고 하자 모두 환호성을 질렀지요. 수도사의 거룩한 열정이 무리들의 비열하고 비루했던 과거를 묻고 영광의 날을 꿈꾸게 만들었답니다.

　사람의 일이라는 게 늘 하부조직에서 문제가 생기곤 하잖아요. 무리들이 점차 과격해지더니 여러 곳에서 끔찍한 일들을 저질렀답니다. 증오에 찬

이들이 어린이들과 기독교인들을 죽이고 사로잡은 주교의 군인을 굶어 죽게 했지요. 어느 마을에선 집에 불을 지르고 교회에 들어가 재산을 노략질했고요. 교회 첨탑과 종을 부수고 사제의 물건을 훔치기도 했지요. 추종자들은 전혀 가책을 느끼지 않았어요. 탐심으로 노략질하는 게 아니니 죄를 짓는 게 아니라고, 불의하게 모은 재물을 뺏는 것이니 전혀 문제될 게 없다고 변명했지요. 천주께서 신을 두려워하며 눈물짓는 이들을 잊지 않을 테지만 무뢰한들은 죄를 짓고도 마음이 찔리기는커녕 분별력을 잃고 날뛰었으니까. 개개인의 잘못은 사도회 무리의 죄로 뭉뚱그려졌고, 시간이 갈수록 죄질이 크고 무거운 것으로 바뀌게 되었지요. 결국 돌치노 추종자들이 일으킨 폭력사건으로 인해 모두가 노바라를 떠날 수밖에 없었답니다.

우리는 여러 곳으로 옮겨 다녔지요. 브레시아로 갔다가 얼마 지나지 않아 베르가모로 이동했는데, 노바라 근처에 있는 대머리산에 진을 치고 거처와 진지를 만들고 정착하게 되었어요. 무리들 중에 노바라와 브레시아, 베르가모 등지에서 온 이들이 섞여 있었는데 그 패거리들은 게을렀지만 탐욕스럽지 않았어요. 혹독한 생활이 원체 몸에 밴 부랑인들이라 불편한 잠자리와 거친 음식에도 감지덕지했으니까요.

우리들은 마음에 맞는 이들끼리 끈끈한 우애를 나누며 지냈는데, 그곳에서 가브리엘과 페페를 알게 돼 허물없이 떠들어대었지요. 처음 본 가브리엘은 끔찍한 냄새를 풍겼는데 입을 열자 강한 악취가 피부에 느껴질 정도였지요. 때에 전 옷차림으로 웃음을 지을 때 걸귀를 본 것처럼 기분이 더

럽더군요. 누가 무슨 소리를 해도 그저 눈만 끔뻑이던 녀석은 누군가 건넨 빵조각을 순식간에 삼키더니 입맛을 쩝쩝 다시더군요. 먹을 것을 달라고 힘없이 말하던 녀석의 피골이 상접한 몰골이 떠오르네요. 녀석은 음식이 들어가자 입을 열어 자신의 사연을 털어놓았지요. 농사를 짓다가 영주에게 빚을 져 결국 집마저 빼앗기는 바람에 비렁뱅이가 되었노라고. 무전여행자 페페는 떠버리였는데 저만 못해 보이면 구박을 퍼붓고 형편이 좋아 보이는 이들에겐 거머리처럼 찰싹 달라붙곤 했답니다. 얻어들은 게 많아서 무지렁이들 사이에서 꽤 인기가 높았지요.

"촌놈들은 밀라노에 발을 들여놓자마자 정신이 아찔해질 거야. 죽죽 뻗은 길에 먼지 한 톨 없다면 믿겠냐? 산처럼 우뚝 솟은 성은 얼마나 웅장한지 오줌을 지릴 정도라고. 흙을 쌓아 만든 보루 위에 병사들이 서서 성을 지키지."

녀석은 늘 그렇듯 한번 열을 올려 이야기를 시작하면 제풀에 주저앉을 때까지 떠들어야 직성이 풀린 듯 보였지요.

베르첼리의 주교는 자기 교회를 불태운 사도파 무리를 원수로 여기고 이를 갈았지요. 자기를 모욕거리로 삼은 그 무리를 진멸하는 것이 하나님의 교회에 이득이 된다고 굳게 믿었을 겁니다. 주교가 교황에게 이단 토벌을 위해 군대를 요청했고 여러 지역에서 온 사람들로 토벌군이 결성되었지요. 범죄자들과 탈영병들이 군대에 합류하는데 이제껏 지은 죄를 모두 용서받기로 약속하고 모인 이들이었대요.

마르게리타와 동행했던 하녀에게서 들은 이야기를 빠뜨릴 뻔했군요. 그녀를 짝사랑하던 로베르토에 대한 것인데, 그는 마르게리타의 뒤를 미행하도록 하인 하나를 붙여 놓았지요. 그의 보고를 듣고 사랑하는 여인이 돌치노 수하에 있는 걸 알게 되죠. 로베르토는 곧장 부친에게 도움을 청했지요. 그의 부친은 주교좌성당의 참사원으로 비밀리에 대금업자와 손을 잡고 엄청난 돈을 모았는데 아들의 요청을 거절할 수 없었을 테죠. 끈끈한 유대감으로 맺어진 권력자들에게 토벌군을 위한 경비를 지원하기로 약속하고 주교와의 밀약을 맺게 되었답니다. 마르게리타의 생명을 보존해 아들 로베르토에게 넘겨준다는 확답을 주교에게서 얻어내자 로베르토는 지체하지 않고 부랑인으로 변장해 대머리산으로 올라갔지요. 소심한 성격임에도 사랑하는 여인을 위해 자신의 위험을 무릅쓴 남자 이야기를 들려주며 나의 천사는 엉엉 울었답니다.

마르게리타는 돌치노의 곁을 떠나지 않았지요. 그녀의 헌신과 사랑은 뭇사람들을 감동시켰는데 그녀의 넘치는 사랑으로 형편없던 음식이나마 양껏 먹게 되었답니다. 그녀는 자기가 너무 풍족하고 편안하게 살았다며 미안해했다는군요. 권력을 쓸 줄만 알던 아름다운 그녀가 멸시받는 일에 이골이 난 평민들을 돌보는 모습에 모두들 입만 열면 칭찬을 아끼지 않았지요. 누군가의 관심을 받는다는 게 그리도 뿌듯하고 흡족한 것임을 알게 된 무리들은 그녀로 인해 수도사를 숭배하는 마음이 더해 갔고 존경과 충성심으로 그를 따랐답니다.

추종자들은 자연지형을 이용해 견고한 요새를 만들었지요. 사람의 힘으로 만든 보루보다 산봉우리와 험준한 지형이 전략적으로 유리한 건 너무나 당연한 일이지요. 공동작전을 펼친 토벌군들은 번번이 패했지요. 무리들 가운데 그곳 출신들이 있어서 산의 지형과 지리를 손금 읽듯 잘 알기 때문에 작전을 잘 세운 데다가 우리를 지원하는 귀족들이 자금과 무기를 지원해 주었지요. 대장은 우리의 기대를 저버리지 않았고 우리들은 목숨을 아랑곳하지 않고 싸웠답니다. 사실인즉 토벌군에게 붙잡히면 이단 심문을 받아 죽게 될 운명을 깨닫고 죽기 아니면 살기로 덤볐던 거죠. 우리들의 사기는 하늘을 뚫을 듯했답니다.

깎아지른 바위 벼랑과 드문드문 보이는 나무가 어둠 속에 드러났지요. 산마루의 바람이 굉음을 울리며 엄청난 기세로 내달렸지요. 한 남자가 주위를 두리번거리다가 마르게리타의 숙소로 다가갔지요. 대머리산에 들어와 기회를 엿보던 로베르토였지요. 부랑자로 변장한 그를 알아채고 놀라는 그녀에게 로베르토는 토벌군에게 잡히면 신분과 이름을 알리고 교황과 교회에 복종하겠다고 말해 목숨을 보존하라고 애원했답니다. 자기가 모든 조치를 취해 그녀의 면죄를 약속받았노라고 말해 주었지요. 그녀는 평온한 목소리로 이렇게 대답했대요. '형제들 여럿이 목숨을 잃었어요. 나 혼자 살려고 목숨을 구걸하지 않겠어요. 죽음 앞에서 두려워하지 않도록 마지막 순간을 위해 기도를 올려 주세요.' 강단 있고 고집이 셌던 그녀의 모습이 아른거리네요. 결코 그녀를 이해할 수 없었던 남자는 무력감에 빠져 그녀를 떠나갔지요.

대머리산의 요새는 난공불락이었지만 많은 추종자들을 먹일 식량을 조달하는 게 만만찮았지요. 토벌군은 이단 패거리들에게 양식을 주지 못하도록 인근 마을에 엄단을 내렸는데 엎친 데 덮친 격으로 흉년이 들어 음식 구하는 일이 하늘의 별 따기만큼 힘들었답니다. 그런 데다가 아픈 이들이 늘어만 갔지요. 신경을 곤두세운 탓인지 돌치노는 몸에 신열을 느껴 전략회의를 끝내자마자 마르게리타의 숙소로 들어왔지요. 사랑하는 여인을 쳐다보며 말이 없던 돌치노가 입을 열어 말했지요.

"당신과 아르노강에서 뱃놀이를 해 보고 싶었다오. 자식들을 낳고 그 애들이 재롱을 떠는 걸 보면서 늙고 싶었다오. 내가 나이 들어 아이처럼 응석 부려도 당신이 받아 줄 텐데……. 우리에게 그런 날이 올까?"

밖으로 나온 연인들은 말없이 밤하늘을 올려다보았지요. 그때 그녀가 가만히 속삭였지요.

"당신은 내가 만나 본 최고의 남자랍니다. 사람들이 당신을 무모하다고 비난하지만 그런 당신이 좋아요. 당신 옆에 있는 동안 부귀영화는 누리지 못했지만 괜찮아요. 날 환희로 채워 준 당신을 사랑해요. 당신은 내 모든 것이지요."

그녀가 사랑을 고백하자 돌치노의 얼굴이 승리의 열망으로 밝아졌답니다.

그해 겨울 근래에 겪지 못했던 매서운 추위가 몰아쳤어요. 바닥난 식량으로 먹을 게 자취를 감추자 고통의 날들을 견디기가 힘들었어요. 요새에는 제 목숨을 부지하려고 서로 아귀다툼을 벌이는 사람들이 넘쳐났지요. 대머리산에 시커먼 먹구름들이 낮게 깔리고 억수 같은 소나기가 퍼붓고 나면 비에 젖은 몸을 말리지 못해 많은 사람이 얼어 죽었어요. 사랑하는 이들을 잃고 구슬프게 우는 무리들을 안타까운 마음으로 바라보았는데, 땔감이 부족해 생긴 일이라 뾰족한 수가 없었지요. 시간이 지날수록 추종자들은 죽음의 공포에 사로잡혀 광란의 축제를 벌였는데, 밤마다 서로의 몸뚱이를 탐해 뒤엉켰지요. 어둠을 틈타 살갗 아래에 숨어 있던 짐승들이 뛰쳐나와 옷을 찢고 울부짖는 걸 어느 누구도 막을 수 없었어요. 추위와 굶주림을 앞세운 죽음의 영과 맞서 싸울 수 없었고 죽음의 손아귀에서 벗어나기는 더더욱 힘들었으니까요. 그해에 많은 사람이 죽어 갔어요.

돌치노와 떼려야 뗄 수 없는 사이가 된 마르게리타는 그와 함께한 시간들이 신기루가 아님을 확인이라도 하듯 간절한 눈빛으로 돌치노의 모습을 뒤쫓았다는군요. 빠져나가는 기력과 열정을 붙잡으려고 애썼지만 소용없었지요. 말라붙은 몸과 버석거리는 피부를 쓸쓸한 표정으로 바라보았다고 하녀가 말해 주더군요. 마르게리타는 죽음이 지척에 온 것을 예감했고 무시무시한 악몽에 시달렸지요. 돌치노에게 임박한 죽음이 그녀를 덮치기 전, 자신의 영혼을 위해 종부성사를 해 달라고 간절히 요구했어요. 죽음의 구름 속에서 한줄기 은총의 빛에 감싸이길 원했답니다.

기근과 추위로 많은 이들이 목숨을 빼앗긴 후 무리들은 잠시 트리베로의 산으로 후퇴하게 되었지요. 수도사를 돕는 이들의 덕택으로 진지를 옮겨 최후까지 저항을 계속했지요. 나는 라사 계곡에서 머물던 형제들 곁을 떠나게 되는데 무심코 한 행동이 생사를 갈라놓은 일임을 깨닫고 소름이 돋더군요. 산으로 간 사람들은 무자비한 죽음을 당했고 난 구차한 목숨을 잇게 되니까요. 무턱대고 먹을 걸 훔치려고 계곡 옆의 농가로 숨어들었지요. 봄이 깊어 가는 계곡 곳곳에 꽃들이 무리지어 피었지만 만사가 시들해 보였지요. 어스름 달빛에 창고가 눈에 들어왔죠. 인육 냄새에 끌리는 걸귀처럼 다가가니 자루 속에 감자덩이가 만져졌어요. 허겁지겁 정신없이 파먹자 긴장이 풀렸는지 스르르 잠이 몰려왔지요. 단잠에서 깨어나 한동안 멍해 있다가 정신이 돌아왔지만, 밖으로 쉽게 나오지 못했어요. 쏟아져 들어온 햇빛에 눈이 부셨는데 희끄무레한 사람 형체 같은 게 서 있는 걸 보았기 때문이지요. 잠시 지나니 눈을 휘둥그레 뜬 여자가 눈에 들어왔어요. 나는 횡설수설하며 자비를 구했지요.

"천주의 축복이 함께 하시길! 하도 굶었더니 먹을 걸 보자 어쩔 수 없었어요. 이곳을 떠날 테니 못 본 척해 주세요."

비굴한 웃음을 흘리며 온순하게 말했지요.

"수도사를 따라가려면 시간이 많이 지났는데……. 모두들 새벽녘에 떠났거든요."

여인의 나지막한 말소리에 일단 안심을 했지요. 생감자로 요기가 되겠냐고 말하던 여인이 앞장서더니 따라오란 신호를 보냈어요. 불안함을 누르고 뒤를 따라가니 옥수수를 넣고 끓인 플렌타를 내놓더군요. 급히 두 그릇을 받아 게 눈 감추듯 먹어치웠지요. 한낮에 움직이는 건 위험했으니 반나절쯤 머무를 요량으로 그곳에 주저앉았지요. 여인의 환대에 눈물이 날 만큼 감동해 마음이 약해진 탓인지 속이 메슥거리고 입 안에 침이 돌더니 온몸에 식은땀이 나더군요. 먹은 걸 모두 게워내자 몸이 천근처럼 느껴졌지요. 오래 비어 있던 배 속에 음식이 들어가니 탈이 난 게죠. 여인은 농사짓는 게 힘에 부친다며 일을 도와주면 식사와 잠자리를 마련해 주겠다고 하더군요. 순박하고 마음씨 좋은 여인에게 몸을 의탁해 지내는 동안 계절이 몇 번 바뀌었지요. 어느 날 이웃 농부로부터 트리베로의 소식을 듣게 되었지요. 돌치노의 추종자들은 저항을 계속했다고, 십자군이 정면공격을 포기하고 무리들의 보급선을 끊었다고 전해 주더군요. 무리들 중 어떤 사람이 과거의 죄를 사면받기로 하고 동료를 배신했다는 걸 알게 되었지요. 수도사에게 앙심을 품은 비겁한 망나니가 성채로 가는 비밀 통로를 산 밑에 진을 치고 있던 베르첼리의 군인들에게 알려주었다는 소문이 떠돌았어요.

 해가 바뀌고 봄바람이 차갑게 몰아치던 어느 날, 토벌군이 성채를 점령해 무리들을 소탕했다는 소식이 들려왔지요. 돌치노와 우두머리들이 사로잡히고 추종자들 대부분이 죽었다는 말을 듣고 눈앞이 캄캄해졌어요. 친구들의 소식을 들을 수 있을까 하고 돌치노가 끌려간 성채로, 그 후에 비엘라로 쫓아갔지요. 트리베로에서 붙잡힌 수도사와 마르게리타가 주교에게 넘겨진 걸 알아냈지요. 군인들에게 뇌물을 주고 끌려온 돌치노를 볼 수 있었는데, 수도사는 힘겨운 생활을 이기지 못해 장대했던 몸이 비쩍 말라 있었어요. 종잇장 같은 얇은 거죽이 우람한 골격을 붙잡고 있었는데 툭툭 불거진 뼈가 보였지요. 독기 어린 눈으로 심문관을 바라보던 수도사는 자신은 이단의 괴수가 아니라고, 죄인일 뿐이라고 소리쳤어요. 형리들이 그의 법의를 벗기고, 머리털을 밀었지요. 벌겋게 단 쇠붙이로 손가락을 지지고 몸 여기저기를 짓이겼어요. 그러다가 쇠몽둥이를 내리치자 정신을 잃었지요. 형리들은 피투성이가 된 수도사를 캄캄한 지하 감옥에 던졌어요.

지도자가 처형당한 그날을 결코 잊을 수 없답니다. 정확한 연도는 기억할 수 없지만 칠월의 어느 날 정오였을 겁니다. 비엘라에 모인 사람들은 뜨거운 태양의 열기에 숨이 막혔지만, 광란의 불꽃이 타오르길 숨죽여 기다렸지요. 군중들은 미혹의 영에 이끌려 사람들을 죽이고 방자한 일들을 저지른 이단의 괴수가 화형당하길 기대하며 마른침을 삼켰지요. 술객과 마녀, 이단자에게 가해진 참혹한 고문들을 구경하는 일은 대중들을 열광시키기에 충분했지요. 교회는 원수를 용서하라고 가르쳤는데 이단자들에게만큼은 예외였답니다. 그들은 중죄인의 본보기로 처벌받았지요. 들불처럼 번지는 이단들의 세력을 꺾는 데 참혹한 형벌만큼 효과적인 방법이 없기 때문일 겁니다. 처형 장면을 기억하는 이들은 부지불식간에 이단을 증오하게 되거나 겁에 질려 공권력에 복종할 테니까요.

숨죽인 군중 속으로 화형대가 보이더군요. 형리들은 넋 나간 여인을 고문하기 시작했어요. 고문 도구들이 내는 둔탁한 소리와 여인의 찢어질 듯한 울부짖음이 대기를 뚫고 울려 퍼졌지요. 초근목피로 연명하느라 쇠약해진 마르게리타는 고문을 이기지 못해 몇 차례 혼절했지요. 그녀의 배가 터져 창자가 흘러나올 때 고통으로 몸부림치는 걸 보게 되었어요. 뭇 남성들을 뇌쇄시켰던 여인의 최후는 너무도 참혹했지요. 영혼을 신께 되돌려주는 마지막 순간까지 사랑하는 남자와 동행한 여인의 모습에 모든 이가 전율했고 감동이 밀려왔다고 할까요? 극심한 공포로 인해 헛소리를 내뱉는 이들,

진저리를 치는 이들, 무아지경에 빠진 듯 입술을 벌린 이들이 보였지요. 형리들은 사슬에 묶인 수도사를 수레 판자 위에 앉혀 놓고 끌고 다녔는데 돌치노의 몸뚱이 여기저기에 피고름이 엉겨 붙어 있었어요. 형리들이 집게를 불에 달구더니 수도사의 코와 고환을 떼어냈지요. 연도에 몰려든 사람들이 죄인을 향해 돌을 집어 던지며 마구 욕을 퍼부었지요. 악마의 형상을 한 형리들이 무시무시한 목소리로 악마의 사자가 얼마나 오래 버티는지 보고 싶다며 조롱하더니 돌치노의 살점을 찢자 수도사의 몸이 사시나무 떨듯 떨렸어요. 마침내 처형 순간이 다가와 교황 클레멘스의 판결문이 큰 소리로 낭독되었지요. '구체적으로 이단에 가담한 자를 화형에 처하라'는 말이 끝난 뒤 돌치노는 온몸이 피투성이가 된 채 화형대에 올라 불태워졌지요. 불은 빠르게 타올라 돌치노의 감각을 마비시키며 숨통을 끊었는데 그의 모습이 불타는 떨기나무처럼 보이더군요. 처연한 모습을 멍하니 바라보던 내 눈에 뜨거운 눈물이 맺혔지요. 돌치노의 육신은 재가 돼, 이단 괴수의 뼛가루를 수습해 신성시할지도 모른다고 염려한 심판관들에 의해 공중에 흩뿌려졌지요.

 그 일이 있은 후, 고승대덕 같은 학식도 없고 배움도 짧은 무지렁이였던 나는 마음을 짓누르는 슬픔과 두려움으로 미칠 것 같았어요. 나도 모르게 정들었던 친구들의 이름을 부르며 가슴을 쥐어뜯곤 했지요. 친구를 잃은 슬픔에 가슴 한편이 무너져 내렸어요. 순간순간 울분이 치밀어 오르면 하릴없이 가슴만 치곤 했지요. 친구들이 처절하게 울부짖는 악몽이라도 꾸면 비몽사몽 정신을 차릴 수 없었답니다. 그러던 어느 날, 산에서 겪은 일이 실제 일어난 일이 아닌 것처럼 여겨지더군요.

　무더위가 기승을 부리던 어느 날, 친구들의 시신을 찾아 매장해 주려고 마음먹었지요. 그렇게 결심을 하자 잠시도 지체할 수 없었어요. 자신에 대한 염려로 움츠러들던 내가 오랜만에 남자답고 당당하게 군다는 생각이 들더군요. 트리베로를 향해 가는 동안 착잡했던 마음이 한결 가벼워지더군요. 친구들이 사지로 끌려갈 때 나만 홀로 살아남았다는 자책감을 비로소 털어낼 수 있었답니다. 반역의 산 곳곳에 시체들이 뒤엉켜 썩고 있었어요. 독수리와 야생 들짐승들이 파먹다 남긴 시체들에 온갖 벌레들이 득시글거렸지요. 화살이 박힌 주검, 칼이나 창에 찔려 피범벅이 된 주검들이 온 산에 널려 있었죠. 치열하게 살다가 최후를 맞은 이들을 본 순간 마음이 먹먹해지더군요. 산에서 살아남는다면 착한 여자와 살림을 차려 자식들을 많이 낳고 싶다던 페페의 말이 귓전을 맴돌았어요. 시체 더미 속에서 베노를 찾아낸 것이 그나마 다행이라고 생각하면서 녀석을 묻었어요. 불쌍한 영혼들을 위해 긴 기도를 올렸지요. 신의 자비하심으로 그들의 영혼이 불타는 지옥에 빠지지 않기를 간구했어요.

　누구한테도 관심을 받지 못하던 버림받은 이들을 내치지 않고 끌어안은 돌치노를 떠올릴 때마다 배은망덕까지는 아니지만 믿음의 형제들과 끝까지 생사고락을 나누지 못한 것이 마음에 찔렸지요. 돌치노가 신의 은총을 받은 특별한 사람이었다는 믿음엔 변함이 없었어요. 돌치노가 죽은 후 세상이 싫어져 어딘가 숨고 싶었는데 보잘것없는 나를 돌아보신 천주님의 손길을 느끼게 되었지요. 한 수도원의 문을 두드렸더니 꾀죄죄한 몰골을 한 내가 불쌍해 보였는지 한 수도사가 자기 밑에서 생활하라며 문을 열어 주었어요. 명상과 독서로 하루를 시작했고 식사와 휴식 시간에 침묵을 지켜야 했지요. 죽음의 깊은 물에 빠지지 않고 안전한 곳으로 이끄신 오묘한 손길을 묵상했지요. 수련사 과정을 마치는 날, 서원한 글을 성자의 뼈가 안치된 단 위에 올려놓았지요. '주의 말씀대로 나를 붙들어 살게 하시고 내 소망이 부끄럽지 않게 하소서.' 시편을 세 차례 낭송하고 옷과 신발을 받았어요. 땡중으로 떠돌던 천한 몸이 성경을 묵상하는 품위 있는 수도사가 되었지요. 어쩌다 나를 알던 이들을 만난다면 그 사람은 신기해했을 테고, 나는 어색해서 안절부절못했을 겁니다.

언젠가 고참 수도사를 따라 멀리 떨어진 수도원으로 여행하며 궁금했던 것들을 물었더니 수도사님이 허심탄회하게 알려주었지요.
"파올로, 자격 없는 성직자의 성사 집행에 대해 물었던가? 교부 아우구스티누스가 말했다네. 서품받은 성직자는 죄인일지라도 그가 하는 성사는 그리스도의 대리자로 하는 일이니 아무 문제가 없다고 했지. 세월이 많이 흐른 지금은 개나 소나 모두 가톨릭으로 개종한 시대일세. 죄인까지 성직자로 받아들일 필요가 있겠나? 전혀 그렇지 않다네."
"수도사님, 돌치노의 사도회도 사제의 청빈을 부르짖었지요?"
"예나 지금이나 교회 지도자들은 청빈을 외치는 자들이 군중을 자극해 교권에 도전하게 되는 걸 두려워한다네. 돌치노의 운동이 실패한 건 당연하지. 지배계층에 대항한 종교운동은 기득권층의 방해로 박살나는 게 세상의 이치라네."

존경하는 선배 수도사로부터 교황에 대해 많은 이야길 듣게 되었는데, 돌치노를 화형에 처하라고 판결했던 교황의 속명이 자크 뒤엔스였다더군요. 교황은 후에 아비뇽으로 교황청을 옮기고 이름을 요한으로 바꾸었대요. 이재능력이 뛰어났던 요한 22세는 교황청 재산으로 돈장사를 했는데 고리대금업자와 환전상들과 관계를 맺어 돈을 챙겼다는군요. 그가 정죄를 위한 명목을 내세워 면죄세를 만들었는데 그 내용을 듣는 동안 부끄러워 얼굴이 후끈거렸답니다. 성직자가 육욕의 죄와 동성연애, 짐승과 부끄러운 짓을 범했을 때 그에 해당된 액수의 세금을 교회에 바치면 죄를 씻게 된다고 알려주었지요. 침통한 얼굴로 고참 수도사님이 계속 말을 이었어요.

"교황은 그 일로 속죄의 교리를 조롱거리로 만들었다네. 요한이 지은 아비뇽의 궁전에 호화롭게 꾸며진 그리스도상이 있지. 사람들이 떠올리는 거룩한 모습이 아니라네. 주님의 한 손은 십자가에 못 박히고 또 다른 손은 허리에 찬 지갑에 가 있는 그런 모양의 그리스도상일세. 요한은 세상의 부귀영화를 누리고 싶어 그런 상을 만들었을 게야. 교황은 청빈을 외치는 프란체스코회 수도사들도 화형에 처했다네."

선배 수도사는 그리고는 한동안 혼잣말을 중얼거렸는데 '인간의 어리석음'과 '영혼을 태워'란 말이 어쩌다 내 귀에 들리더군요. 그리고 수도사님은 탄원의 기도를 드리는지 더 이상 입을 열지 않았지요.

길을 가는 동안 마음 한구석이 쓸쓸해지면서 옛 친구들 생각 속으로 빠져들었지요. 교권의 험한 파도에 떠밀려 목숨을 잃은 힘없는 무지렁이들이……. 고개를 들어 반짝반짝 빛나는 별들을 보면서 눈이 부시게 빛나는 낙원을 떠올려 보았지요. 친구들이 죄를 벗어버리는 순간 그들의 영혼이 별들의 자리로 돌아간 것을 믿으며 복된 곳에서 평온을 누리길 기원했지요. 최후의 그날! 목이 매달리고 물에 빠뜨려지고 불태워진 이들을, 사지가 찢기고 짐승에게 뜯김을 당한 이들을 신께서 알아보시겠지요. 귀를 만드신 이가 고통으로 우는 소릴 들을 것이고, 눈을 지으신 이가 어둠 속에서 행한 일들을 돌아보시겠지요. 교회가 전능자의 이름을 빌려 행한 폭압들을 판단하시겠지요. 그 순간 칠흑 어둠 속에서 눈부신 빛이 나타나 나를 둘러쌌어요. 빛으로 인해 아무것도 보이지 않았는데 나를 누르는 강력한 힘 때문에 그만 땅으로 고꾸라졌지요. 비틀거리며 일어난 순간 참을 수 없을 만큼 몸이 떨리기 시작했어요. 눈앞에 놀라운 광경이 펼쳐지는 바람에 정신을 잃을 뻔했지요. 불꽃처럼 이글거리는 눈을 가진 거대한 형상의 입으로부터 불덩이가 쏟아져 내렸어요.

"존귀하신 주가 나를 통해 말씀하시노라. 심판의 날 네 주검에 생기를 불어넣으실 주를 기억하라."

형상이 사라진 후 놀라운 일이 생겼어요. 미적지근하던 내 영혼 깊은 곳에서 신을 향한 갈망이 뜨겁게 용솟음치기 시작했지요. 낙원의 공기를 마신 덕분에 근심과 걱정이 사라진 것을 깨닫게 되더군요.

작품 해설

왕성한 창작열 · 지적 탐험 욕망에 실험정신까지 장착…
은애숙의 문학세계 깊이 · 넓이에 대한 호기심 키워줘

소설가에게 실험정신은 선택과목이 아니다. 실험정신이 사라지는 순간 작가는 예술가로서의 생명이 고갈될 수밖에 없다. 실험실의 실패가 덧없는 실패로 끝나지 않듯이 작가는 실패를 두려워하지 않는 용기를 통해서 더 큰 성공의 잠재력을 비축한다. 은애숙 작가의 두 번째 소설집 「애닯구나, 잊혀진다는 것은」은 작품마다 색다른 실험이 시도되고 있다는 측면에서 고무적이다. 왕성한 창작열에 지적 탐험 욕망을 함께 지닌 은 작가가 실험정신이라는 필수 덕목까지 장착했으니 미더운 소설가로서 날로 자리매김해 가고 있음이 역력하다.

은애숙 작가는 자신의 작품세계에 영향을 끼친 작가로 아르헨티나 출신의 시인이자 소설가·수필가인 호르헤 루이스 보르헤스(Jorge Luis Borges, 1899~1986)를 으뜸으로 꼽는다. 보르헤스는 모국어인 스페인어 외에도 영어·라틴어·프랑스어·독일어 등 5개 국어를 자유자재로 구사한 천재였다. 그는 시인으로 시작해 기호학·해체주의·환상적 사실주의·후기구조주의·포스트모더니즘 등 20세기 문학사, 나아가 지성사의 키워드 대부분을 섭렵한 문호로 유명하다. 단편소설만을 고집한 그의 작품들은 굳이 이름 붙이자면 '환상소설'에 가깝지만, 정확하게는 '환상적 사실주의'라고 분류하는 것이 옳을 듯하다.

보르헤스로부터 문학적 깨우침을 얻은 탓에 은애숙의 작풍(作風)은 지성의 심연을 유영하는 '환상적 사실주의' 형식을 많이 따른다. 그런 흐름은 지난 첫 번째 소설집 「마리아의 환상 사용법」에 이어 두 번째 소설집에도 꾸준히 이어진다. 수록된 작품 가운데 중편 '애닮구나, 잊혀진다는 것은', 단편 '낙원의 새마음운동' 그리고 단편 '진혼의 노래' 등에서 특히 잘 드러난다.

그러나 은애숙의 소설들은 리얼리즘의 영역도 허투루 흘려 넘기지 않고 섭렵한다. 단편소설 '기다림', '내 안의 호수', '뻬소로 미오', '아득한 꿈' 등은 우리가 살아오면서 목격하거나 겪었던 파란만장한 삶까지 깊숙이 들여다보며 그 애환을 섬세하게 묘파하고 있다. 이 소설들을 읽으며 우리는 은애숙이 작가로서의 촉수를 얼마나 광범위하게 확장하고 있는지를 분명하게 알게 된다.

[중편] 애닲구나, 잊혀진다는 것은

시공간(時空間)을 뛰어넘는 무대가 펼쳐지는 중편소설 '애닲구나, 잊혀진다는 것은'은 몽상의 세계를 넘나드는 구조를 지닌 희귀한 작품이다. 여류작가 홍루다가 환상의 세계 속에서 구운몽(九雲夢)의 저자 서포 김만중(金萬重)을 만나 나누는 대화들이 풍성하다. 1부에서 현몽(現夢) 형식으로 나타난 김만중과 담소를 나눴던 시인 홍루다가 2부에서 타임머신을 탄 듯 320여 년을 거꾸로 날아가 남해의 원산 기슭에 자리 잡은 용소마을에서 귀양살이를 하고 있는 김만중을 만난다는 발칙한 구조다. 서포의 작품들을 읽으면서 품었던 의문을 작자의 입을 통해서 풀어 가는 것은 물론, 문학과 역사·철학에 대한 깊은 이야기를 나눈다. 서포 김만중이 그 시대를 그렇게 살 수밖에 없었던 이유를 직접 밝히는 대목이 흥미롭다.

우리가 알고 있는 역사와 현대문명을 수백 년 전 조상들이 전해 듣는다면 어떤 반응을 보일 것인가를 유추해 보는 일은 깜찍한 상상이다. 이 소설의 주인공 홍루다는 김만중에게 미래 문명사회의 모습을 하나하나 들려준다. 김만중과 주인공 홍루다가 나누는 대화 속에 반짝이는 만만치 않은 진실들이 또 다른 흥밋거리를 제공한다.

[중편] 기다림

크든 작든, 인간은 실수를 저지르면서 살아간다. 인간이 실수를 하는 원인 중에 가장 큰 비중을 차지하는 것은 타고난 성정(性情)과 후천적인 습성일 것이다. 좋아하던 소녀를 놓치고 선을 봐서 결혼한 판수는 아내를 함부로 대하는 가부장적 의식을 깊이 소유한 시골 사람이다. 그는 걸핏하면 아내에게 손찌검까지 서슴지 않는다.

늘그막에 집을 나가 버린 아내에 대한 판수의 심리적 갈등과 소회가 걸쭉한 충청도 사투리와 함께 범벅이 된다. 엄밀하게 따지면 페미니즘에 살짝 닿아 있는 작품이라고 할 수 있으나, 은애숙은 단지 그런 주장과 구호에 갇히지 않는다. 외곬으로 범벅이 된 판수의 내면세계도 아량을 발휘하여 잘 묘사하고 있다. 그에게 다가온 성당 신부의 등장은 단순한 옳고 그름의 경지를 뛰어넘는다. 자연스럽게 신을 영접하는 신심(信心)의 경지를 보여 주면서 독자를 차원이 다른 공감과 감동으로 인도한다.

[단편] 낙원의 새마음운동

플라톤(Platon)은 일찍이 철학자가 국가를 통치하는 '철인정치'를 이상적인 통치체제로 제시했다. '철인정치론'은 지성이 지배하는 공동체를 실현하기 위한 하나의 방도로서 상정(想定)된 것이다. 이 작품은 오늘날 도무지 바른 궤도를 찾지 못하고 있는 천박한 정치 현상에 대한 작가적 고민의 결과물로 읽힌다.

어느 날 절대자의 심부름꾼인 듯한 영매(靈媒) '신비한 존재'가 가난뱅이 이도궁을 찾아와 낙원군의 군수가 될 수 있는 기적의 묘법을 선물한다. 도궁은 신비한 존재가 일러준 대로 자신의 소중한 물건을 아낌없이 기탁하는 신드롬을 일으켜 평등한 세상을 추구하는 방식의 특이한 '새마음운동'을 내세워 군수가 된다. 그러나 초심을 끝까지 유지하지 못하고, 소녀로 분신한 천사를 치는 교통사고를 낸 뒤 은폐하려다가 모든 것을 다시 잃게 된다. 소설의 결구에 나오는 '자신을 망치는 교활함의 씨앗은 세상의 명성이란 자양분을 빨아먹으며 자라는 것'이라는 교훈이 짜릿하다.

[단편] 내 안의 호수

엄마가 급사하고 난 뒤 아빠가 첫사랑 여자를 만나 재혼한 결손가정에서 자라난 주인공의 인생길에 펼쳐진 아릿하고 따뜻한 이야기다. 결핍 속에서 성장한 주인공은 한때 잠시 엄마의 빈자리를 메워 주던 아줌마 미연을 오랫동안 그리워하고 살다가 감격적으로 다시 만나게 된다. 연심(戀心)의 형태로까지 번진 미연에 대한 일말의 애정은 그녀의 딸, 연상의 여인인 수희와의 결혼으로 이어지면서 승화된다.

[단편] 떼소로 미오

진아와 미희, 여고 동창인 두 사람의 로마 기행문 형식의 소설이다. 로마를 여행했던 독자들은 추억에 빠질 것이고, 여행을 계획하고 있는 사람에게는 훌륭한 가이드북으로 읽힐 것 같다. 사귀던 남자 철민과 그 어머니의 무례함에 대해 실망하여 귀국하는 대로 그와 헤어질 결심을 품고 있는 진아에게 로마에서 로맨스가 찾아온다.

소매치기당한 여권을 찾아준 미남의 이탈리아 남자, 어머니가 한국인인 그라놀라와 만남 스토리와 로마제국 황제(재위 117~138). 오현제(五賢

帝)의 한 사람 하드리아누스 이야기가 겹쳐진다. 그라뇰라는 진아에게 데이트를 신청하고, 친구 미희는 먼저 비행기를 탄다. 진아는 그라뇰라와 행복한 데이트를 마치고 다음 날 비행기를 탄다. 진아와 그라뇰라와의 관계는 미지수로 남는다.

[단편] 아득한 꿈

은애숙 소설의 특징이 매우 잘 드러나 있다. 철학 교수인 화자(나 교수)를 통해서 작가는 자신의 철학적 지식을 동원해 의식 흐름을 마음껏 휘젓는다. 읽는 동안에 단순한 관념의 유희가 아닌, 출몰하는 철학의 명제들과 뒤섞이는 경험을 맛보게 하기도 한다.

학창시절 운동권이었던 화자는 데모 도중에 잡혀가서 경찰에 주동자들을 줄줄이 불고 난 뒤 휴학계를 내고 군대를 다녀온다. 이후 오랫동안 대학 강사 생활을 하면서 문과대 학장을 지낸 우 교수의 눈에 들어 그의 딸과 애정 없는 결혼을 하게 되고, 장인의 힘을 배경으로 철학과 교수가 된다. 아내와는 한집에 살기만 할 뿐 각자 자기 일만 하는 무감각한 결혼 생활이 이어진다.

강의실에서 연두라는 특별한 여학생을 아들 훈이의 과외선생으로 들이면서 또 다른 연심이 솟아난다. 연두는 엇나가던 아들을 바로잡아 준다. 그 무렵 병원에 있는 아내로부터 '당신을 사랑하려고 노력했지만 잘되지 않았다'고 고백하는 장문의 편지가 도착한다. 아내는 대학졸업반 시절 열렬히 짝사랑했던 남자를 다시 찾아가고 싶다며 이혼을 요구한다.

연두의 적극적인 대시를 받아 어느 날 관계를 맺게 된다. 새로운 사랑에 대한 희망에 들떠 체력운동까지 시작한 어느 날 대학교 교정에서 후드티를 입고 걸어가면서 친구와 하는 연두의 전화 대화를 엿듣게 된다. "내가 누구니? 나한테 걸리면 상황 끝이지. 보이헌팅의 일인자니까. 나 교수? 나를 따먹었다고 좋아할걸. 내 참 기가 막혀서. 이제 보니 개털이야. 범털인지 알고 얼마나 공을 들였는데."

[단편] 진혼의 노래

가톨릭에 광신적으로 반기를 들었던 1296년대의 수도사 돌치노(Dolcino Tornielli)의 이야기다. 그는 트렌토의 돈 많고 어여쁜 여자 마르게리타를 자기의 첩으로 삼고 가톨릭에 광신적으로 반기를 들었다. 1306년경엔 추종자 5천 명을 이끌고 제벨로(Zebello)산으로 들어가 교황 클레멘스 5세가 보낸 십자군과 접전 끝에 1307년 3월 식량의 결핍과 눈(雪)으로 인하여 항복한 뒤 마르게리타와 더불어 화형당했다.

이 소설은 돌치노와 고락을 함께한 한 떠돌이가 화자가 되어 그의 일생을 특별한 각도에서 회고한다. 돌치노의 스승 게라르도 이야기에서부터 절세의 미인 마르게리타가 돌치노의 여인이 된 일화, 혁명에 실패한 사도회(사도적 수도회, Apostoli O Fratelli apostolici)의 최후 등을 구술 형식으로 망라한다. 특히 돌치노와 마르게리타의 최후 장면에 대한 미시적 묘사가 흥미롭다. 신앙에 대한 깊이 있는 성찰을 다룬 명상언어들 또한 백미다.

모든 예술이 그렇듯이 예술창작물은 작가의 직·간접적 경험과 사색을 녹이고 달여서 농축해 낸 소중한 결과물이다. 은애숙 작가의 문학세계가 어디까지 뻗어 갈 것인지, 그 깊이와 넓이가 얼마나 개척될 것인지에 대한 호기심이 점점 더 커지고 있다. 은애숙의 지적 탐험과 문학에 대한 단단한 열정은 의심의 여지를 허락하지 않는다. 머지않아 명작들을 양산하게 되리라는 희망을 품기에 충분하다. 또 다른 차원의 놀라운 작품들을 고대해 마지않는다.

-안 휘(소설가/평론가)